Tascabili
Immaginario
Fanucci

SERGE BRUSSOLO

Peggy Sue e gli Invisibili

La farfalla degli abissi

romanzo

Traduzione dal francese di Andrea Grechi

FANUCCI EDITORE

Dello stesso autore abbiamo già pubblicato:

della serie *Peggy Sue e gli Invisibili*
Il giorno del cane blu
Il sonno del demonio
Lo zoo stregato
Il Castello nero
La creatura del sottosuolo
La rivolta dei draghi
La giungla rossa

di prossima pubblicazione:
La città misteriosa

della serie *Sigrid e i Mondi Perduti*
L'occhio della piovra
La fidanzata del Rospo
Il grande serpente
La città sommersa

della serie *Élodie e il Signore dei Sogni*
La principessa senza memoria

Prima edizione tascabile: maggio 2007
Titolo originale: *Peggy Sue et les fantômes: Le Papillon des abîmes*

via delle Fornaci, 66 – 00165 Roma
tel. 06.39366384 – fax 06.6382998
Indirizzo di posta elettronica: info@fanucci.it
Indirizzo internet: www.fanucci.it

Stampato in Italia – Printed in Italy

Progetto grafico: Grafica Effe
Copertina e illustrazioni interne: Serena Riglietti

SERGE BRUSSOLO

Peggy Sue e gli Invisibili

La farfalla degli abissi

Personaggi

Peggy Sue

Studentessa liceale di 14 anni, è l'unica persona a conoscenza del mistero degli Invisibili, che passano attraverso le pareti e se ne vanno in giro per le città tormentando i poveri esseri umani con scherzi spesso mortali. Nessuno le crede, ma grazie ai suoi occhiali magici riesce a bruciare la pelle dei fantasmi e a contrastare le loro macchinazioni. Una missione non facile, perché i fantasmi hanno piú d'una freccia al proprio arco.

I fantasmi

Preferiscono essere chiamati 'Invisibili'. Mollicci, trasparenti, possono assumere, a loro piacimento, qualsiasi forma, aspetto o colore. Sostengono di aver creato la Terra, i dinosauri e... *gli uomini*! Ma di loro non ci si può certo fidare! Ogni loro affermazione va presa con le molle. Per combattere la noia si dilettano a organizzare scherzi malvagi, che si concludono spesso con la morte delle loro vittime. Odiano Peggy Sue, ma non possono ucciderla perché è protetta da un incantesimo.

Il cane blu

In origine un povero cane randagio, ha sviluppato eccezionali poteri telepatici grazie all'influsso del sole blu, un astro magico creato dagli Invisibili. Inizialmente nemico di Peggy Sue, un tempo governava su una città e sui suoi abitanti. Guarito dalle sue manie di grandezza, ha stretto amicizia con la ragazza che lo ha raccolto dalla strada. Brontolone e testardo, ubbidisce solo quando ne ha voglia, ma è coraggioso come pochi e non ha eguali per fiutare i pericoli nascosti.

Sebastian

È il ragazzo di Peggy Sue. Ha 70 anni ma conserva l'aspetto esteriore di un adolescente di 14. Per sottrarsi alla povertà si era rifugiato nel favoloso universo dei miraggi, dove gli anni passano senza che s'invecchi d'un sol giorno. Al termine di un'incredibile avventura (vedi *Il sonno del demonio*) è riuscito a fuggire da quella prigione. Ma per restare con Peggy Sue ha dovuto accettare di diventare una specie di statua di sabbia vivente che si trasforma in polvere appena manca d'umidità. La sua esistenza non è affatto semplice, perché può riassumere la forma umana solo se viene innaffiato d'acqua pura al 100%! Peggy Sue lo trasporta con sé in una valigia all'insaputa di tutti.

La famiglia di Peggy Sue

Barney, il padre, fa il carpentiere e si sposta di città in città per andare a lavorare dove si costruiscono nuovi palazzi. È dell'avviso che le ragazze siano «troppo complicate». Avrebbe preferito un figlio con cui poter parlare di calcio.

Maggy, la madre, è disperata per lo strano comportamento della figlia minore, Peggy Sue, che tutti considerano 'strana' perché scorge cose che nessun altro è in grado di vedere. Aspira a un'esistenza piú tranquilla, in cui non accada nulla di strano. Il suo desiderio è vivere in un piccolo *ranch* per allevare cavalli.

Julia, 17 anni, la sorella maggiore. Cameriera in un fast-food, vorrebbe gestire un'azienda tutta sua con pugno di ferro. Ha davvero un pessimo carattere e si vergogna un po' della sorella piú piccola.

Leggere un romanzo d'avventure è come cercare di sbirciare il diavolo dal buco della serratura della grande porta dell'Inferno.

Il cane blu, *Memorie abbaiate* (Registrazioni su audiocassetta a uso degli animali, disponibili in tutti i saloni di bellezza per cani).

Nota dell'autore

Diamo per stabilito una volta per tutte che, quando Peggy Sue, il cane blu e Sebastian parlano tra loro, comunicano telepaticamente. L'autore non ha ritenuto necessario indicare ogni volta 'mentalmente' o 'col pensiero': sarebbe stato alquanto noioso, *non trovate*?

I ladri di stelle

Le creature avevano atteso la notte per venir giú dalla nuvola, sopra la città. Amavano l'oscurità e avevano l'impressione di riuscire a volare meglio nelle tenebre. Non sapevano perché. Forse era un'idea stupida, come credere che una macchina di colore *nero* viaggia meglio su una strada *nera*... ma del resto le loro idee erano spesso stupide. Ridacchiarono tra di loro, eccitate al pensiero di cosa stavano per fare. Nessuno le avrebbe viste; nel giro di un minuto sarebbero filate via verso la luna, sfiorando la nera trama della volta celeste. Nel giro di un minuto avrebbero rubato una stella, *un'altra*...

Era una cosa di cui andavano pazze. Bastava essere in cinque e tirare tutte insieme, nello stesso istante, le punte del piccolo astro. Le stelle non sapevano difendersi; si comportavano come quelle timide piovre che si nascondono sul fondo degli oceani. Quando si sentivano stridere addosso le unghie delle creature lanciavano uno strano grido, cristallino, che, sulla Terra, faceva rabbrividire nel proprio letto chi dormiva e trasformava in incubi i sogni dei bambini. Un grido simile a quello della lizzorina dal becco rosa quando viene catturata da un cacomaco a pelo blu (un animale fatto quasi *esclusivamente* di denti!) che – come è noto – vive nella regione equatoriale dell'immaginazione.

Le creature filavano nell'oscurità scivolando come gocce d'olio sull'acciaio di una carrozzeria. Avevano bisogno di una stella! Quando la staccavano si produceva come una lacerazione nella seta, uno strappo sulla volta celeste. Lo strappo si cicatrizzava in poche ore, senza che gli esseri umani se ne accorgessero. Gli scienziati barbuti che passavano la vita con gli occhi inchiodati ai loro telescopi non si meravigliavano granché per la scomparsa di una stella.

Dev'essere morta, pensavano. È curioso: al giorno d'oggi gli astri si spengono piú in fretta che una volta. Probabilmente dipenderà dalle vitamine...

E depennavano il suo nome, con un tratto di matita, dallo spesso catalogo delle costellazioni.

Nessuno di loro poteva immaginarsi che fosse un nuovo colpo dei ladri di stelle nascosti sulle nubi. Questi, come dei ninja, portavano la stella prigioniera nel loro covo. E lí la facevano a pezzi per metterla sul fuoco, fino a quando non si fondeva...

Per farne cosa?

Questa è un'altra storia. Una storia che adesso racconteremo.

E se vi fa paura, peggio per voi!

La vecchina in abiti di scimmia

Il treno si fermò in aperta campagna, risvegliando Peggy Sue che dormicchiava con la valigia sulle ginocchia.

«È strano,» sussurrò una delle viaggiatrici con aria impaurita «di solito qui non si ferma mai.»

Subito un uomo aggrottò la fronte per farle capire di star zitta e fece un piccolo cenno col mento indicando Peggy Sue, in un modo che doveva sembrargli discreto.

Bizzarro, pensò Peggy. Si direbbe che abbiano paura di me.

«No» la corresse la voce telepatica del cane blu. «Hanno paura di questo posto. Cercano di non pensarci, si comportano come se non esistesse. Guardali! Non hanno neppure il coraggio di dare uno sguardo fuori dal finestrino.»

Aveva ragione. Nello scompartimento tutti avevano nascosto febbrilmente il viso dietro un giornale. Qualcuno, come colto da un sonno improvviso, faceva finta di dormire. Il controllore avanzava a tentoni nel corridoio. Teneva gli occhi chiusi anche lui!

«Kandarec! Shaka-Kandarec!» disse con voce rotta. «*Venti secondi di fermata*... chi deve scendere è pregato di saltar giú il piú in fretta possibile.»

Peggy si alzò e afferrò la pesante valigia che conteneva, oltre ai suoi vestiti, il suo fidanzato (sotto forma di un sacco di sabbia magica). Nessuno alzò un dito per aiutarla.

Quando aprí lo sportello una delle donne mormorò:

«Non dovrebbero far viaggiare gente del genere insieme alle persone normali. Perché non li mettono in un vagone speciale? Un vagone con le sbarre, per esempio!»

Peggy non ebbe il tempo di ribattere: il controllore l'aveva già spinta giú. E, cosa ancora piú incredibile, era riuscito a farlo senza aprire gli occhi. La valigia che conteneva Sebastian rovinò in terra. Il cane blu lanciò un grugnito di rabbia.

Il treno era già ripartito lasciando i tre amici immersi nella foschia. Attraverso la coltre di nebbia che avvolgeva la brughiera Peggy Sue distinse i contorni di una casupola diroccata.

Dev'essere tutto quel che resta della stazione, pensò. Ma dove siamo finiti?

Le erbacce avevano invaso la banchina, cespugli di rovi crescevano dentro la sala d'attesa, l'orologio aveva perso le lancette...

Sospeso a una catena arrugginita, un cartello cigolava nel vento. C'era scritto:

«Che razza di nome!» si meravigliò Peggy Sue. «Deve venire senz'altro dal gaelico...»

«Da che?» grugní il cane.

«Una lingua antica,» spiegò la ragazza «parlata dai Celti.»

«Da chi?»

Peggy non fece in tempo ad aggiungere altro. Una strana creatura era appena sbucata dalla nebbia. Era una donna di circa settanta od ottant'anni... o forse cento, bassa di statura, abbastanza grassottella e imbacuccata in un inverosimile mantello di pelliccia che sembrava ricavato dalla pelle di un gorilla mezzo spelacchiato.

«È lei!» pensò Peggy Sue rivolta al cane blu. «È la mia nonna materna, Nonna Katy. È la prima volta che ci incontriamo.»

«Che orrore!» esclamò mentalmente l'animale. «Hai visto com'è conciata? È Nonna Tarzan!»

La donnina venne avanti a passo spedito. Il suo mantello di scimmia era cucito in malo modo e quando alzò un braccio per dare il benvenuto un gran ciuffo di peli volò via nel vento.

«Buongiorno,» disse arricciando un buffo nasino all'insú «sono Katy Erin Flanaghan, tua nonna. Com'era che ti chiamavi, tu?»

«Peggy Sue» rispose la ragazza.

«È troppo lungo» sospirò la vecchina. «Alla mia età non si ha tempo da perdere: ti chiamerò solo Peggy.»

Era una creatura bizzarra, tutta rotondetta, con le mani paffutelle e la pelle di quel rosa confetto che fa pensare alla plastica che si usa per fabbricare le bambole. I capelli bianchi le spuntavano dalla testa come un cespuglio di rovi. Peggy ebbe subito la certezza che si muovevano per conto loro. Non a causa del vento, no... *per conto loro*, come i tentacoli di una piovra.

«Credo di averti vista una volta quand'eri bambina» disse Nonna Katy aggrottando la fronte. «E decisamente sei cresciuta un bel po' da allora... soprattutto nelle gambe e nei piedi.» Poi, chinandosi verso il cane blu, aggiunse: «E lui chi è, tuo fratello?»

«No, è un cane» farfugliò Peggy.

«Una cosa non esclude l'altra» borbottò enigmaticamente la vecchina. «Mi piace il suo colore. Assomiglia abbastanza a tuo padre, non trovi?»

Peggy Sue ciondolava da un piede all'altro e non si sentiva a suo agio. Non c'erano automobili fuori dalla stazione e si chiedeva come avesse fatto sua nonna ad arrivare fin lí. Per quanto la ragazza strizzasse gli occhi, non riusciva a vedere neppure una casa nei paraggi.

«Mi dispiace,» disse la nonna «ma sono venuta senza carretto; il mio cavallo ha paura dei temporali e attraversare la brughiera non gli va affatto a genio. Adesso che sei arrivata sarà meglio metterci in cammino perché c'è un bel po' di strada da fare. Dovremo camminare spedite se vogliamo arrivare prima che faccia buio.»

«Ah! Davvero?» chiese Peggy Sue. «È lontano?»

«All'incirca duecento chilometri. Ne approfitteremo per conoscerci un po' meglio.»

«Duecento chilometri?» singhiozzò la ragazza. «*A piedi?*»

«Naturalmente» ridacchiò Nonna Katy. «Non aver paura. Ti ho portato un mantello: basta che te lo infili e tutto andrà bene.»

«Un mantello?» ripetè Peggy, che cominciava a chiedersi se non stesse impazzendo.

«È matta!» le sussurrò mentalmente il cane blu. «Tagliamo la corda!»

La vecchina andò a recuperare una borsa che aveva lasciato su una panchina; ne tirò fuori una seconda pelle di gorilla su cui le spelacchiature disegnavano grosse chiazze bianche.

«Hai l'aria un po' smarrita» disse fissando sua nipote. «Ti spiegherò. È un mantello magico. Basta infilarselo e non si sente piú la fatica. La pelliccia assorbe tutta la stanchezza, i crampi, lo sfinimento. Rimani fresca e arzilla come se ti fossi appena svegliata, anche se ti dedichi ai lavori piú estenuanti.»

«È... è per questo motivo che sei vestita cosí?» mormorò Peggy.

«Certamente» confermò Nonna Katy. «Mi sono alzata di buon mattino e sono venuta a piedi. Il mantello si è 'mangiato' la mia fatica. D'altronde è proprio per questo che perde i peli. Non appena un mantello magico comincia a non farcela piú, la sua pelliccia si dirada. Quando l'ultimo ciuffo vola via non resta che buttarlo. Non serve piú a niente. È solo una vecchia pelle, tutta spoglia... e neanche troppo bella.»

Peggy si infilò l'indumento con una certa repulsione. Ne usciva uno strano odore e le maniche, troppo lunghe, le coprivano le mani; ma non appena indossato quello strano soprabito sentí la fatica scomparire in un batter d'occhio.

Funziona! pensò.

«Naturalmente» disse la vecchina come se le avesse letto nel pensiero. «A Shaka-Kandarec tutti quanti portano dei mantelli mangiafatica grazie ai quali si può lavorare sodo senza l'aiuto di nessuno. Ho dei clienti che in questo modo si sono costruiti la casa nel giro di un sol giorno. Vedrai tu stessa. Appena avremo cominciato a camminare andrai sempre piú veloce, senza neppure rendertene conto, e il tuo corpo non ne risentirà. Nulla ti sembrerà pesante. Né quella tua valigia né il cane che porterai sotto il braccio. Volerai come il vento e correrai piú svelta di una campionessa.»

«Chiedile un po' da dove provengono queste pelli» grugní mentalmente il cane blu. «Voglio sperare che non siano di origine canina!»

«Tuo fratello è telepatico» ridacchiò Nonna Katy. «Anch'io. Sento tutto quello che dice.»

«Non è mio fratello» ripeté Peggy. «È il mio cane.»

«Una cosa non esclude l'altra» ribadí con tono solenne la vecchina.

«È pazza» sospirò il cane.

«*Ti ho sentito!*» sibilò la nonna senza dar l'impressione di essersela presa troppo.

E indicando la campagna aggiunse:

«Qui comincia il paese dei temporali. È per questo che la gente non scende mai dal treno. Hanno paura di essere folgorati. Basta avere un piccolo pezzetto di metallo addosso e si diventa un facile bersaglio dei fulmini. A Shaka-Kandarec non usiamo niente che sia fatto di ferro. Le nostre monete sono di legno, le nostre pentole di pietra, le nostre fibbie di corno. Dovrai sbarazzarti in fretta di tutti gli oggetti metallici, piccola mia.»

«Anche del mio orologio?»

«Sí. Te ne darò uno con gli ingranaggi di legno. Non funziona molto bene, ma non ha importanza perché in ogni caso a nessuno interessa che ora è, a Shaka-Kandarec.»

Peggy smise di sorprendersi. La vecchina, del resto, cominciava a piacerle.

Senza aspettare, Nonna Katy si lanciò sulla strada deserta che serpeggiava tra le colline. Peggy ebbe solo il tempo di prendere cane e valigia e gettarsi al suo inseguimento, perché la vecchina filava come il vento.

* * *

Mentre correva, Peggy si ricordò la sequenza di circostanze che l'aveva condotta fin lí.

Tutto era cominciato tre settimane prima, alla vigilia delle vacanze estive, quando sua madre nel bel mezzo della colazione aveva sentenziato:

«Peggy, tuo padre e io abbiamo deciso che passerai le vacanze dalla nonna. Nonna Katy, mia madre... non la conosci. È... è una vecchietta un po' particolare, ma penso che andrete d'accordo.»

La mamma aveva farfugliato in questo modo per tre minuti buoni, smozzicando frasi senza capo né coda. Man mano che si perdeva in spiegazioni ingarbugliate le sue guance diventavano sempre piú rosse.

Piú tardi Julia, la sorella maggiore di Peggy Sue, aveva riassunto la decisione dei genitori in modo molto piú secco:

«Devi fartene una ragione, cara mia. Papà e mamma hanno paura di te. Cominciano a rendersi conto che fai succedere cose strane. Non sanno piú come comportarsi quando ci sei tu. Mamma pensa che Nonna Katy possa aiutarti.»

«Nonna Katy?» esclamò Peggy. «Ma non l'ho mai vista. E anche questo è strano. Perché non andiamo mai a trovarla?»

«Perché mamma ha paura di lei» rispose Julia con un filo di voce. «Pare che sia una specie di... di strega. Vive in un posto che la gente normale evita come la peste. Un villaggio con un nome impronunciabile: *Sciacquà-carcadè*, una roba del genere, che non promette niente di buono. Papà e mamma pensano che potrete andare d'accordo, tra... tra...»

«Tra streghe?» completò Peggy.

«Già» borbottò Julia. «Sei tu che l'hai detto. Se accetti, sarà come se in vacanza ci andassimo noi.»

Peggy Sue strinse i denti per dissimulare la rabbia, ma capiva lo stato d'animo dei suoi genitori. Era normale che non ci capissero piú niente, in mezzo a tutto quello scompiglio malefico che si scatenava ovunque andasse la loro figlia piú piccola.

«Va bene» cedette. «Andrò da questa nonna mai vista. Forse potrà davvero fare qualcosa per me.»

«*Grande*!» esclamò Julia. «Finalmente potremo fare una vita normale!»

E fu cosí che in compagnia del cane blu aveva il preso il treno per 'Sciacquà-Carcadè' . Quando il controllore aveva letto la destinazione sul biglietto era diventato pallido come una rapa.

«Bisognerà sbrigarsi a scendere,» aveva mormorato mentalmente il cane blu «o puoi star certa che questo tipo non esiterà un istante a buttarci giú dal treno in corsa!»

Le mele atomiche

Già da due ore Peggy correva al fianco di sua nonna senza avvertire la minima stanchezza. Anzi, si sentiva in una forma smagliante. Non solo il mantello mangiava la sua fatica, ma moltiplicava anche le sue forze. Solo il cane blu si lamentava di avere la bocca piena dei peli che il vento strappava al vestito magico.

Le due 'velociste' avevano raggiunto la sommità di una collina quando la sagoma di uno strano albero si disegnò all'orizzonte. Peggy, sorpresa, rallentò il passo. I rami erano privi di foglie e presentavano la forma inconsueta di una mano rattrappita. Una mano annerita, con le unghie aguzze e anch'esse scurite dal fuoco.

«Attenzione» le sussurrò il cane blu. «Non avvicinarti... È pericoloso. Sento qualcosa che ronza. Un'energia formidabile. Che crepita come delle salsicce atomiche in una padella gigante.»

«È un melo!» disse Peggy, meravigliandosi nel vedere frutti gialli e rossi appesi ai rami nudi.

Un'alta grata di ferro battuto circondava il melo malato, che sembrava imprigionato in una gabbia come una belva allo zoo.

«In realtà quest'albero è un parafulmine» la informò Nonna Katy fermandosi a sua volta. «Ne vedrai degli altri; meglio che ti spieghi di cosa si tratta prima che tu faccia qualche stupidaggine.»

«Un parafulmine?» esclamò la ragazza. «Come quelli che si mettono sui tetti per attirare i lampi?»

«Sí» rispose la vecchina. «Questo l'hanno piantato piú di sessanta anni fa, ma è ancora in grado di funzionare. Dacci un'occhiata, ma non toccare le sbarre...»

Incuriosita, Peggy si avvicinò al melo in gabbia. I rami nudi si protendevano avidamente verso il cielo come se cercassero di acciuffare una preda invisibile.

Era impossibile avanzare fino al tronco; le sbarre annerite della grata formavano una gabbia cilindrica invalicabile. Peggy fece un giro completo, esaminando l'albero da tutti i lati. Non le ci volle molto per notare il contatore fissato a mezz'altezza sulla corteccia.

Sembra il registratore di cassa di un supermercato, disse tra sé.

Dalle finestrelle traforate si leggevano dei numeri. Cifre nere che dicevano:

23954 TEMPORALI

«Naturalmente, il numero cambia a ogni nuova burrasca» commentò Nonna Katy. «Il contatore è stato messo per fare la somma al posto nostro. Ci sono solo cinque alberi da fulmine in tutto il paese. Scoprirai dove sono: non è difficile riconoscerli.»

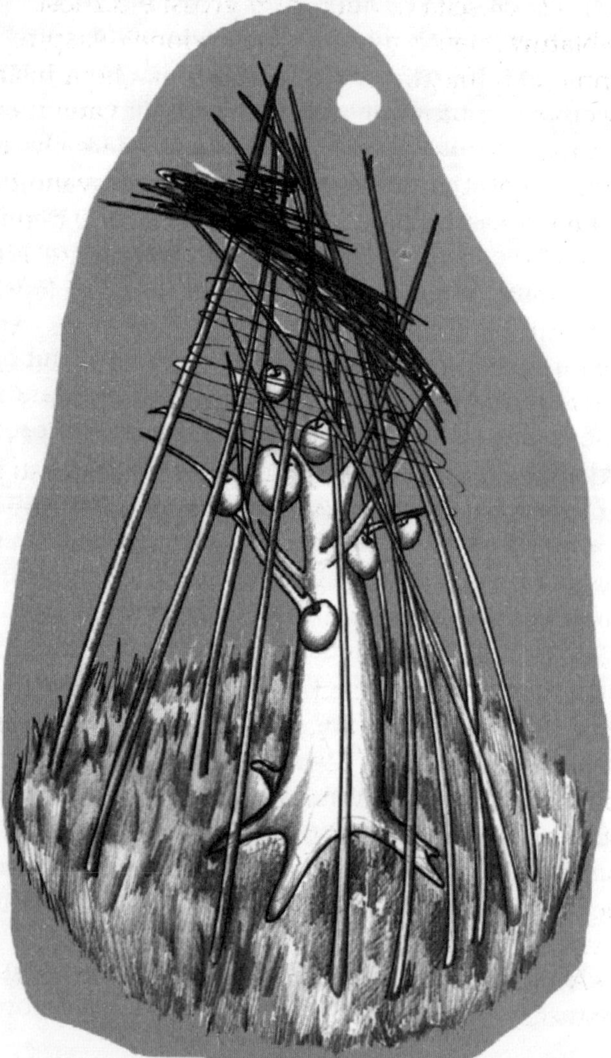

Alzando la testa Peggy rimase di nuovo sorpresa nel vedere delle mele appese alle estremità dei rami. Il legno secco e annerito sembrava infatti poco propizio alla crescita di quei frutti grossi e carnosi.

«Naturalmente non è la perfezione» sospirò la nonna. «Ma meglio che niente. Prima che li installassero era un inferno! I fulmini ritagliavano il cielo come un puzzle. Avresti dovuto vedere che roba! Zot! Zot! Cadevano ovunque. Devastavano tutto. Le fattorie bruciavano una dopo l'altra: avremmo dovuto vivere sottoterra come delle talpe. Non c'era niente da fare. I parafulmini normali si fondevano subito. Molti dei miei vicini sono morti. Altri se ne sono andati, abbandonando tutto quello che avevano e finendo a mendicare per le strade. Finché un giorno è passata di qui una maga. Ci ha dato dei semi misteriosi e abbiamo piantato questi alberi. Gli alberi mangia-fulmini. Hanno il potere di attirare l'energia che viene dal cielo: la inghiottono, la assorbono, la digeriscono... *e la usano per far maturare le loro mele.*»

Peggy Sue annuí.

«Finisce tutto nei frutti» spiegò la vecchina. «La forza del tuono, l'elettricità, il fulmine, si concentrano dentro le mele! Vedi come sono? Non cadono mai. Continuano a maturare, diventando un po' piú grandi a ogni temporale. La loro buccia è dura come il cuoio, ma dentro sono vuote come le palle che si attaccano all'albero di Natale. È in quel vuoto che si immagazzina l'energia del cielo.»

«Allora non si possono mangiare?» domandò la ragazza.

«Dio te ne guardi!» gracidò Nonna Katy. «Certo che no! Se tu dessi loro un morso liberesti il potere distruttivo che hanno dentro!»

Peggy si tirò indietro, istintivamente.

«Se qualcuno affondasse i denti dentro uno di quei frutti,» insisté Katy «scatenerebbe un'esplosione formidabile. Se per calcolare la potenza delle bombe atomiche si usano i megatoni, qui noi dovremmo usare le 'megamele'. Il problema è che i maiali non capiscono granché del pericolo che incombe su di noi.»

«Ci mancava solo questa!» sussurrò nella mente di Peggy la voce del cane blu.

«I maiali amano le mele» continuò Katy. «Sono abbastanza forti per piegare le sbarre della gabbia e intrufolarsi fino all'albero; arrivati lí danno dei colpi al tronco nella speranza di far cadere qualche frutto. Finora i loro tentativi sono falliti, ma il pericolo rimane. Hai idea di cosa capiterebbe se uno di loro riuscisse a mordere anche una sola di quelle mele?»

«Piú o meno» balbettò Peggy.

«Tutto il paese sarebbe cancellato dalla carta geografica» borbottò la vecchina. «Il tuo primo lavoro sarà proprio questo...»

«Quale lavoro?» si meravigliò la ragazza.

«In campagna nessuno se ne sta con le mani in mano» ribattè Katy Flanaghan. «In una fattoria tutti devono guadagnarsi il pane. Visto che hai un cane, farai la guardia agli alberi mangia-fulmini. Il tuo compito sarà respingere gli assalti dei maiali troppo golosi. D'altronde è proprio perché avevi un cane che ho accettato che tu venissi. Tua madre mi ha scritto che ti segue come un'ombra e che è coraggioso. Proprio quello che ci vuole: qui i nostri cani hanno troppa paura dei maiali per essere dei buoni guardiani.»

Fece una pausa e aggiunse:

«E poi ce ne rimangono cosí pochi... i porcellini se li sono mangiati quasi tutti.»

«Fantastico!» frignò il cane blu dal fondo della testa di Peggy Sue. «Eccomi trasformato in un cane gladiatore!»

«*Ho sentito!*» sibilò la nonna. «Di' a tuo fratello di fare meno l'insolente!»

«Non è mio fratello,» attaccò Peggy «è il mio...»

Ma non riuscí a terminare la frase perché la strana vecchina avvolta nel mantello di scimmia si era già rimessa a correre.

Tigri rosso fuoco

Quando arrivarono a destinazione, i mantelli avevano perso tutto il loro pelo.

«Erano già piuttosto vecchiotti» sospirò Katy. «Adesso non serviranno piú a granché.»

«Da dove vengono queste pelli?» si informò Peggy Sue.

«Da animali feroci ormai scomparsi, che un tempo vivevano sulle montagne» rispose la vecchina. «Erano infaticabili, e come puoi ben immaginare i cacciatori facevano una fatica del diavolo a catturarli. Per mia fortuna sono riuscita a mettere da parte una bella scorta delle loro pellicce. Le affitto a chi ha qualche compito difficile da portare a termine. Ad esempio persone anziane che devono costruirsi una casa o che vogliono intraprendere un lungo viaggio. Grazie ai miei mantelli possono farlo senza sentire la minima fatica. Ed è di questo che vivo.»

«Allora aveva ragione Julia» mormorò Peggy. «Tu sei una specie di... strega?»

«Strega è una parola inventata da qualche imbecille» rispose Katy Flanaghan. «Le vere streghe non hanno mai portato un cappello a punta o cavalcato delle scope. La verità è che tutti quanti possono essere 'streghe'; non c'è neppure bisogno di fare una scuola (anche perché di scuole del genere non ce ne sono!), basta vivere a contatto con la natura e imparare ad ascoltare le forze segrete che pulsano nelle vene del mondo. Gli adulti, e soprattutto quelli che vivono in città, hanno perso questo potere. Sono diventati sordi e ciechi ai messaggi che ci mandano le forze della natura: gli alberi, le pietre, l'acqua, il fuoco...»

«È quello che è successo a mia mamma?»

«Sí. Tutto questo le faceva paura... preferiva credere alle cose chiare, razionali. Le piaceva pensare che il mondo fosse un grande armadio pieno di cassetti etichettati con cura. Un armadio dove tutto era stirato e ben piegato. Detestava il mistero, le cose inspiegabili. Era solo un po' piú grande di te quando è scappata di casa per andarsi a rifugiare nel 'mondo normale', come lo chiamava lei. Ha cancellato dai suoi ricordi tutto quello che aveva vissuto qui. Credo perfino che sia riuscita a convincersi che si trattava di pura immaginazione. Era piú comodo.»

«Non vi siete piú riviste?»

«Sí, di tanto in tanto. Quando è nata Julia... o quando sei nata tu. Ma mai per troppo tempo. E poi ero io che la andavo a trovare. Lei non tornerebbe qui per nulla al mondo. Non gliene faccio una colpa: certe persone sono terribilmente spaventate da quello che chiamano 'l'irrazionale'. Non possono concepire che esista un altro mondo. Per me invece è il vostro universo che sembra orribile... cosí limitato. La vostra 'realtà' mi fa l'effetto di un vestito troppo stretto. Mi sarebbe impossibile infilarmelo senza rompere le cuciture. E se per qualche miracolo riuscissi ad abbottonarmelo, morirei soffocata.»

Conversando a quel modo erano arrivate sulla soglia di una vecchia e bella casa con il tetto di paglia... che sembrava però curiosamente montata su quattro ruote, come un camion. Peggy, sconcertata, non osò mostrare la sua sorpresa. Scendeva la notte. Guardandosi attorno la ragazza constatò che le abitazioni erano molto distanti l'una dall'altra, separate da dolci colline. I campi, immensi, si estendevano a perdita d'occhio. Sulla campagna semideserta regnava un'atmosfera di pace, senza civette, pipistrelli o scheletri dispettosi.

«Dài, entra!» le ordinò Nonna Katy. «Qui nessuno chiude a chiave la porta.»

Peggy spinse il battente fatto di grosse assi sgangherate. Nella casa c'era odore di torta di mele, di cera d'api, di lavanda infilata tra i mucchi di lenzuola chiusi nei grandi armadi. Era piena di un'accozzaglia di oggetti degna di un negozio d'antiquariato. Ovunque ci si girasse non si vedevano che libri antichi, lampade polverose, teiere dalle forme stravaganti (elefante, canguro, balena...), ciabatte spaiate. Un grosso gatto col pelo rosa scappò via non appena vide il cane blu.

«Accidenti!» borbottò Katy Flanaghan. «Mi ero dimenticata di lui.»

«È il tuo gatto?» chiese Peggy stringendo con piú forza il cane per impedirgli di gettarsi all'inseguimento del micio.

«Sí e no» sospirò la vecchina. «Fa parte delle cose che offro in affitto. Che ci vuoi fare, una strega è una commerciante! Io ho un negozio, devo badare anche all'incasso.»

«Tu affitti dei gatti?» si sorprese la ragazza.

«Sí,» disse la nonna «ma questi sono animali un po' particolari. Servono per assorbire il cattivo umore dei loro padroni.»

«E come fanno?»

«I gatti della serenità (è cosí che si chiamano) sono come delle spugne. Assorbono le preoccupazioni della gente che li accarezza. Appena ti senti un po' triste o preoccupata, o se qualcuno ti fa innervosire, basta che ti metti il gatto sulle ginocchia e lo accarezzi. Le vibrazioni negative che ti facevano sentire a disagio passano subito dentro l'animale e tu torni a essere felice.»

«Questa poi!» sbuffò Peggy. «Che razza di invenzione!»

Nonna Katy tossicchiò.

«C'è solo un problema» sussurrò. «A un certo punto, a forza di riempirsi della rabbia e delle angosce degli uomini, gli animali diventano feroci. Ritornano selvatici e scappano. D'altronde è meglio cosí, altrimenti farebbero a pezzi i padroni con i loro artigli.»

Peggy si sentiva girare la testa. Salendo su quel treno non si sarebbe mai aspettata di finire in un mondo di pazzi.

«Man mano che si riempiono di collera, i gatti della serenità cambiano il colore del pelo dal bianco al rosso vivo» le spiegò Nonna Katy. «Quello che si è appena andato a nascondere sopra l'armadio è per ora solo rosa; potrà funzionare ancora per molti mesi, a patto che il suo padrone non sia un superstressato. Grazie a loro molte persone che erano insopportabili sono diventate piacevoli. Uno, ad esempio, è Flaherty MacMolloy, il mio vicino, un vecchio scorbutico come ce ne sono pochi. Prima di usare i gatti della serenità mi tirava le pietre. Adesso mi regala i fiori... quel vecchio barbogio si è messo in testa di sposarmi!»

«Ma che fine fanno i gatti rossi una volta che sono scappati?» domandò Peggy Sue.

«Diventano come tigri in miniatura» rispose la vecchina. «È meglio tenersene alla larga se non si vuole finire a brandelli. Col passare del tempo però la collera li abbandona, ridiventano rosa, poi bianchi... e allora li si può usare di nuovo. Catturarli sarà compito tuo.»

«Cosa?» singhiozzò Peggy. «Ma io devo già fare la guerra ai maiali!»

«Quando avrai finito con i porcellini, ti riposerai catturando gatti» replicò la nonna alzando le spalle. «Alla tua età si ha energia da vendere. Solo una cosa: non catturare i gatti rossi, sono pericolosi e non servono a niente. Vorrebbe dire correre rischi inutili.»

La ragazza non trovò nulla da ribattere. Il cane blu la bombardava di vibrazioni terrorizzanti.

«Mettetevi comodi, tu e tuo fratello» disse la vecchina. «Io vado a preparare la cena.»

Peggy obbedí. Avrebbe dato qualsiasi cosa per avere Sebastian seduto al suo fianco. Lui avrebbe sicuramente saputo consigliarla. Ma, ahimè, era ancora ridotto a un sacco di sabbia nella sua valigia. Dopo l'avventura del miraggio[1], Peggy Sue aveva cercato piú d'una volta di ridargli forma umana innaffiandolo d'acqua minerale. Disgraziatamente le condizioni imposte dal genio che avevano incontrato erano impossibili da rispettare. Secondo le clausole del contratto firmato col demonio che gli aveva ridato la libertà, Sebastian poteva riprendere forma umana solo a condizione d'essere innaffiato con acqua completamente pura... ma dell'acqua pura al 100% non esiste in commercio. Quando leggevano la composizione sulle etichette delle bottiglie si accorgevano subito che l'acqua conservava tracce di qualche cosa: sali minerali, nitrati... in poche parole un sacco di cose invisibili grazie alle quali il genio poteva impedire che il mucchio di sabbia che appesantiva la valigia di Peggy diventasse quel ragazzino quattordicenne con la faccia adorabilmente imbronciata.

«Il genio vi ha imbrogliati per bene!» aveva detto il cane blu quando la ragazza gli aveva esposto il problema. «Ma è sempre cosí con i demoni: fanno di tutto per non mantenere le loro promesse. Il tuo ha fatto un vero e proprio capolavoro, vendicandosi di Sebastian senza darlo a vedere. Il povero ragazzo si è illuso di poter riavere la sua li-

---

[1] Vedi *Peggy Sue e gli Invisibili – Il sonno del gigante*.

bertà quando in realtà stava finendo in una nuova trappola.»

Era stato anche questo rompicapo dell'acqua a convincere Peggy a lasciare la famiglia. Quando aveva chiesto a sua madre se esistessero sorgenti d'acqua pura nel posto dove abitava Nonna Katy, lei aveva risposto:

«Sí, là i torrenti non sono inquinati. Scendono direttamente dalle montagne. Berrai l'acqua piú cristallina che esista al mondo.»

Quell'assicurazione aveva ridato speranza alla ragazza, perché c'è da domandarsi a cosa serva avere un fidanzato se bisogna tenerselo chiuso in un sacco in fondo a una valigia.

Si ripromise di chiedere informazioni a sua nonna appena si fosse ripresa un po', perché per il momento si sentiva ancora piuttosto smarrita nel bizzarro universo di Shaka-Kandarec.

La vecchina riapparve tenendo in mano delle scodelle di terracotta.

«Troverai delle posate di legno in quel cassetto» le disse. «Come vedi non c'è nessun oggetto metallico in questa casa. Stasera, prima di andare a letto, mi darai il tuo orologio e il tuo fermacapelli... La montatura dei tuoi occhiali va bene, è di plastica; la potrai tenere. Qui non prendiamo queste precauzioni alla leggera. Con i fulmini non si scherza. Capirai un po' alla volta le regole di questo paese. Se le rispetti, non ti succederà niente di spiacevole. In caso contrario, preparati al peggio.»

Il cane blu si dovette sedere su una sedia per mangiare dalla scodella che Nonna Katy aveva messo sul tavolo. Ogni volta che affondava il muso nel cibo, la vecchina emetteva un 'tss... tss...' di disapprovazione.

«Alla sua età» sibilò rivolta a Peggy «potrebbe anche usare le posate. A cosa serve portare la cravatta se poi ci si rimpinza come un maiale?»

La ragazza non aveva la piú pallida idea di cosa stesse mangiando, ma il gusto era gradevole. Pensò che dovevano essere dei funghi. La casa di sua nonna la dava l'idea di un guscio di noce gigante. Un guscio di noce tappezzato di morbida pelliccia. Ora si sentiva a suo agio.

«A letto, adesso!» ordinò Katy. «Domani avrai molto da fare e molto da imparare. È meglio andare a dormire presto.»

Peggy Sue e il cane blu si sistemarono nella deliziosa stanza dipinta d'oro che Nonna Katy aveva loro riservato. Né l'una né l'altro si accorsero che la vecchina rimaneva all'erta nell'oscurità della sala da pranzo. Nascosta vicino a una finestra, scrutava il cielo con aria inquieta e, di tanto in tanto, tendeva l'orecchio per sentire i rami crepitare nel vento.

A piú riprese scosse la testa con l'aria di chi la sa lunga e mormorò cupamente:

«Tornerà, è sicuro... Forse è già qui ma nessuno riesce a vederlo. E allora la guerra ricomincerà.»

Mistero + mistero + mistero = ?

L'indomani mattina, dopo aver fatto colazione, Nonna Katy consegnò a Peggy un sacco di tela, un bastone e un paio di guanti in pelle.

«Il bastone è per i maiali» spiegò. «Il sacco e i guanti ti serviranno se dovrai catturare un gatto. Troverai dei topolini morti nella tasca del vestito: usali per attirare i mici, ne vanno ghiotti. Ma mi raccomando, non farti graffiare. Diventeresti immediatamente pazza di rabbia e ti metteresti a spaccare tutto quello che ti sta intorno. È successo a un bambino di qui: dopo aver fracassato tutto ciò che gli stava a tiro, ha cominciato a rompersi le sue stesse gambe. Non te lo dico per spaventarti, ma per spingerti a essere prudente.»

«Grazie» balbettò la ragazza afferrando il tutto.

«La gente del posto sa che sei arrivata» aggiunse la nonna. «Puoi tranquillamente parlare con loro, ti insegneranno le leggi che governano Shaka-Kandarec. Ti ho fatto una piantina con la posizione dei meli parafulmine. Dovrebbe bastarti fare la ronda da uno all'altro per tener lontani i maiali.»

Peggy e il cane blu si avviarono tra le colline su un sentierino ciottoloso. La ragazza esitava a mettersi le mani in tasca a causa dei topolini morti, la cui presenza non la entusiasmava per niente.

«Che ne pensi di tutto ciò?» domandò al suo amico a quattro zampe.

«Penso che tua nonna non ci stia dicendo tutto» sussurrò mentalmente il cane blu. «C'è qualcosa di pericoloso nell'aria... Non è solo per i maiali o per i gatti-tigre; si tratta di qualcos'altro. Una minaccia che viene dal cielo.»

Peggy ebbe un brivido. Il cane si sbagliava raramente quando si trattava di catastrofi. Esaminò il paesaggio, era bellissimo.

«Però è strano» mormorò. «Nel villaggio non ci sono macchine, ma la campagna è attraversata da piste larghe come autostrade.»

«Sí» grugní il suo compagno dal pelo blu. «Sono veramente grandi... e ben tenute. Però seguono dei tracciati strani. Vanno in tutte le direzioni, fanno dei cerchi. Sembra un circuito automobilistico.»

«Non vanno da nessuna parte» concluse la ragazza. «Girano attorno al villaggio perdendosi in un mucchio di diramazioni inutili. Ecco un altro mistero che dovremo svelare.»

Inerpicandosi su per la collina, incontrarono un uomo vestito da pastore che camminava fumando una pipa... e con un gatto sotto il braccio. Il gatto era di un bel rosa vivo.

«Buongiorno» esclamò con giovialità. «Tu sei la nipote di Katy Flanaghan, vero? Spero che ti troverai bene qui. Bella giornata, no?»

Sorrideva, ma la sua mano destra accarezzava freneticamente la schiena del gatto.

«Vado a sorvegliare i maiali» rispose Peggy indicando il melo in cima alla collina.

«I maiali, certo» fece l'uomo coccolando ancor di piú il gatto. «Vedrai, è divertente. Ci si diverte molto a Shaka-Kandarec. Siamo cosí felici... basta avere un micio a portata di mano. Devi dire a tua nonna di tenermene un altro da parte per il fine settimana, perché questo nel giro di tre giorni sarà già tutto rosso. Io sono un tipo molto nervoso.»

Dopo aver vantato le bellezze del paese, l'uomo si congedò. Peggy e il cane blu raggiunsero la cima della collina; lí si sedettero sull'erba per riprendere fiato. Appese ai rami dell'albero ritorto, le mele ronzavano come lampadine sul punto di esplodere.

«Hai visto?» le fece notare il cane. «Le sbarre sono piegate. I maiali hanno cercato di allargarle. Devono essere terribilmente forti. Pensi che riusciremo a respingerli con un semplice bastone?»

«Non so» disse la ragazza. «La cosa migliore sarebbe forse proiettare nelle loro menti immagini spaventose per farli tornare indietro.»

«Sí,» concordò il cane blu «è una buona idea. Li bombarderò con visioni di salsicce, prosciutti e sanguinaccio. Mostrerò loro un salumiere mentre affila i coltelli.»

«Speriamo che siano abbastanza intelligenti da capire cosa significa» mormorò Peggy.

Aveva appena pronunciato quelle parole quando apparve il primo maiale, rosa ed enorme, trascinandosi come una botte montata su quattro zampe tozze. Avanzava con il grugno feroce, pronto a dare battaglia. Peggy sollevò il suo bastone. Il cane blu chiuse gli occhi per concentrarsi. La ragazza si rese conto di aver paura.

Mi ci vorrebbe un gatto rosa! pensò. All'improvviso le era chiaro perché gli abitanti della regione non potevano piú fare a meno di quei magici felini.

La battaglia andò avanti per un po', perché il maiale era testardo. Terrorizzato dalle immagini che il cane blu gli proiettava nel cervello, faceva dietro front e subito dopo, appena superata la paura, tornava alla carica. Vennero a dargli manforte altri tre porcelli. Avanzavano come rinoceronti, infischiandosene delle bastonate che Peggy Sue distribuiva a destra e a manca. Erano come ipnotizzati dalle mele magiche. Ma alla fine se ne andarono, scontenti e inquieti, senza capire cosa gli stesse capitando.

«Per tutte le salsicce atomiche!» sbraitò il cane blu. «Queste botti di lardo ambulanti mi hanno fatto venire uno di quei mal di testa...»

«Bravo!» sussurrò la ragazza. «Ci sei riuscito. Senza di te non me la sarei mai cavata.»

«C'erano delle immagini curiose nelle loro menti,» disse il cane corrugando il muso «... delle cose strane.»

«Cosa ad esempio?»

«Sembravano tutti ossessionati da una specie di farfalla. *Una farfalla gigantesca*. Piú grande di una città. È un'immagine che non ci si aspetta proprio di trovare nel cervello di un maiale. La cosa piú strana è che ci pensavano tutti.»

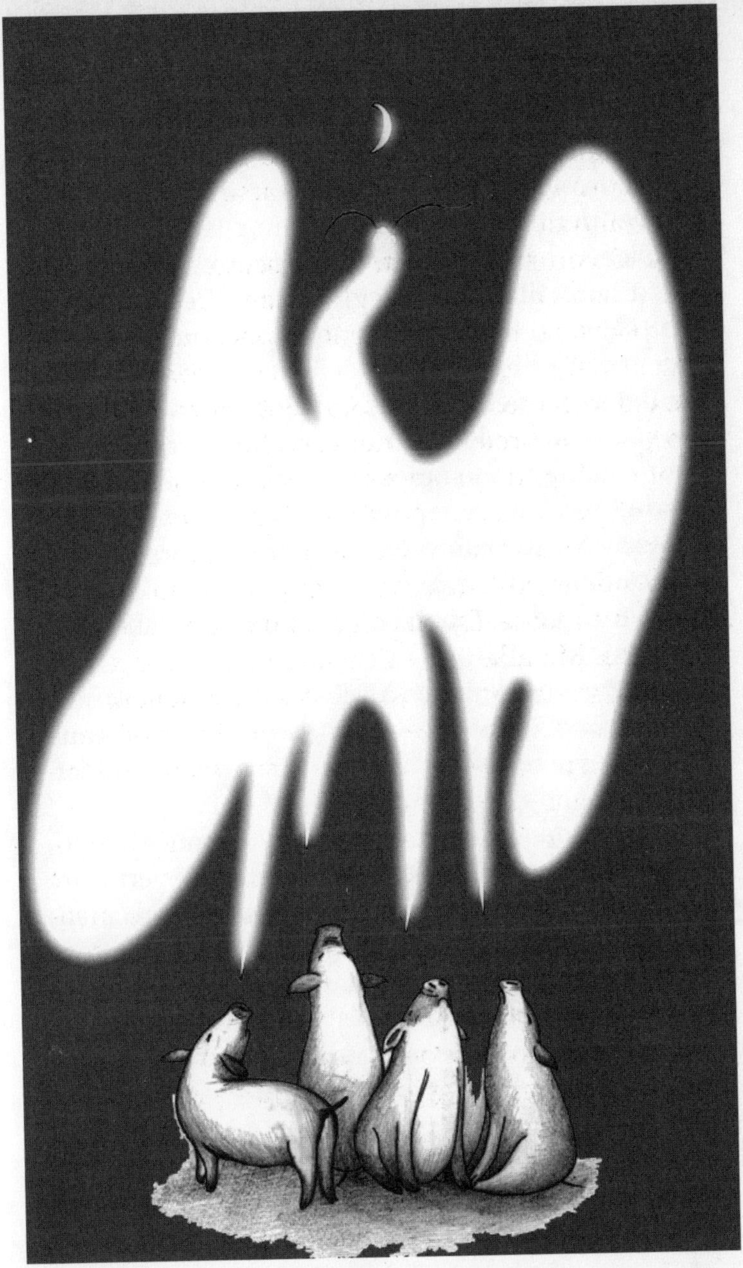

«Una farfalla?» ripeté Peggy.

«Sí,» confermò il cane «una farfalla che cambiava continuamente colore, come un camaleonte.»

«Ne avevano paura?»

«No, per niente. Si auguravano che ritornasse.»

Poiché i maiali non davano l'impressione di voler tornare alla carica, Peggy Sue e il cane blu cominciarono a scendere dal versante nord della collina in cerca di gatti rabbiosi. Ben presto furono circondati dalla vegetazione. Qua e là spuntavano dal terreno tronchi d'albero inceneriti. Bisognava fare attenzione a dove si mettevano i piedi perché profonde fenditure screpolavano il suolo... come se qualcosa fosse caduto dal cielo per conficcarsi nella terra.

«Il bordo dei crepacci è carbonizzato» notò Peggy Sue.

«È vero» fece il cane. «La cosa che ha scavato queste fenditure doveva essere bollente. Come se qualcuno avesse infilato una gigantesca spada nell'erba. Una spada arroventata.»

A quell'idea i due amici rabbrividirono. Non poterono fare a meno di alzare la testa per verificare che nessun gigante armato se ne stesse imboscato tra il fogliame.

Il cane blu si avvicinò al buco e lo annusò.

«Puzza di fuoco» diagnosticò. «Era rovente, liquido come lava fusa... Poi si è raffreddato al contatto col suolo. *È ancora qua dentro...*»

«Cosa?» ansimò Peggy.

«È ancora qua dentro» ripeté l'animale. «Come la lama di una spada che si fosse spezzata conficcandosi in un tronco d'albero. Guarda: se ti chini vedi qualcosa che brilla giú in fondo.»

«È vero» confermò la ragazza. «Sembra una lucina che vibra, come un pezzetto d'oro lontano, in fondo a un tunnel.»

Si rialzò, dubbiosa.

Rimessisi in marcia, arrivarono presto a una radura dove troneggiava un'incredibile catasta di oggetti metallici. Pentole, coperchi, casseruole erano ammonticchiate accanto a delle automobili e perfino a un vecchio autobus. Tutto era mezzo fuso e formava un solo blocco d'acciaio appoggiato sul terreno come una mostruosa scultura.

«Sono gli oggetti di ferro del villaggio» intuí Peggy Sue. «Li hanno portati in questa discarica per allontanare i fulmini. Guarda: ci sono centinaia di orologi, anelli... e attrezzi a non finire.»

«È tutto mezzo fuso» grugní il cane. «Sembra la colata di una candela... ma una candela d'acciaio!»

«Ehi! Voi!» tuonò una voce dietro di loro. «Non dovete stare lí! È pericoloso.»

Peggy si girò su se stessa. Un ragazzino spaventosamente sudicio venne fuori dai cespugli. Coperto di terra, portava un casco da minatore abbassato fino agli occhi. Due larghe bretelle gli attraversavano il petto nudo reggendo un paio di pantaloni coperti di fango secco.

«Ciao,» disse «sono Sean Doggerty, il maggiore dei Doggerty. Stiamo scavando da queste parti. Tua nonna ci ha avvisati del tuo arrivo: cercheremo di educarti. Non è facile vivere a Shaka-Kandarec per chi non gira tutto il giorno con un gatto della serenità sotto il braccio.»

«Tu non ce l'hai?» chiese Peggy.

«No» mugugnò il ragazzo. «Nella mia famiglia pensano che fuggire dalla realtà non serva a niente. La gente può anche starsene a sorridere beata accarezzando i suoi gatti, ma questo non cambia di una virgola i pericoli che ci minacciano.»

«Stai parlando dei fulmini?» domandò Peggy.

Sean Doggerty s'imbronciò. Per darsi un contegno si levò il casco e cercò di pulirsi la faccia con uno straccio bisunto, senza riuscirci granché.

«È un casco di legno» borbottò. «La terra, noi la scaviamo con zappe di granito. È la legge. La grande discarica serve da esca» aggiunse indicando il cimitero di macchine fuse. «La gente la usa per deviare il fulmine; spera che il magnetismo di quella ferraglia attiri l'energia del cielo. Ogni volta che il fulmine ci cade sopra, gli oggetti si fondono un po' di piú. Hai visto quell'autobus? Sembra una caramella gigante lasciata al sole. Una caramella cromata.»

«Ma perché ci sono cosí tanti temporali in questo paese? È normale?»

Sean chinò la testa.

«Non ho il permesso di dirtelo» sospirò. «Ci sono troppe cose che devi imparare, ti confonderei e basta.»

Il ragazzino indugiò, ciondolando da un piede all'altro, e alla fine esclamò con durezza:

«Oh, ma in fondo che sarà mai! Che tu lo sappia adesso o tra una settimana, non cambierà poi tanto le cose. Non sono dei veri fulmini... sono dei proiettili che ci tirano dall'alto delle nuvole. Non si tratta di temporali, ma di una guerra. *Ci bombardano*. I nostri nemici sono lassú, nascosti nel cielo, sugli stratocumuli e sui cumulonembi, come dicono quelli delle previsioni del tempo. Ci sparano addosso.»

Peggy Sue alzò la testa per esaminare il cielo. Era di un blu intenso. Grandi nubi si trascinavano pigramente.

«Sembrano delle nuvole,» borbottò il ragazzo «ma in realtà sono delle fortezze. LORO sono là. LORO ci osservano senza sosta.»

«Chi sarebbero LORO?»

«Non lo so. Nessuno li ha mai visti in faccia.»

Peggy si mordicchiò il labbro inferiore. Il suo istinto le diceva che Sean Doggerty non stava mentendo.

«Tua nonna non ti ha detto niente?» sospirò il giovanotto. «Probabilmente non avrà voluto spaventarti fin dal primo giorno. È una buona strega, ma con i suoi gatti fa vivere la gente con la testa sotto la sabbia, come gli struzzi quando hanno paura.»

Peggy indicò, ai suoi piedi, uno dei crateri aperti dall'impatto del fulmine.

«Cosa c'è lí in fondo?» domandò. «Se si guarda dentro si vede qualcosa che brilla.»

Sean si grattò la testa.

«È il lampo» mormorò. «O il fulmine, se preferisci. È conficcato nella terra come la punta di una spada spezzata.»

«Mi vuoi prendere in giro?» rispose la ragazza.

«Il fulmine è fatto di elettricità. Non si può toccare, non è una cosa solida.»

Il piccolo minatore alzò le spalle.

«I fulmini che ci sono al tuo paese, forse» disse. «I fulmini di Shaka-Kandarec sono un'altra cosa. Gli esseri nascosti sulle nuvole li fabbricano con dei pezzi di stelle. Quando trovano una stella bella brillante, le staccano una punta e la fanno fondere in una fornace, come si fa con i lingotti. Quando si è liquefatta, rovesciano il pentolone e la stella fusa ci piomba sulla testa.»

«Come facevano i soldati medievali con l'olio bollente?» chiese Peggy Sue.

«Esatto» confermò Sean Doggerty. «Una stella fusa è peggio di un fulmine, distrugge tutto quello che incontra. Toccando il suolo il fluido comincia a raffreddarsi e una volta che è penetrato abbastanza nella terra si solidifica. Quando è completamente freddo prende l'aspetto di un grosso pezzo di metallo... *un pezzo d'oro*, per essere precisi.»

«Okay, ho capito tutto» sospirò Peggy. «Ecco perché tu e i tuoi fratelli scavate.»

«Sí» disse Sean. «Siamo dei cercatori. Speriamo di trovare abbastanza oro per andarcene da Shaka-Kandarec e farci una vita da qualche altra parte. Le stelle fuse danno l'oro piú puro che esista. Purtroppo è difficile estrarlo con degli attrezzi di pietra. Non si riesce a staccarlo.»

«Ma non hai paura?» chiese Peggy.

«Certo che ce l'ho!» confessò Sean. «Puoi ben immaginare come sono agitato mentre scavo in fondo a un tunnel.»

«E nonostante questo continui...»

«Sí, non si può restare a Shaka-Kandarec. È un posto da pazzi. Te ne renderai conto anche tu. Adesso è tutto tranquillo, la campagna è bella, ma purtroppo non durerà.»

«Non riesco a capire perché quella gente che sta sulle nubi vi versa delle stelle fuse in testa» insisté la ragazza. «Qual è il motivo?»

«Basta cosí» concluse Sean allontanandosi. «Ti ho già detto abbastanza. Se vuoi delle spiegazioni rivolgiti a tua nonna. Nel frattempo, vattene da qui. E se vuoi un consiglio, lascia perdere i gatti rossi.»

Detto questo, scomparve tra i cespugli.

«Pensi che stesse dicendo la verità?» domandò mentalmente Peggy al cane blu.

«Sí» rispose l'animale. «Credo che succedano cose strampalate in questo posto. Rischiamo davvero di passare delle strane vacanze.»

Uscirono dal bosco in preda a mille pensieri. Piú volte sentirono dei gatti ringhiare di rabbia tra gli arbusti, ma Peggy decise di non cercare di catturarli finché non fosse stata un po' piú addentro ai misteri di Shaka-Kandarec. Quando arrivarono allo scoperto, i due amici cominciarono a osservare il cielo con attenzione.

«In effetti queste nuvole hanno delle forme strane» disse il cane blu. «Sembrano dei castelli in aria. Non trovi?»

«Sí» convenne Peggy. «Ma la tua vista è migliore della mia. Non saprei spiegare perché, ma ho come l'impressione che si comportino in modo curioso. Non staranno mica girando in tondo?»

«Ma certo! Hai ragione» esclamò l'animale. «È come se avessero deciso di non allontanarsi. Volano in cerchio, per tenerci d'occhio, come avvoltoi. Non è normale.»

Peggy aggrottò le sopracciglia. Piú le esaminava, piú le nuvole le sembravano sospette.

Delle torrette, pensava. Delle fortificazioni... e là dei bastioni. Ma questo non vuol dir niente; quando si fissa una nuvola si finisce sempre col trovare che assomiglia a qualche cosa.

«Non ci giurerei,» disse a un certo punto il cane blu «ma ho l'impressione che ci sia qualcuno su quelle nuvole.»

«Qualcuno?» si sorprese la ragazza.

«Sí. Vedo delle sagome che si muovono, delle piccole ombre.»

«Forse sono uccelli...»

«No, sono molto piú grandi... Ecco, adesso non si vede piú niente. Si sono nascoste.»

Peggy tirò un sospiro.

«Molto bene» sibilò. «Ecco confermati i nostri sospetti. Bisognerà che la nonna si decida a dirci qualcosa in piú.»

La guerra delle nuvole

Una volta tornati a casa, Peggy espose alla nonna le sue preoccupazioni.

«Oh!» sospirò la vecchina. «Vedo che hai incontrato quella testa calda di Sean Doggerty. Te ne avrà raccontate delle belle sul mio conto. So che mi rimprovera di affittare troppi gatti, ma senza i miei tranquillanti felini la maggior parte della gente se ne sarebbe già andata dal villaggio. Per quel che mi riguarda, io penso che bisogna lottare.»

«Sarei contenta di battermi,» disse Peggy Sue con tono deciso «a patto di sapere contro che cosa!»

La vecchina sorrise e le prese la mano.

«Vieni,» mormorò «scendiamo in giardino. Quello che ho da dirti è un po' complicato.»

Uscirono, seguite a ruota dal cane blu.

«Bisogna parlare senza alzare la testa» disse la nonna con voce cupa. «Quelli che vivono sulle nuvole potrebbero decifrare i movimenti delle labbra.»

«Allora c'è qualcuno lassú?»

«Sí» mormorò Katy Flanaghan. «Nessuno ha mai visto come siano fatti; tutto ciò che sappiamo è che per loro le nuvole sono sia delle fortezze che degli altiforni dove fondere le stelle. Quando una nuvola diventa scura, non è perché sta per piovere. In realtà è il fumo della fonderia che l'annerisce... la fonderia dove fanno liquefare i pezzi di stelle. Quando cala la notte, si vede benissimo che tutta quella parte del cielo è caduta nell'oscurità. Nessuna stella può piú rischiararla... Sono finite tutte nei crogioli dei fabbri che le hanno trasformate in lampi. Lassú forgiano le saette come una volta si martellavano le lame delle spade.»

«Contro chi vogliono rivolgere queste 'spade'?»

Nonna Katy si avvicinò a sua nipote e la fissò intensamente.

«So che tu vedi dei fantasmi» disse. «Nel mondo normale ti prendono per una 'strana', ma qui a Shaka-Kandarec nessuno dubiterà mai di questo tuo dono. Ti dirò come stanno le cose: sono io che ho suggerito a tua madre di farti venire qui... Noi aspettavamo il tuo arrivo con impazienza. Contiamo moltissimo su di te per toglierci dagli impicci.»

«Sono molto colpita da tutto questo,» farfugliò Peggy «ma mi piacerebbe sapere cosa vi preoccupa.»

«Guarda in alto» sussurrò Nonna Katy. «A parte le nuvole, ti sembra tutto normale, no?»

«Sí. È bel tempo. Però non ci sono uccelli.»

«È perché hanno paura. Paura del gigantesco animale che si muove nel cielo»

«*La farfalla*?» fece Peggy.

«Ah, lo sai già» disse la vecchina. «Sí. Una farfalla gigante vive nel cielo dalla notte dei tempi. È talmente grande che la sua ombra ricopre una città intera. La maggior parte del tempo si accontenta di planare sfruttando le correnti, ma quando batte le ali provoca delle turbolenze che sembrano tempeste.»

«Una farfalla gigante...» ripeté Peggy Sue.

«Sí» confermò sua nonna. «Nessuno sa da dove venga. Da un altro pianeta, forse... Non è cattiva. Vola sopra il mondo cercando di non farsi vedere, e per questo si mimetizza diventando trasparente. Ogni tanto i radar riescono comunque a rilevarla e la scambiano per un UFO. È cosí che nascono quelle storie sui dischi volanti che ci vengono raccontate da un secolo a questa parte. Col passare del tempo il vento ha eroso le sue ali. Oggi è molto meno grande rispetto a quattrocento anni fa, ma è ancora di dimensioni notevoli.»

«Sembra che la gente speri nel suo arrivo. Come mai?»

«Non trarre conclusioni affrettate. Altrimenti non capirai niente dei nostri problemi. Una volta, la farfalla ridiventava visibile sopra Shaka-Kandarec, e si metteva a descrivere in cielo cerchi larghissimi, proiettando la sua ombra sul terreno.»

«Ma come mai qui e solamente qui?»

«Perché sa bene che noi accettiamo la sua esistenza senza farci troppe domande... e che la rispettiamo. Altrove, nel mondo normale, manderebbero dei cacciabombardieri per abbatterla o catturarla, mentre qui noi la veneriamo. Ecco perché, tradizionalmente, ci faceva l'onore di ridiventare visibile quando si avvicinava al nostro paese. E noi festeggiavamo questo privilegio come meritava. Ma un giorno, ahimè, si è rovinato tutto...»

«Scommetto che stai parlando di quelle creature che vivono nascoste tra le nuvole.»

«Sí, piccola mia. I fabbri odiano la farfalla. Non chiedermi perché, non lo so. Comunque sia, appena la farfalla arriva a Shaka-Kandarec, la bombardano con i fulmini che escono dalle loro fonderie. Cercano di bruciarle le ali, di annientarla.»

«Ed è cosí che, per sfuggire, rimane trasparente» completò Peggy. «Quello che non capisco è perché tutto ciò vi rattrista. E cosí importante vederla?»

Nonna Katy cominciò a innervosirsi tradendo un certo imbarazzo.

«Sta per sputare il rospo!» sibilò mentalmente il cane blu a Peggy.

«Oh!» si adombrò la vecchina. «Come è volgare parlare in questo modo! A cosa serve portare la cravatta se poi si parla come dei mascalzoni?»

«Ti prego, nonna,» mormorò la ragazza «basta con i sotterfugi, dicci la verità. Non potrò far niente se tu mi nascondi le cose.»

Katy Flanaghan scosse la testa.

«È vero» ammise. «Ma per me è una grossa responsabilità rivelarti il segreto della farfalla. Quell'insetto ha un potere straordinario. Quando si interpone tra il sole e la terra, il suo corpo proietta al suolo un'ombra gigantesca. Quest'ombra rende straordinariamente felici tutti quelli che ricopre. Finché si sta all'ombra della farfalla si vive in uno stato di gioia e di felicità senza paragoni. È indescrivibile... *tutto diventa bello.* Ci si mette ad amare tutti, l'oggetto piú insignificante sembra un'opera d'arte; una crosta di pane raffermo prende di colpo il gusto di una brioche appena sfornata. Si è come rapiti, in estasi. Mi è capitato di mettermi a piangere aprendo le persiane, tanto il paesaggio mi sembrava meraviglioso. Si è proiettati al di fuori di se stessi, in uno stato di esaltazione che ricorda un po' quello che si prova quando si è innamorati. Capisci?»

«Sí, piú o meno» disse Peggy, arrossendo perché pensava a Sebastian. «Ma c'è una cosa che non capisco: come fate a vivere all'ombra della farfalla? Se vola, si sposta continuamente... *e molto velocemente*. La sua ombra deve muoversi sul terreno rapida come l'acqua che scorre: come fate a rimanere nella zona coperta?»

Nonna Katy fece un risolino malizioso.

«La case hanno le ruote» disse. «E un motore... Si possono guidare come delle macchine. Ecco perché abbiamo fatto le strade con quegli strani tracciati. Ricalcano il volo dell'insetto.»

«E non capitano mai degli incidenti?»

«Sí» fece la vecchina. «Bisogna dare il volante a un buon pilota. Per quanto mi riguarda, io mi fido solo di Sean Doggerty.»

Peggy annuí. Le tessere del mosaico si mettevano al loro posto.

«Quanto tempo rimane la farfalla sopra Shaka-Kandarec?» chiese.

«È molto variabile» sospirò la nonna. «Una volta si fermava molti mesi. Metà dell'anno, piú o meno. Quelli sí che erano bei tempi, non puoi nemmeno immaginare quanto fossimo felici! Le cose piú banali ci riempivano di una gioia talmente grande che ci sentivamo sul punto di svenire. Il solo fatto di mangiare una fetta di torta di mele ci riempiva di un'allegria inimmaginabile. La piú piccola delle gioie si moltiplicava per dieci...»

Gli occhi della vecchina avevano cominciato a brillare di una luce malinconica.

«A volte» mormorò «io e tuo nonno non facevamo altro che restare seduti nella veranda tenendoci per mano e contemplando il paesaggio... ma quegli istanti ci sembravano interminabili. Purtroppo da quando sono arrivati i fabbri la farfalla ha accorciato le sue visite. Anche se per un solo momento dovesse cessare di essere trasparente si trasformerebbe in un bersaglio mobile, e lei lo sa bene. Un bersaglio che verrebbe bombardato di saette. Se facesse lo sbaglio di mostrarsi, il fulmine le perforerebbe le ali.»

«Perciò rimane invisibile» disse Peggy. «Cerca di passare sotto le nuvole senza farsi individuare. E siccome ha la trasparenza di un vetro ben lucido, non proietta al suolo nessuna ombra... e voi non potete piú essere felici.»

«È cosí» sospirò Nonna Katy con un sorriso amaro. «Hai capito tutto. Quando l'insetto si avvicina, il battito delle sue ali provoca una turbolenza che la gente 'di fuori' scambia per un ciclone. Gli oggetti volano per aria. È in questo modo che ci accorgiamo della sua presenza, anche quando è 'mimetizzata'.»

«Cosa ti aspetti esattamente da me?» domandò Peggy.

«So che hai avuto la meglio sulle incredibili trappole del miraggio» sussurrò la vecchina. «Nell'ambiente delle streghe queste cose si vengono a sapere subito. La nostra speranza è che tu riesca ad attaccare i fabbri delle nuvole e... distruggere le loro fonderie.»

«Nientemeno!» esclamò Peggy.

«Contano tutti su di te» la supplicò la nonna. «Mi sono impegnata a nome tuo al Consiglio del villaggio, e li ho convinti che tu eri la sola in grado di farla finita coi nemici della farfalla.»

«E adesso si aspettano che io faccia il miracolo!» brontolò la ragazza. «Grazie per avermi chiesto un parere!»

«Viviamo in una condizione impossibile» si difese la vecchina. «A Shaka-Kandarec ci sono solo persone pacifiche, nessuno di loro sarebbe capace di lanciarsi in un'avventura del genere. Tu ci sei abituata.»

«Lo sapevo che era una trappola!» ringhiò mentalmente il cane blu. «Ci siamo fatti fregare per bene! Il fulmine ci piomberà addosso e farà di noi delle cotolette carbonizzate!»

«C'è un telescopio in soffitta» continuò Katy Flanaghan. «Potrai usarlo per esaminare le nuvole.»

«D'accordo» cedette Peggy. «Andiamo.»

Con la nonna in testa, salirono in solaio lungo una scala a chiocciola. Peggy e il cane blu rimasero abbastanza sorpresi da ciò che scoprirono lí dentro. Tutto lo spazio era infatti occupato da un enorme motore di porcellana. Alcune parti erano in legno, altre in pietra. Cinghie di pelle azionavano ingranaggi di granito. Davanti al finestrone che si apriva nel tetto troneggiavano un volante, una leva del cambio... e il sedile del guidatore.

«È la cabina di pilotaggio della casa viaggiante» confermò Katy Flanaghan. «Come vedi, non manca nemmeno il tergicristalli sulla finestra. Nel motore non c'è nessun pezzo metallico che potrebbe attirare un fulmine. Bisogna essere un po' esperti per non ribaltarsi in curva, ma devo ammettere che il giovane Doggerty non se la cava niente male. Qui c'è il telescopio.»

Peggy si avvicinò al finestrone-parabrezza. Un antico cannocchiale montato su un treppiede era puntato verso il cielo. La ragazza si chinò per mettere il suo occhio destro all'altezza dell'oculare.

«Ma... ma...» balbettò *«ma lassú ci sono degli animali!»*

«Sí» disse Katy Flanaghan. «Sulle nuvole in effetti si può camminare. Non so di quale materiale siano fatte.»

«Vedo delle mucche!» esclamò Peggy. «E un asino... stanno... stanno brucando una specie di erba bianca.»

«Le nuvole sono come delle isole volanti» confermò la nonna. «Quando si scatena, la tormenta può scaraventare in aria alcuni animali, come succede con qualsiasi ciclone. Avrai visto qualcosa del genere alla televisione. Qui, visto che le nuvole sono solide e che volano basse, le bestie sollevate dalla tempesta possono finirci sopra. E naturalmente non hanno nessuna maniera di ridiscendere.»

«Ma l'erba?» chiese stupita la ragazza. «Li vedo brucare.»

«Il vento trasporta polline e semi... e anche questi arrivano sulle nuvole. Quando piove, germogliano. Piú in fretta che sulla terra. Ecco perché lassú cresce quella strana vegetazione: erba e alberi bianchi... bisogna farci l'abitudine e non sorprendersi troppo.»

Peggy Sue girò la rotella dell'oculare per mettere a fuoco. La foschia che circondava le nuvole rendeva le immagini sfocate. Per quanto esplorasse la superficie increspata, non trovò traccia dei fabbri.

Può darsi che la nube sia un camuffamento, pensò. Una specie di involucro che nasconde una nave da guerra ferma a mezz'aria.

«Riesci a vedere la farfalla?» domandò ansiosamente Katy Flanaghan.

«No» disse Peggy. «Ma il cielo è grande. Quando la farfalla diventa visibile, di che colore è?»

«Di solito gialla e blu» rispose la nonna. «Ma è in grado di cambiare colore.»

«Come un camaleonte?»

«Sí, quasi. Penso che possa di prendere il colore del cielo, diventare tutt'uno con lo sfondo. Noi non abbiamo mai realmente provato a entrare in contatto con lei.» La vecchina fece una pausa e poi continuò con tono stanco: «Ormai sono troppo vecchia per affrontare i fabbri, non ho piú né la forza né il coraggio. I miei miseri trucchi da strega sarebbero senza efficacia. Spetta a te adesso impedire la distruzione della farfalla, perché è questo il loro piano. Un giorno o l'altro il fulmine la colpirà a morte, e Shaka-Kandarec non saprà mai piú cos'è la felicità.»

«D'accordo» cedette Peggy. «Rifletterò su quello che possiamo fare.»

I visitatori sono gentilmente pregati di non sporgersi sull'abisso

Peggy Sue e il cane blu passarono una brutta notte. I gatti rossi che si azzuffavano ringhiando nei dintorni li svegliavano continuamente. L'indomani mattina, uscendo di casa, la ragazza ebbe la sorpresa di trovare Sean Doggerty che l'aspettava in giardino. All'inizio rischiò di non riconoscerlo, perché per l'occasione si era lavato e si era messo dei vestiti puliti. Aveva in effetti un viso abbastanza buffo, con un nasino a patata e dei capelli che piú che rossi sembravano arancioni. Le sue mani enormi sbucavano dalle maniche di una giacca troppo corta.

«'giorno!» disse toccandosi il cappello con un dito. «Tua nonna mi ha chiesto di venire a dare un'occhiata al motore della casa e a gonfiare le gomme. Quando avrò finito, ne approfitterò per spiegarti cosa faremo.»

«D'accordo» disse Peggy.

«È innamorato di te...» le sussurrò mentalmente la voce del cane blu.

«Piantala!» lo zittí la ragazza. «Ci conosciamo appena.»

«Che importa!» rispose l'animale. «Se tu lo guardi ancora per qualche secondo diventerà dello stesso colore dei suoi capelli.»

Terribilmente imbarazzata, Peggy si girò farfugliando maldestramente una scusa. Il cane blu ne aveva fatta un'altra delle sue! Adesso non riusciva a rivolgere la parola a Sean senza diventare anche lei rossa come un peperone. Era davvero imbarazzante, soprattutto con Sebastian ancora chiuso in una valigia! Non era nelle sue intenzioni giocare a fare la seduttrice.

«Andiamo! Andiamo!» sghignazzò il cane blu. «Lo fanno tutte le ragazze. E poi nella valigia c'è ancora dello spazio: potrai metterci Sean Doggerty quando sotto l'effetto di qualche incantesimo si trasformerà in *pop-corn*!»

Peggy decise di non rispondere alla sua presa in giro. Il cane blu si comportava come un fratello un po' troppo dispettoso. Lei lo adorava, ma qualche volta le veniva voglia di dargli dei bei calci nel sedere. 'Una cosa non esclude l'altra, no?', come diceva Nonna Katy.

«La casa è in buono stato?» domandò quando Sean la raggiunse al termine delle sue verifiche.

«Sissignora!» rispose lui asciugandosi le mani in un fazzoletto decisamente sporco che aveva tirato fuori dalla tasca e in cui sembrava si fossero soffiati il naso in diecimila. «Ha un motore che è una cannonata. Mi piace portarla. Prima guidavo quella del vicino, ma era troppo lenta e aveva un cattivo assetto. L'ultima volta abbiamo perso il comignolo sulla salita di Belprato.»

«Confesso che faccio fatica a immaginarmi tutte queste case incolonnate sulle strade» fece Peggy tanto per dire qualcosa (era infatti terribilmente imbarazzata e sentiva le guance bruciare come due hamburger sulla piastra di un fast food).

«Certo, non è mica una cosa che si vede tutti i giorni,» borbottò Sean «ma non sono venuto qui per chiacchierare. Devo metterti al corrente delle procedure di sicurezza.»

Peggy Sue scrutò il cielo azzurro. All'orizzonte non si vedeva nulla. Se il favoloso insetto si era mimetizzato sarebbe stato difficile localizzarlo; soprattutto se aveva preso il colore del cielo!

«È la quiete prima della tempesta» disse il ragazzo cambiando tono all'improvviso.

«A che altezza vola?» domandò Peggy.

«Dipende» rispose Sean Doggerty. «Un tempo planava alta nel cielo, tanto che le turbolenze non davano molto fastidio. Oggi si sposta volando quasi raso terra, per avere il tempo di cambiare traiettoria quando i fulmini la bersagliano. Appena si accorge del lampo cambia rotta, e siccome è vicina al suolo le sue ali agitano l'aria come un tornado. Queste sferzate ci colpiscono in pieno, e sono scossoni tremendi. Quando si alza il vento, è senz'altro meglio restarsene in casa...»

«Comincio a capire perché cerchi di andartene da Shaka-Kandarec» fece Peggy.

«*La felicità*!» s'infuriò il ragazzo. «Qui non sanno

dire altro. Io sono d'accordo, la felicità è una buona cosa, ma non a qualsiasi costo. Prima era uno sballo ma da quando i fabbri si sono messi a fondere le stelle per fabbricare fulmini, la vita è diventata insopportabile.»

Peggy socchiuse gli occhi per scrutare l'orizzonte. *Sentiva* una presenza, qualcosa di indefinibile.

«Vedi qualcosa?» domandò Sean.

«No» disse la ragazza. «Pensi che sia già qui?»

«È possibile. Se si è fatta trasparente, forse sta planando sopra di noi senza muovere le ali. Le basterebbe infilarsi in una corrente ascendente e lasciarsi trasportare... come un aquilone.»

«Può rimanere invisibile quanto vuole?»

«No, non credo. 'Fabbricare' l'invisibilità le costa un mucchio di energia. Se rimanesse mimetizzata per troppo tempo si sfinirebbe a morte. Riapparirà. Non può fare altrimenti.»

«E allora i fabbri la prenderanno di mira.»

«Sí. Tra di loro c'è guerra totale. Proveranno un'altra volta ad abbatterla, e lei li sfiderà accordandoci la nostra dose annuale di felicità.»

Peggy respirò a pieni polmoni.

«La farfalla» mormorò «ha un qualche odore? Un profumo che potrebbe tradire la sua presenza?»

«No» disse Sean. «Ma qualche volta la polvere delle sue ali cade come pioggia e tutto ciò che tocca diventa invisibile. Se vedi qualcosa scomparire, quello è il segno che la farfalla sta planando sopra di te. Si diverte a prendere in giro i suoi nemici.»

«Già» fece Peggy con un sorriso. «Me la vedo mentre vola sfiorando le nubi tanto per provocarli.»

«Penso che tua nonna te lo abbia già detto» sospirò Doggerty. «Una volta si fermava molti mesi su questo paese. Adesso si accontenta di una rapida visita e va in tutta fretta a svernare al riparo dai suoi nemici.»

«E dove?»

Il ragazzo indicò un punto non ben definito al di là delle colline.

«Laggiú si apre una voragine» spiegò. «Un antico vulcano, un abisso dove regna la notte piú buia. Dicono che porti al centro della terra. La farfalla ci si infila quando ha finito il suo giro sul mondo. Passa lí tutto l'inverno ed esce in primavera. Ecco perché la chiamiamo la farfalla degli abissi. Ti ci porterò oggi pomeriggio, ma dovremo essere prudenti.»

Fecero un pic-nic sul ciglio di una scarpata. Sean improvvisò una colazione estraendo dalle tasche le cose piú diverse: salsicce blu profumate alla violetta, formaggio rosa ai mirtilli, biscotti secchi di farina di turlusina. Una fontana permise loro di dissetarsi.

«È pura quest'acqua?» chiese Peggy.

«Puoi ben dirlo» rispose il ragazzo. «Come hai potuto vedere, qui non abbiamo né industrie né automobili. In un certo senso le tempeste ci hanno fatto un favore costringendoci a sbarazzarci degli oggetti metallici. È difficile avere delle industrie quando ci si deve accontentare di usare il legno e l'argilla...»

Peggy si domandò se quell'acqua sarebbe stata

in grado di ridare forma umana a Sebastian. Avrebbe dovuto provarci il prima possibile; la sua assenza le stringeva il cuore.

«Da adesso in poi dovrai fare quello che ti dico io» annunciò Sean Doggerty quando si rimisero in cammino. «Non sto scherzando. Quella voragine è un posto pericoloso. Per la maggior parte del tempo sembra un vulcano spento, ma a volte si risveglia e si mette a risucchiare tutto quello che le sta attorno.»

«E la farfalla ci si va a nascondere?»

«Sí... C'è chi pensa che il tunnel porti in una enorme caverna, dove l'insetto va a passare l'inverno per riprendere le forze.»

Sean si zittí perché qualcosa stava cambiando nel paesaggio. Peggy notò che gli alberi si erano inclinati tutti dalla stessa parte.

«Tutto si piega» mormorò. «Gli alberi, i pali delle recinzioni. Anche l'erba sembra 'pettinata' nello stesso verso.»

«È a causa dell'aspirazione» spiegò il ragazzo. «Quando si scatena perfino gli uccelli vengono risucchiati.»

«Ma qual è la causa di questo fenomeno?»

Sean si grattò la testa.

«Credo che il risucchio serva per aiutare la farfalla a infilarsi nella voragine. Quando arriva a Shaka-Kandarec è stanca morta e non avrebbe la forza di scendere fino al centro della terra. Il risucchio la trasporta verso il suo nascondiglio segreto, dove lei aspetta che le sue ali guariscano.»

«Ehi!» sbraitò un uomo grande e grosso che era

appena sbucato da una baracca tutta inclinata. «Che ci fate qui? State entrando nella zona proibita. Da qui in poi dovete rispettare le disposizioni di sicurezza.»

Le cinghie di uno zaino pieno di mattoni gli segavano le ascelle, e portava degli enormi scarponi piombati in stile palombaro.

«Ah! Sei tu, Doggerty» disse riconoscendo Sean. «Ti sei messo dei sassi nelle tasche?» Voltandosi verso Peggy aggiunse: «Bisogna farlo al piú presto, signorina, altrimenti il risucchio le strapperà di dosso i vestiti e si ritroverà tutta nuda!»

«Ti presento Samuel Paddington, il guardiano della voragine» esclamò Sean rivolgendosi a Peggy Sue. «Bisogna obbedirgli o non ci permetterà mai di passare.»

«Questo è poco ma sicuro!» tuonò il colosso. «Siete troppo mingherlini.»

Aveva la faccia tutta deformata, come se il risucchio gli avesse trascinato il naso e la bocca verso sinistra. Su quel lato l'orecchio era molto piú grande... e incredibilmente a sventola.

«Faccio la guardia» spiegò Paddington diventando bonario. «Se non ci fossi io un sacco di gente ne approfitterebbe per gettarsi di sotto.»

«Davvero?» esclamò Peggy.

«Sí» rispose l'uomo. «Credono che saltando nel vuoto finiranno nel nascondiglio della farfalla e che vivranno piú felici di quanto non siano qui. Non li si può lasciar fare. Nessuno sa cosa ci sia laggiú.»

«Ciò non toglie che dozzine di persone si siano già buttate» borbottò Sean. «Nessuno le ha piú viste.»

«In ogni caso,» brontolò Paddington «non sono morti tutti. Ogni tanto scrivono un messaggio sulle ali di un uccello e lo gettano nel tunnel. Come è naturale la bestiola va verso la luce e finisce per uscire all'aria aperta. Ne ho catturati diversi.»

«È riuscito a leggere quello che c'era scritto sulle loro ali?» domandò Peggy.

«Sí,» rispose Paddington con l'aria imbronciata «dicevano: *Venite anche voi! È meraviglioso qui*! Ma io non ci credo. Penso che sia una trappola per convincerci a buttarci di sotto. Sí, è questo che penso. Una trappola diabolica.»

Dopo aver ringraziato quella strana sentinella i due ragazzi girarono i tacchi.

Peggy Sue avanzava senza dire una parola. Ogni tanto gettava una rapida occhiata alle nuvole.

Sento che è qui, pensò. Si prende gioco di me. Plana dando alle sue ali l'esatto colore del cielo. È astuta. Non è fatta della stessa materia degli Invisibili, altrimenti l'avrei già scoperta. La sua trasparenza non ha niente a che vedere con la loro. Forse viene da un altro pianeta.

Spade di ferro, sciabole di luce, tuoni nella notte

La farfalla era lí, Peggy ne aveva la certezza. Fissava il cielo finché gli occhi le facevano male, aspettando con impazienza il momento in cui l'insetto avrebbe manifestato la sua presenza.

«La vedi?» non smetteva di chiederle il cane blu.

«No» rispondeva la ragazza. «Non è della stessa specie dei fantasmi. Sarebbe troppo facile. E per di piú i suoi poteri sono molto piú grandi dei miei. Per farti un paragone, io sono una misera cerbottana... e lei un'astronave ricoperta di cannoni laser. Se vuole restare invisibile, non riuscirò a spezzare il suo incantesimo. Non c'è dubbio, è troppo forte.»

«Credi che sia qui?»

«Ne sono assolutamente sicura. Per quanto si sforzi di battere le ali il meno possibile, dei piccoli indizi tradiscono la sua presenza. Le correnti, ad esempio, disperdono la polvere che la ricopre. E quando questo pulviscolo cade giú, si deposita sugli oggetti e li rende invisibili. Vedi quella casa laggiú? Un'ora fa aveva un comignolo... adesso non ce l'ha piú.»

«Caspita, è vero!» guaí il cane blu. «E... e quello laggiú non è un coniglio senza testa che saltella per i campi?»

«Esattamente» sibilò Peggy. «La farfalla sta cospargendo la campagna di polvere d'invisibilità. È buffo! Se osservi bene, ti accorgi che molte cose si sono volatilizzate.»

Da quel momento fu come un gioco. I due amici scrutarono il paesaggio in cerca di nuove anomalie. Dove si era posata la polvere, si aprivano dei 'buchi visivi' a dir poco strampalati: il tetto di una casa era diventato trasparente, tanto che si riusciva a vedere tutto quello che succedeva dentro. Un contadino che stava lavorando in un campo si era preso una manciata di polvere magica sulla testa: i suoi capelli erano scomparsi insieme alla sua calotta cranica. Non essendosi accorto di nulla, continuava a zappare di buona lena, con il cervello in bella mostra come in un'illustrazione di un libro di scienze.

«In fondo è divertente» disse Peggy con un brivido.

«Sí!» suggerí il cane blu «però forse sarebbe piú prudente andarsi a cercare un ombrello.»

«Hai ragione» ammise la ragazza. «Siamo troppo esposti.»

Tornarono a casa in tutta fretta.

«Nonna!» esclamò Peggy correndo verso Katy Flanaghan. «Stanno succedendo cose strane!»

E raccontò i prodigi ai quali aveva appena assistito.

«Non va per niente bene» borbottò la vecchina.

«Se i fabbri ci osservano (e non ho il minimo dubbio al proposito) capiranno ben presto cosa sta per succedere. E subito cominceranno a bombardarci di fulmini, all'impazzata, sperando di colpire la farfalla.»

«Come in una battaglia navale?» domandò Peggy.

«Esattamente. Se nelle prossime ore le nuvole diventano nere, significa che i signori delle forge hanno messo delle stelle a fondere in previsione dell'attacco. È terribile, sarebbe stato meglio avere un po' piú di tempo a disposizione.»

«Che si può fare?» chiese la ragazza.

«Non molto» sospirò Katy Flanaghan. «A parte sperare che il fulmine non ci colpisca. Quando i fabbri rovesciano i loro pentoloni, non si curano affatto di risparmiare gli esseri umani. I meli-parafulmine attireranno gran parte dell'energia delle scariche, ma sono troppo pochi per assorbirla tutta. Verremo sicuramente colpiti anche noi.»

Peggy sentí un groppo in gola.

«Salgo in soffitta,» esclamò «osserverò le nuvole con il telescopio.»

«D'accordo» acconsentí Nonna Katy. «Io invece andrò a preparare i gatti della serenità. Se la gente vede il cielo rabbuiarsi correrà qui a chiedermi in affitto i piú bianchi.»

Come aveva previsto Katy Flanaghan le nuvole si oscurarono. Lo spettacolo di quelle masse nere come il carbone sospese in un cielo blu splendente aveva qualcosa di sinistro. Puntando il telescopio sulle fortezze volanti Peggy rilevò, attraverso la sagoma cotonosa delle nuvole, dei riflessi rossastri che non promettevano niente di buono.

«Sembra una ferriera in piena attività» sussurrò. «Guarda un po'! Si vedono zampillare le scintille.»

«Vuol dire che hanno messo una stella a fondere» disse l'animale. «Il bombardamento è imminente. Credi che la farfalla fuggirà a infilarsi nella voragine per mettersi al sicuro?»

«No» rispose Peggy Sue. «Non si tirerà indietro. Si divertirà a prendere in giro i suoi nemici. Forse spera che le verremo in aiuto.»

Il piano terra si riempí ben presto delle suppliche dei clienti venuti ad affittare un gatto in previsione della tempesta. Erano cosí numerosi che la fila della gente in attesa serpeggiava attraverso il giardino. Tutti pretendevano gatti immacolati.

«Sarà una notte orribile!» gridò qualcuno. «Siamo spaventati a morte. Abbiamo bisogno dei gatti della serenità, altrimenti ci verranno i capelli bianchi prima che si alzi il sole.»

«Ne voglio due!» gridò una comare. «Alla mia età potrei avere un attacco di cuore.»

«State calmi» esclamò Nonna Katy. «Se continuate cosí non ce ne sarà abbastanza per tutti. Fareste meglio ad aiutare me e mia nipote a combattere contro i fabbri!»

«Dopo! Dopo!» urlavano tutti «prima i gatti!»

«Se vi do i gatti non vi importerà piú nulla di quello che succederà!» rispose Katy Flanaghan.

«Sempre meglio che crepare di paura!» strillò

qualcuno. «Basta con le chiacchiere: vogliamo i gatti! Presto!»

«Per me due, sono molto impressionabile! Ho anche la ricetta del dottore. Guardate, sta scritto nero su bianco: *in caso di spavento accarezzare due gatti ben bianchi...*»

Poco a poco, il chiasso diminuí. Quando Peggy e il cane ridiscesero, trovarono Nonna Katy sprofondata in una poltrona.

«Questa gentaglia mi avrebbe cavato gli occhi se non l'avessi accontentata» sospirò la vecchina. «Mi vergogno di aver incoraggiato la loro vigliaccheria, ma senza di me questa notte sarebbero stati capaci di morire di paura.»

«Le nuvole sono nerissime» annunciò Peggy. «Si distingue in trasparenza il bagliore di una fonderia.»

«Allora è per stasera» disse la vecchina con voce stanca.

Nonna, nipote e cane scesero in giardino a scrutare il cielo reso fiammeggiante dal tramonto. Ora che la luce diventava piú fioca si distinguevano meglio le scintille delle fucine nascoste nel cuore delle nuvole.

«La fonderia lavora a pieno regime» imprecò la vecchina. «Un'altra stella che non brillerà piú nel firmamento. A questo ritmo il cielo sopra Shaka-Kandarec sarà presto oscurato del tutto.»

Peggy Sue, dal canto suo, si domandava dove si fosse nascosta la farfalla. A volte le sembrava di captare strani movimenti nel cielo. Forme sfuggenti che l'occhio aveva appena il tempo di captare ma che scomparivano subito dopo essere apparse. Sul fatto di essere la sola a vederle non aveva alcun dubbio.

«È stanca» disse. «Ha speso troppe energie e per quanto i suoi poteri siano grandi non riuscirà a rimanere invisibile a lungo.»

«Già,» ammise tristemente Nonna Katy «è quello che i fabbri stanno aspettando.»

«Che succederà se un fulmine colpisce la casa?» chiese Peggy Sue.

«Prenderà fuoco» sospirò sua nonna. «Le scariche sono cosí rapide che non si fa in tempo a evitarle, anche se si mette in moto. Una casa non si muove in fretta come una macchina, e se non stai attento quando sei al volante rischi di farla ribaltare in un fosso.»

«Guarda!» urlò mentalmente il cane blu con tanta forza che Peggy e sua nonna ebbero l'impressione che un ferro da calza attraversasse loro il cervello. «*Sta tornando visibile!*»

«È vero,» balbettò la ragazza «è... è gigantesca!»

Non esagerava. Un oggetto non ben definito, grande come un aereo di linea, si librava in aria a duecento metri d'altezza.

«Sembra un tappeto volante» disse il cane blu. «È come una coperta trasportata dal vento... o la vela di una nave.»

Sopra le loro teste la farfalla stava chiaramente facendo ogni sforzo per cercare di rimanere trasparente il piú a lungo possibile, ma purtroppo non aveva piú la forza. Le sue ali apparivano e scomparivano a intermittenza, attraversate da strani crepitii elettrici.

E in quel momento i fabbri passarono all'attacco...

Sbalordita, Peggy vide una lingua di luce scintillante grondare da una nube, come se da lassú avessero rovesciato un enorme paiolo di oro fuso. Un'esplosione formidabile le compresse i timpani, e il tuono cominciò a rimbombare sulla pianura. Era come se mille miliardi di cavalli con gli zoccoli d'acciaio stessero galoppando su una prateria di metallo. La terra tremò. Peggy pensò che le ossa del suo scheletro si stessero staccando, che le stessero per saltare i denti dalle gengive, le unghie dalle dita e gli occhi dalle orbite. Non aveva mai sentito un tuono abbattersi con una furia del genere. Vide le labbra di sua nonna muoversi senza riuscire a capire cosa le stesse dicendo.

«Tappati le orecchie!» urlò la vecchina. «*Tappati le orecchie oppure...*»

Peggy Sue obbedí.

Una seconda esplosione scosse il cielo e la terra. La volta celeste sembrava un uovo che si riempiva di crepe, un uovo pieno di lava incandescente.

Uscito dalla nuvola allo stato liquido, il fulmine aveva rapidamente preso la forma di uno zigzag con i bordi affilati.

Sembra la lama di una spada! pensò Peggy.

Non era lontana dal vero: la sciabola di luce piroettava nel cielo sulle tracce della farfalla. Piú scendeva, piú si solidificava prendendo l'aspetto di un arpione fiammeggiante. La sua punta colpí di striscio l'ala destra dell'insetto magico, intaccandola leggermente, e un attimo dopo, il fulmine trapassò il suolo con la potenza di un razzo venuto dallo spazio profondo. Peggy Sue e sua nonna furono scaraventate in mezzo a un campo d'insalata, che ammortizzò la loro caduta.

Ora il cielo aveva l'aspetto di un vulcano in eruzione. Tutte le nuvole vomitavano un getto dorato, una bava di drago infuriato. La farfalla volteggiava con destrezza tra le colate, evitando le une e sfiorando le altre. Piú volte Peggy Sue la credette sul punto di essere trapassata dal fulmine e inchiodata a mezz'aria da un lampo piú preciso degli altri.

No! No! pensava, e il suo cuore quasi si fermava all'idea che quella creatura fantastica potesse finire in fiamme sotto i suoi occhi.

Con le dita infilate nelle orecchie, cercava di proteggersi il piú possibile dal frastuono del fulmine. Non aveva mai sentito tanta furia. I lampi penetravano nella terra come punte di una lancia. Li si sentiva crepitare al contatto con la torba umida. Uno spettacolo apocalittico che faceva drizzare i capelli sulla testa. Ora Peggy capiva perché gli abitanti del villaggio si erano precipitati quel pomeriggio ad affittare i gatti della serenità.

Esaurite le munizioni la tempesta cessò. Tutte le stelle fuse erano state utilizzate. Lassú, sui baluardi ovattati delle nubi-fortezza, dai crogioli gocciolavano le ultime lacrime di oro liquido. La farfalla gigante aveva approfittato della notte per scomparire nelle tenebre.

Peggy si tolse le dita dalle orecchie. Le girava la testa, le sue idee si ingarbugliavano come fili di lana tra le grinfie di un gattino. Quando sua nonna le parlò, le sembrò che la sua voce provenisse dall'altro capo del mondo.

Solo in quel momento si accorse che il cane blu, che non aveva le mani, non si era potuto proteggere i timpani dall'orribile frastuono. Con gli occhi stralunati, barcollava tra i cespi di insalata.

«Tutto bene?» gli domandò mentalmente la ragazza. «Hai un'aria strana...»

L'animale non le rispose. Peggy constatò con stupore che il cervello del cane non conteneva piú alcuna informazione... era vuoto come un floppy disk appena formattato.

«Ehi!» insisté in preda al panico. «Mi riconosci? Rispondi!»

Ma tutto quello che percepiva era una specie di sfrigolio.

Nonna Katy le toccò la spalla.

«Lascia perdere» disse. «So di cosa si tratta. È colpa del fulmine. Quando non ci si tappa le orecchie il suono prodotto dai lampi agisce come un cancellino. Il fulmine gli è caduto vicino e siccome i cani hanno timpani molto sensibili, tuo fratello ha perso conoscenza. Non è piú neppure in grado di abbaiare. Se vuoi, possiamo anche lasciarlo in questo stato. Sarebbe un bel modo per stare tranquilli: lo trovo troppo insolente.»

«No!» protestò Peggy. «Voglio che torni a essere

quello di prima! È vero che ogni tanto è indisponente, ma a me piace cosí com'è.»

La nonna alzò le spalle.

«Lo dicevo per te» disse. «A una ragazza non capita tutti i giorni di poter mettere a tacere il proprio fratello.»

«Non è mio fr...» cominciò Peggy, ma non ebbe tempo di completare la frase.

«Seguimi,» ordinò la vecchina «nel mio laboratorio ho quello che serve per restituirgli i suoi poteri. È uno sciroppo magico. Basta berne un cucchiaio e i ricordi tornano.»

«Come se si reinstallassero i 'file di sistema' in un computer?» chiese Peggy Sue.

«Non capisco niente di ciò che stai dicendo!» si schernì la nonna. «Per me, è arabo! La magia è molto piú semplice dell'informatica.»

La vecchina condusse sua nipote in una stanza col soffitto a volta, piena di scaffali e boccette. Sopra un grosso libro dormiva un rospo gigantesco che russava e mollava puzzette senza ritegno. Arrampicandosi su una scala, Katy Flanaghan prese diversi flaconi le cui etichette recavano varie scritte: *uomo, donna, ragazza, ragazzino, gatto, uccello, cavallo...*

C'erano dozzine di boccette impolverate. Katy le infilò in un cesto di vimini.

«Ecco qui,» spiegò «questi sono gli sciroppi della memoria. Ce n'è uno per ogni specie. Basta farne ingoiare una bella cucchiaiata al malato. Di solito funziona.»

«Il mio cane guarirà?» insisté Peggy. «Davvero?»

«Ma certamente» si spazientí sua nonna. «Smettila di preoccuparti; appena l'avrai curato, bisognerà fare il giro delle fattorie e occuparsi degli altri animali. Dopo una tempesta quasi tutti perdono la memoria perché non possono tapparsi le orecchie.»

«E se non li si cura, cosa gli succede?» domandò la ragazza.

«Rimangono lí come dei pupazzi meccanici» rispose Katy Flanaghan. «Non sanno piú cosa devono fare, si dimenticano perfino di mangiare. È straziante. Se vengono abbandonati a loro stessi muoiono di fame.»

Peggy Sue si appropriò del cesto con trepidazione. I flaconi cozzarono uno con l'altro tintinnando come stoviglie sbatacchiate. Senza aspettare sua nonna, afferrò un cucchiaio di legno dal tavolo della cucina e corse in giardino all'inseguimento del cane blu, che fuggí appena gli si avvicinò.

Non mi riconosce, realizzò. Ha paura di me. Come posso fare?

Provò a chiamarlo, ma piú lei si agitava piú l'animale si ritraeva. I suoi occhi vuoti tradivano il piú completo smarrimento. A Peggy si strinse il cuore. Confidando nella golosità del piccolo cane, s'inginocchiò e rovistò nel cesto alla ricerca della pozione giusta. Sfortunatamente si stava facendo notte e non riusciva a vedere granché. Le sue mani tremavano. Dovette avvicinare le bottiglie agli occhi per decifrare le etichette: *mucca... maiale...* no, quelle non andavano!

Alla fine trovò ciò che stava cercando, due bottiglie contrassegnate dalle scritte: *cagnolino* e *grosso cane*. Aprí la prima con difficoltà poiché il tappo era come saldato dallo zucchero. Ora doveva riempire il cucchiaio con il prodotto... e avvicinarsi al cane senza rovesciarlo. Non sarebbe stato facile perché gli animali non amano per niente prendere le medicine. Il cane la guardò ringhiando.

Non sa piú chi sono, pensò Peggy.

Cominciò allora un inverosimile inseguimento attraverso il giardino. Il cane blu correva piú veloce che poteva. Peggy Sue non riusciva a mantenere il suo sangue freddo e versò a terra per tre volte lo sciroppo. Realizzando che non ce l'avrebbe mai potuta fare da sola, chiamò in soccorso la nonna.

«Io vado a prenderlo» le spiegò con il fiato corto. «Tu gli farai ingoiare la pozione. D'accordo?»

«D'accordo» rispose la vecchina prendendo il cucchiaio che si era rovesciato per la quarta volta.

Il piano si rivelò vincente, e la ragazza riuscí a bloccare l'animale tra le braccia.

«Presto!» urlò a Nonna Katy. «È troppo forte per me, non ce la farò a tenerlo immobilizzato per molto tempo!»

La nonna si precipitò brandendo il cucchiaio e lo infilò fin dentro la gola dell'animale.

«Ecco fatto» disse. «Non resta che aspettare. Adesso prendi il cesto e andiamo a fare il giro delle fattorie. Probabilmente dovremo curare anche qualche essere umano, perché certi sono cosí occupati ad accarezzare i loro gatti della serenità che si dimenticano di mettersi i tappi di cera nelle orecchie.»

Peggy era inquieta. Ogni trenta secondi si girava per essere sicura che il cane blu le venisse dietro. L'animale, dopo aver esitato, prese a seguirla passo passo. Un po' rassicurata, Peggy Sue gli inviò un messaggio mentale. Invece del crepitio che aveva captato in precedenza, sentí uno strano pigolio, come se le sue onde mentali stessero esplorando la gabbietta di un canarino. Insistendo, captò le immagini di un nido, di becchime, di vermi che si contorcevano sul terreno...

Cosa stava succedendo? Si affrettò a chiedere spiegazioni a sua nonna.

«Oh mio Dio!» singhiozzò la vecchina. «Ogni volta sbaglio boccetta. I miei occhi non sono piú quelli di una volta. Devo avergli dato lo sciroppo per gli uccelli.»

«Oh no!» protestò Peggy. «È orribile!»

«Ha ritrovato la memoria,» disse Nonna Katy confusa «ma ora parla la lingua dei canarini. Vedrò di trovare un rimedio quando avremo finito il nostro giro.»

Peggy era molto infastidita. Non capiva una parola della lingua degli uccelli, e il cane blu le riempiva la testa di furiosi 'pio pio'.

Non gli piace per niente lo scherzetto che gli abbiamo fatto, pensò la ragazza. Sempre che nonna sia capace di riparare al suo errore!

Passarono le ore seguenti a curare gli animali che vagavano stralunati per i campi. Cercavano di non sbagliarsi, e controllavano due volte le etichette delle bottiglie prima di far ingoiare il contenuto ai loro 'pazienti'.

«Capisci?» sussurrò Nonna Katy. «È una seccatura. Se dai lo sciroppo per cani a un asino, vorrà nutrirsi di carne. Se a un bambino dai quello per mucche, si metterà a brucare l'erba nei prati. E i suoi genitori verrebbero di sicuro a lamentarsi.»

«Il cane blu vorrà del becchime?» balbettò Peggy.

«Sí» ammise sua nonna. «E oltretutto cercherà di volare: rischia di buttarsi dalle finestre. Se non riuscirò a curarlo bisognerà metterlo in gabbia. E costruirgli un trespolo perché, come i canarini, vorrà fare l'altalena.»

«Spero che riuscirai a guarirlo» farfugliò Peggy Sue con le lacrime agli occhi. «È un amico, mi ha già salvato la vita piú di una volta.»

«Farò tutto il possibile» promise la vecchina. «È pur sempre tuo fratello.»

Pazzi di felicità!

L'indomani, la farfalla approfittò del fatto che i fabbri avevano esaurito le riserve di stelle per tornare visibile.

Tutt'a un tratto la si vide invadere il cielo, sbattendo pigramente le ali.

Era una bella giornata e il sole proiettava sul terreno l'ombra del lepidottero[2]. Un'ombra che correva su prati e colline aderendo al profilo ondulato del paesaggio.

Nonna Katy sembrò improvvisamente colta da una certa frenesia.

«Presto! Presto!» si mise a urlare. «Bisogna approfittarne! Dov'è Sean Doggerty? La corsa comincia! La corsa alla felicità!»

In quel momento la follia si impadroní del villaggio. Rombi di motori prorompevano da ogni casa. Gli edifici uscivano sgommando dai giardini per lanciarsi sulla strada come gigantesche automobili. Nel giro di qualche minuto, tutto il villaggio si

---

[2] Nome scientifico della farfalla.

ritrovò in fila indiana sulla pista asfaltata che s'insinuava serpeggiando nella campagna.

«Sono pazzi!» grugní il cane blu (finalmente guarito!). «Sarà meglio mettersi al riparo se non vogliamo essere spiaccicati!»

«Peggy!» urlava Katy. «Che stai aspettando? Sali, presto! Partiamo!»

Sean Doggerty s'era sistemato al posto di guida, nel solaio, e faceva ruggire le valvole. Le ruote della casa trituravano la ghiaia del giardino. Peggy prese in braccio il cane blu e si precipitò per le scale.

Sua nonna la tirò dentro e chiuse la porta.

«Non si può restar fuori» spiegò. «Quando la farfalla si avvicinerà, tutto ciò che non è abbastanza pesante per resistere alle turbolenze create dalle sue ali volerà via. Siediti su questa poltrona e allaccia la cintura di sicurezza. Ora Sean lancerà la casa all'inseguimento dell'ombra. Se è abbastanza abile da evitare i guidatori da strapazzo, potremo approfittare al massimo dei momenti di gioia che aspettiamo da cosí tanto tempo.»

Peggy Sue era frastornata da quella girandola di avvenimenti. Tutta la casa traballava, come durante un terremoto.

«Non ti preoccupare» le gridò sua nonna. «I mobili sono fissati al pavimento. Aggrappati ai braccioli della poltrona e lasciati andare!»

La vecchina sorrideva e i suoi occhi brillavano d'eccitazione. Peggy Sue si guardò attorno. All'interno delle credenze, le stoviglie sbattevano in modo spaventoso. Ora che la casa correva giú per la collina per raggiungere la strada si aveva l'impressione che dovesse rovesciarsi su un fianco da un momento all'altro.

Nonna Katy non sembrava preoccuparsene. Comodamente seduta davanti alla vetrata, scrutava l'ombra gigantesca che correva sul terreno deformandosi a ogni dosso e a ogni avvallamento.

«Piú in fretta, Sean!» urlava battendo i piedi. «Quel presuntuosetto di Jerry McMullen sta per superarci!»

Peggy Sue aveva stretto le braccia attorno al cane blu e lo teneva in grembo. Senza questa precauzione la povera bestiola sarebbe stata sbatacchiata da un lato all'altro della casa come un palloncino.

«Ooooh!» gemette la ragazza «Ho il mal di mare. Mi sa che sto per vomitare.»

«Mi sento tutto sconquassato» piagnucolava il cane. «Le mie ossa finiranno per sbriciolarsi!»

La casa aveva raggiunto la strada. Avanzava rombando, come un camion mostruoso. Gli edifici del villaggio avevano ingaggiato una gara dissennata. Il palazzo del municipio cercava di sorpassare la scuola elementare che, a sua volta, zigzagava per dribblare la drogheria. I motori rombavano e i comignoli sputavano pennacchi di fumo nero.

Certe case, messe in mano a guidatori imprudenti, s'inclinavano pericolosamente in curva. Tutti sembravano voler lottare per andare in testa.

«Sembra quasi che vogliano vincere un Gran Premio» si meravigliò Peggy Sue. «Perché è cosí importante essere i primi a raggiungere l'ombra della farfalla?»

«Perché i primi istanti di gioia sono di qualità migliore» spiegò Nonna Katy. «Inoltre, quando troppa gente si sposta l'ombra si consuma e la felicità, a furia di essere spartita tra tutti, diminuisce d'intensità.»

Peggy strinse i denti. La sua maggiore paura era che la casa si ribaltasse nel fosso alla curva successiva. L'ombra svicolava di continuo e filava come se non avesse alcuna intenzione di farsi acchiappare.

«La farfalla non può rallentare» disse Nonna Katy. «Altrimenti cadrebbe. Il problema è che i motori delle case perdono colpi. Per averne di efficienti, ci vorrebbero attrezzature di metallo. E questo è impossibile a causa dei temporali.»

Sean Doggerty, comunque, guidava bene. Riuscí a piazzarsi in testa al gruppo, superando la panetteria e il mulino di Angus MacCormick.

«Siamo primi!» esultò Nonna Katy battendo i piedi, eccitata come una ragazzina. «Siamo primi!»

L'ombra si avvicinava, sfuggente, ondeggiando come quelle razze gigantesche che si muovono sui fondali marini. All'improvviso la luce si oscurò e nella sala da pranzo calarono le tenebre.

Ci siamo, pensò Peggy Sue. Siamo entrati nella zona d'ombra.

Quasi immediatamente, un curioso senso di allegria dilagò in lei, dandole le vertigini.

Era... incredibilmente felice di essere seduta in quella poltrona vecchia e malandata. Non aveva mai provato nulla di cosí straordinario. Le faceva venire le lacrime agli occhi. Com'era bella quella poltrona! Come la amava! Non aveva mai visto una poltrona cosí gentile, cosí adorabile... le mancava solo la parola. Forse, impegnandosi, sarebbe riuscita a insegnarle a camminare, a mettersi in mostra, come un cane. Ci si sarebbe seduta e avrebbe girato per il mondo sulle sue quattro zampe. Sarebbe stato formidabile. E poi c'era quel tappeto... logoro, macchiato, ma cosí straordinario. Una vera mappa dell'universo. Avrebbe potuto contemplarlo fino alla fine dei suoi giorni. Avrebbero dovuto esporlo in un museo! Sí, era molto meglio della Gioconda! Le sue impronte fangose erano molto piú belle!

E poi... E poi c'era quel bicchiere sbeccato sul tavolo. *Com'era grazioso*! Peggy se ne era innamorata. L'avrebbe quasi supplicato di sposarla lí per lí! Che marito formidabile sarebbe stato! Tutte le ragazze glielo avrebbero invidiato. Non si era mai visto un bicchiere tanto adorabile.

Il cane blu, dal canto suo, fissava intensamente una ciabatta spaiata. Peggy lesse nella mente dell'animale che aveva appena preso la decisione di consacrare la propria vita a quella calzatura, di difenderla contro tutti coloro che avessero cercato di farle del male. Sí, era deciso. Avrebbe portato in bocca quella ciabatta ovunque fosse andato. Avrebbe peraltro dovuto insegnarle a esprimersi telepaticamente, perché per il momento faceva una certa fatica a leggerle nei pensieri.

Nonna Katy sembrava smarrita nella contemplazione del panorama. Lacrime di felicità le scendevano sulle guance.

In quel momento Peggy perse la nozione del tempo. Per tutta la durata del viaggio si abbandonò ai sogni amorosi ispirati dal bicchiere sbeccato che rotolava sulla tavola in balia degli sobbalzi.

Aveva dimenticato Sebastian e non pensava ad altro che al suo nuovo amore. Non osava rivolgergli la parola e cercava disperatamente il modo di avvicinarlo dicendogli qualcosa di divertente.

Quando la casa rimase senza carburante e si fermò, nessuno dei suoi occupanti avrebbe saputo dire se avevano viaggiato per un'ora o per un secolo. L'ombra si allontanò inseguendo la sua proprietaria che batteva le ali tra le nuvole. Peggy Sue ebbe l'impressione di essersi risvegliata da un sogno interminabile e spossante. Si slacciò la cintura di sicurezza e uscí dalla casa barcollando. Rischiò di farsi investire da una stamberga che filava all'impazzata lasciandosi dietro un pennacchio di fumo. Era comunque l'ultima casa ancora per strada: tutte le altre avevano dovuto rinunciare a inseguire l'ombra del lepidottero per mancanza di carburante. Alcune avevano sbagliato una curva e si erano ribaltate nel fosso; giacevano col tetto all'ingiú, le quattro ruote in aria come delle tartarughe rivoltate.

La gente vagava nei campi, con un sorriso beato stampato sulla faccia. Sembravano ubriachi, incapaci di camminare dritti; certi parlavano da soli.

Peggy scosse la testa. Aveva la mente annebbiata. Conservava un ricordo confuso di quello che era appena successo.

Mi ricordo una cosa sola, disse tra sé. Che ero incredibilmente felice.

«È vero» fece il cane blu che l'aveva seguita. «Ma eri innamorata di un bicchiere che stava sul tavolo.»

«E tu di una ciabatta!» replicò la ragazza. «Credo che per un momento abbiamo davvero perso la bussola!»

«È cosí» disse l'animale. «Ma era qualcosa di incredibilmente intenso. Ora capisco perché la gente del posto ne sia talmente presa da non poterne fare a meno.»

Tacquero perché Nonna Katy stava uscendo di casa e rideva da sola.

«È stato meraviglioso, non trovate?» esclamò con voce tremula. «Avrei potuto contemplare quella prateria per dei secoli... Nessun artista riuscirà mai a dipingere qualcosa di tanto bello. Era cosí straordinario che avevo voglia di piangere.»

Né Peggy né il cane osarono contraddirla.

Agente Peggy Sue in missione speciale

Alla fine di quella folle giornata, l'insetto scomparve all'orizzonte lasciando nello smarrimento gli abitanti del villaggio.

«Tornerà di sicuro» annunciò la nonna di Peggy. «Ma nessuno può prevedere quando. Potrebbe essere domani o tra una settimana.»

Il passaggio della farfalla sulle fattorie aveva fatto volar via un bel po' di cose. Soprattutto gli animali.

«Qualche mucca non è tornata giú» sospirò Nonna Katy. «Sono finite sulle nuvole.»

«Sono condannate a restarsene lassú?» chiese Peggy Sue.

«No, se qualcuno le va a cercare» mormorò sua nonna. «Se tu riuscissi a raggiungerle, per esempio, potresti metter loro un paracadute sulla schiena e spingerle giú.»

«Delle mucche-paracadutiste!» scoppiò a ridere Peggy. «Mi vuoi prendere in giro?»

«Per niente. È cosí che facciamo di solito. I contadini passano l'inverno a cucire i paracadute per i loro animali in previsione di un evento del genere. Il problema è trovare qualcuno che abbia abbastanza coraggio da portarli sulle nuvole.»

«E come fa questo eroe a salire fin lassú?»

«Grazie a un piccolo dirigibile... La cabina è abbastanza grande per trasportare un numero sufficiente di paracadute.»

Peggy Sue aggrottò la fronte. Aveva appena intuito che sua nonna stava covando un'idea.

«Finiamola di girarci intorno» disse. «Tu vuoi che io salga su quella dannata mongolfiera, non è cosí?»

La nonna abbassò lo sguardo, imbarazzata.

«Sí» confessò. «Vedi... le mucche non sono che un pretesto, un alibi per farti andare a dare un'occhiata a quegli altiforni dove mettono a fondere le stelle.»

«Ah, ho capito» sussurrò la ragazza. «Tu vuoi che vada a spiare i fabbri.»

«Esattamente» confessò la vecchina. «Se pensano che tu vai a recuperare gli animali smarriti non ti diranno nulla. Non baderanno neppure a te. Penso che sia un buon stratagemma.»

«Potrebbe funzionare» ammise Peggy. «Ma tu avevi preparato tutto per bene, non è vero? Quelle mucche non sono volate via per caso.»

«No» rispose Katy Flanaghan. «Avevo chiesto io a un contadino di lasciarle incustodite nei campi. Sapevo che avresti accettato questa missione.»

Peggy Sue rifletté. Un'idea le aveva appena attraversato la mente, un'idea pericolosa ma che meritava di essere approfondita.

«Perché limitarci a una semplice missione di spionaggio?» mormorò. «Perché non approfittare della mia gita lassú per distruggere la fonderia?»

La nonna strabuzzò gli occhi sbalordita.

«Ma...» balbettò «ma piccola mia, noi non siamo in grado di fare una cosa del genere. Sarai da sola, come potresti avere la meglio sui fabbri? Per distruggere la fonderia ci vorrebbe un esercito... o degli esplosivi. E noi non abbiamo nulla di tutto ciò.»

«Sí che ce l'avete» insisté la ragazza. «Avete i meli parafulmine. Sei stata tu a dirmi che i loro frutti sono delle vere e proprie bombe. Mi basterà una piccola mela per sconfiggere i vostri persecutori.»

«Una mela...» ripeté pensierosa la vecchina.

«Dammi retta, è semplice» le spiegò Peggy. «Salgo portando con me una mela dentro una custodia. Una volta arrivata lassú, faccio finta di essere venuta per recuperare le mucche e in qualche modo mi avvicino agli altiforni. Un modo per sabotarli lo troverò di sicuro.»

«È pericoloso» disse Katy Flanaghan.

«Lo so» rispose Peggy. «Ma la farfalla non può resistere ai fulmini in eterno. E anche voi farete una brutta fine. Bisogna prendere il toro per le corna.»

«Devo pensarci» brontolò la nonna. «Quello che mi stai proponendo è molto rischioso.»

«Non andrò lassú tutta sola» precisò Peggy Sue. «Porterò con me il cane blu, la mela esplosiva... e *Sebastian*.»

«Chi è Sebastian?» chiese sua nonna sorpresa.

Peggy dovette spiegarle che Sebastian per il momento si trovava chiuso in una valigia, sotto forma di un sacco di sabbia da tre chili.

«È un ragazzo coraggioso» disse con orgoglio. «Se riuscite a procurarmi dell'acqua pura, potrò fargli riprendere forma umana una volta arrivata sulle nuvole. Mi aiuterà nella missione.»

Katy si portò una mano alla fronte.

«Stiamo andando troppo avanti. All'inizio io volevo solo che tu mi portassi qualche informazione sui fabbri, per poi cercare di sconfiggerli con la mia magia.»

«La tua magia non basterà» sospirò Peggy. «Sento che quella gente ha dei poteri formidabili. Non voglio sembrarti insolente, ma tu al confronto non sei che una piccola strega di campagna.»

«Forse hai ragione» disse la vecchina con una smorfia amara. «Devo chiedere il parere del consiglio degli anziani. Dici che ti serve dell'acqua pura? Sean Doggerty potrebbe andare a prenderla sulla montagna, alla sorgente del torrente. Non c'è acqua piú pura in tutto il paese.»

«Ottimo» disse Peggy, con il cuore che le batteva piú forte adesso che sentiva vicino il ritorno di Sebastian. «Qui non fa caldo. Una volta ripresa la sua forma umana, il mio amico potrà mantenerla per molti giorni. Non mi avevi detto che c'era dell'acqua anche sulle nubi?»

«Sí, ci sono delle pozze. Sono quasi certamente pure, ma è meglio non correre rischi e portarsi l'acqua del torrente. Vado a dire a Sean Doggerty di mettersi subito in cammino. Gli darò due taniche da riempire. Speriamo che bastino.»

* * *

Non appena Sean si fu incamminato verso la montagna, Katy Flanaghan andò al villaggio per convocare il consiglio. Non fu facile perché molte case erano rimaste in panne per la strada e non erano ancora riusciti a ripararle. Il borgo, spogliato della maggior parte degli edifici, aveva l'aspetto di una frazione rarefatta.

Il sindaco e i suoi consiglieri non fecero nessuna difficoltà ad accordare a Peggy Sue il permesso di andare a combattere i fabbri. Il loro maggior timore era che gli altiforni si rimettessero a fondere altre stelle.

«Se il paese diventa troppo pericoloso, la farfalla lo eviterà,» sentenziò il primo cittadino «e noi non proveremo mai piú la gioia delle cose semplici. Bisogna farla finita con i fabbricanti di fulmini, è questione di vita o di morte. Se tua nipote pensa di poterci riuscire, Katy Flanaghan, io le do carta bianca.»

La nonna di Peggy non era del tutto soddisfatta da questa decisione. Pensava infatti che il sindaco, per comodità, se ne lavasse un po' troppo le mani.

«Che importa» disse Peggy alzando le spalle. «Piuttosto, andiamo a raccogliere una mela.»

Al solo pensarci la nonna impallidí.

«Sarà pericoloso» ripeté. «La loro buccia è dura come il cuoio, ma dentro sono vuote... o meglio, piene di un'energia invisibile che aspetta solo l'occasione di esplodere. Basta un piccolo buco, e sarebbe la catastrofe. La mela libererebbe in un sol colpo tutta la forza dei fulmini che tiene compressi all'interno. Non oso nemmeno immaginare cosa potrebbe succedere.»

«Se ci fermiamo troppo a riflettere finiremo per avere talmente paura che non proveremo a fare piú niente» sospirò la ragazza con saggezza.

Quando si misero in cammino (al calare della notte, per non correre il rischio di essere visti dai fabbri!) la voce del cane blu risuonò nella testa di Peggy:

«Questa storia delle mele esplosive mi mette una fifa del diavolo. Se continua cosí mi verranno i peli bianchi. E bisognerà cambiarmi il nome. *Il cane bianco*... non mi piace per niente... sembra la marca di uno shampoo per barboncini!»

Peggy Sue fece finta di non sentire le sue lamentele. Seguendo la nonna, si diresse verso la collina sulla cui cima si trovava il melo magico.

«Di' a tuo fratello di stare in guardia» suggerí Katy. «Non appena avremo raccolto la mela è possibile che i maiali sentano l'odore e ci attacchino, e in quel caso ci troveremmo in una situazione veramente brutta. Ricordati: se la mela si buca o si rompe, l'esplosione ci ridurrà in poltiglia.»

«Hai per caso trovato una custodia?» chiese la ragazza.

«Sí» rispose la vecchina. «Ma non è che un astuccio di cuoio. Le mascelle dei maiali lo faranno a pezzetti come un torsolo di cavolo.»

Sussurravano nell'oscurità, coscienti del grande pericolo che stavano correndo. Il cane blu si era messo di guardia a poca distanza dall'albero e fiutava la notte con il muso teso. Se i maiali si fossero fatti vivi, avrebbe tentato di spaventarli proiettando nei loro rudimentali cervelli delle immagini terrorizzanti. Ma, purtroppo, non era per niente sicuro di essere in grado di respingere un'invasione. Cosa sarebbe successo se una dozzina di suini si fosse lanciata all'assalto della collina?

Nonna Katy aprí il chiavistello della grata che circondava il melo usando una piccola chiave arrugginita.

«Dovrai arrampicarti sui rami da sola» mormorò a sua nipote. «Sono troppo vecchia per questo genere di acrobazie. Fai attenzione a non rompere nessun frutto.»

«D'accordo» ansimò Peggy col cuore in gola.

È come camminare su un campo minato, pensò. Non devo dimenticare che ognuna di queste mele ha dentro l'energia di una centrale atomica.

Si mise a cavalcioni di un grosso ramo e si fermò esitante, con le mani tremanti. Aveva le dita sudaticce e temeva che la mela che stava per raccogliere le scivolasse.

Il cane blu lanciò bruscamente un segnale d'allarme che gracchiò nel cervello della ragazza:

«Attenzione! I maiali stanno arrivando! Sono tanti! Non riuscirò a trattenerli piú di qualche minuto.»

Peggy Sue si affrettò a scegliere una mela non troppo grande e la colse. Non le fu semplice: il frutto era solidamente attaccato al ramo e lei non osava impugnarlo con forza per paura di romperlo. La buccia aveva una strana consistenza che ricordava il cuoio.

È leggerissima, pensò Peggy. Sembra vuota.

Un concerto di grugniti la riportò alla realtà. Bisognava scendere e fuggire via prima che arrivassero i maiali. Tornò giú saltando di ramo in ramo.

«Presto! La custodia...» sussurrò sua nonna con la voce rotta dalla paura.

Peggy aprí la mano e lasciò scivolare la mela nell'astuccio di cuoio.

I maiali sbucarono dalle tenebre come una massa confusa e ringhiante. Nell'oscurità della notte sembravano piú dei rinoceronti che dei suini.

È un effetto della paura, pensò Peggy, o si trasformano quando viene la notte?

Piantato sulle sue quattro zampe, il cane blu bombardava i maiali di immagini mentali che raffiguravano un esercito di salumieri intenti ad affilare i coltelli. Questa minaccia paralizzò i suini per un paio di minuti, ma alla fine la loro golosità prese il sopravvento e ricominciarono ad avanzare. Peggy Sue e sua nonna correvano piú in fretta che potevano, ma la ragazza non cessava di voltarsi per verificare che il cane blu non fosse in pericolo.

«Non restare indietro,» gli gridò mentalmente «raggiungici.»

«Arrivo!» ansimò la bestiola. «Non riesco piú a tenerli a bada. Vogliono quella mela e niente può fermarli.»

Cominciò allora un terribile inseguimento in mezzo alle tenebre.

I maiali in corsa facevano tremare la terra e i loro grugniti sembravano quelli di un'orda di demoni usciti dagli inferi.

Peggy Sue era terrorizzata all'idea di inciampare e di schiacciare l'astuccio che conteneva il frutto esplosivo.

I tre fuggitivi riuscirono per un pelo a non farsi raggiungere dai suini infuriati, e fu con un sospiro di sollievo che Nonna Katy chiuse la porta di casa in faccia a quel branco. Il cane blu, senza fiato, si lasciò cadere sul tappeto tirando fuori una lingua lunga come la sua cravatta.

Peggy appoggiò l'astuccio di cuoio sulla tavola. Le sue dita tremavano a tal punto che per poco non lo fece cadere.

I maiali girarono a lungo attorno alla casa. Di tanto in tanto prendevano coraggio e davano grandi musate contro le imposte. Katy indirizzò su di loro diversi sortilegi senza riuscire a spaventarli; la loro golosità era piú forte della paura. Finalmente, all'alba, dopo aver devastato il giardino e mangiato tutti i fiori, se ne andarono.

Sean Doggerty tornò dalla montagna, con due taniche d'acqua fissate a una lunga pertica. Sentendo il liquido sciabordare all'interno dei contenitori, a Peggy Sue cominciò a venire il batticuore. La metamorfosi si sarebbe finalmente compiuta o sarebbe stata ancora una volta una tremenda delusione? Sebastian le mancava.

«Ecco. C'è tutto» constatò Nonna Katy. «Sean ci aiuterà a montare il pallone dirigibile e a mettere insieme i paracadute. Quando tutto sarà pronto potrai prendere il volo.»

L'isola di cotone

Nella navicella in vimini della mongolfiera, Sean e Nonna Katy sistemarono una dozzina di paracadute appositamente concepiti per gli animali, oltre a un cesto contenente un gatto della serenità bianco come il latte.

«Ne avrai bisogno» sentenziò la vecchina rivolta a sua nipote. «Se quando sarai lassú avrai troppa paura, non esitare ad accarezzarlo. In questo modo ritroverai il tuo sangue freddo. La prudenza non è mai troppa.»

Peggy Sue non osò rifiutare, ma dubitava del fatto che il cane blu e il gatto avrebbero formato una bella coppia. A ogni modo dimenticò presto questo problema perché aveva ben altro per la testa. Aveva infatti appena tolto dalla valigia il sacco di sabbia e lo girava da ogni lato per assicurarsi che non si fosse bucato. Quando lo portò nella navicella, Sean Doggerty pensò si trattasse di una zavorra e fece per accatastarlo insieme agli altri accanto al parapetto. Non riuscí a capire perché Peggy glielo avesse strappato di mano con tanto furore.

«Ehi!» le gridò. «Stiamo calmi. È solo un sacco di sabbia.»

Finalmente, tutto fu pronto. Non appena acceso il bruciatore, il pallone cominciò a gonfiarsi sotto la spinta del calore. La navicella iniziò a tendere gli ormeggi, come se non vedesse l'ora di librarsi in volo. Peggy e il cane blu si tenevano, stretti tra i paracadute e il cesto di vimini del gatto della serenità.

Nonna Katy fece un segno con la mano e Sean Doggerty tagliò le corde appena sopra i picchetti. Quando il pallone balzò verso il cielo, Peggy ebbe l'impressione che le stessero strappando lo stomaco. Non aveva il coraggio di guardare in basso: temeva di vomitare la colazione sulla testa di sua nonna.

«Si sale in fretta!» singhiozzò il cane blu. «*Ooooh!* Sento che mi stanno venendo le vertigini.»

Peggy si aggrappò al parapetto della navicella. Le sembrava che il pallone fosse un'altalena sospesa tra due nuvole.

La mongolfiera prendeva rapidamente quota. Con la testa all'insú, Peggy Sue scrutava le nubi dietro le quali si nascondevano i temibili fabbri. Non riuscí a farsi un'idea esatta della sostanza di cui erano fatte le nuvole che stava attraversando. Sembrava cotone... ma un cotone gommoso, con una consistenza che ricordava la schiuma da barba. Peggy rimpianse di non essersi portata gli occhiali da sole: il biancore di quel paesaggio le faceva male agli occhi.

«Sono immense!» esclamò il cane blu. «Da terra non ci si rendeva conto.»

Aveva ragione. Ora che le stava sfiorando, la ragazza si rendeva conto che le nuvole erano delle vere isole volanti irte di picchi e montagne... Valloni e burroni solcavano la superficie ovattata. Tutto sembrava scolpito in una neve compatta e dai contorni ben definiti.

«Penso che sia un camuffamento» urlò al cane blu. «C'è qualcosa di nascosto sotto questo involucro. Delle astronavi venute dallo spazio, probabilmente.»

Dovevano gettare l'ancora, altrimenti avrebbero continuato a salire. Peggy si sporse dalla navicella e fece dondolare il rampino nel vuoto cercando un appiglio finché, finalmente, il pallone si fermò. La ragazza ridusse la fiamma del bruciatore in modo che l'aria calda cessasse di spingere il pallone verso l'alto e manovrò il verricello per richiamare l'ormeggio e avvicinarsi alla nuvola.

«Bisogna saltare» ordinò al cane blu. «Appena sarai sceso ti getterò i paracadute. Stai attento a non prendertene uno in testa.»

«D'accordo» farfugliò l'animale. «Spero che la nuvola non sia troppo elastica e che non rimbalzerò come su un trampolino.»

Nonostante i loro timori lo sbarco si svolse senza inconvenienti. Dopo aver depositato sulla nuvola il gatto della serenità e i paracadute per le mucche, Peggy prese il sacco di sabbia su cui aveva scritto 'Sebastian' e si lanciò nel vuoto. Affondò fino alle caviglie in una sostanza molle ed elastica, ma che non era neve. Il vento fortissimo le fece rimpiangere di non essersi portata un maglione.

Gettò uno sguardo al pallone. Presto il bruciatore si sarebbe spento e l'involucro si sarebbe afflosciato. Per tornare a terra avrebbero dovuto usare i paracadute, e a quest'idea si sentí stringere lo stomaco.

«Che facciamo?» domandò il cane blu che tremava come una foglia, inghiottito fino alla pancia nel 'cotone' immacolato della nuvola.

«Prima di tutto esploreremo la zona» decise Peggy. «Poi ci occuperemo delle mucche naufragate. Dobbiamo trarre in inganno i fabbri: non dimenticarti che probabilmente ci stanno tenendo d'occhio.»

«D'accordo» sospirò l'animale. «Andiamo a cercare le mucche. Basta che ci muoviamo perché sto morendo di freddo.»

Tutto era incredibilmente bianco. Peggy Sue faceva una gran fatica a convincersi di essere sveglia. Avanzare in quella 'neve' si rivelò piuttosto complicato perché la sostanza di cui era fatta la nube era appiccicosa come lo zucchero filato. Apparvero i primi alberi, piantati in mezzo a un prato di erba bianca. I loro tronchi, cosí come le foglie, erano del colore della neve. C'erano degli animali che sgambettavano nel prato: mucche, asini, perfino un cavallo. Gli ultimi venuti avevano un aspetto normale, ma quelli che erano arrivati da piú tempo si erano completamente stinti. Pallidi come spettri, brucavano l'erba bianca senza mostrare la benché minima curiosità per i visitatori sbarcati dalla mongolfiera.

Peggy stava a bocca aperta, stupefatta da quello spettacolo prodigioso, quando una figura si staccò dalla massa nuvolosa in cui si confondeva e le si avvicinò. Sulle prime, la ragazza pensò si trattasse di un pupazzo di neve (o, meglio, viste le circostanze, di un pupazzo di nube!), poi capí che quello che aveva davanti era un essere umano 'scolorito', con la pelle, i capelli e perfino i vestiti sbiancati fino a diventare immacolati. Con un barbone che gli arrivava al petto, l'uomo aveva l'aria di un Babbo Natale passato in candeggina.

«Ciao» disse in tono gioviale. «Era un bel po' che qualcuno non si prendeva la briga di salire fin quassú. Sei venuta a recuperare le mucche, immagino?»

«Sí» mentí prudentemente Peggy. «Con l'ultima tempesta ne sono volate via un po' troppe e i contadini non sono affatto contenti.»

«Tu non sei di queste parti,» borbottò l'uomo assumendo d'un tratto un'aria diffidente, «si sente dall'accento.»

«No, sono venuta a trovare mia nonna per le vacanze e cerco di rendermi utile.»

«Ah!» sghignazzò il barbuto. «È per questo che hanno scelto te. Sono troppo fifoni per salire fin qui.»

«Non fidarti!» gracchiò la voce del cane blu nella testa della ragazza. «Questo tizio mi fa un'impressione strana. I suoi pensieri sono confusi, sta nascondendo qualcosa.»

«È da molto che abita qui?» chiese Peggy.

«Puoi ben dirlo» ridacchiò la creatura scolorita. «Mi chiamo Angus, facevo il garzone in una fattoria. Mi davano piú calci nel sedere che piatti di minestra, credimi! Un giorno il mio padrone – che era l'uomo piú fifone della terra – mi ha mandato qui a recuperargli le mucche. Ho deciso di approfittare dell'occasione e non sono piú sceso.»

Scoppiò in una risata sinistra che fece indietreggiare Peggy di qualche passo.

«Laggiú sono tutti cretini» disse con tono sprezzante l'uomo. «Dovresti fare come me. Qui non c'è nessuno che può darti ordini. Niente scuola, lavoro o padroni! Faccio quello che mi pare.»

«E di cosa vive?» balbettò Peggy sforzandosi di restare sorridente.

«Non sono mica scemo!» sbottò Angus. «Quando il mio padrone mi ha mandato qui ho avuto l'accortezza di portarmi dei sacchi di semi. Appena sono arrivato ho seminato tutto. Gli alberi, i fiori e la verdura crescono in fretta sulla nuvola. Si pianta un seme nella 'terra', e hop! nel giro di due settimane viene fuori un albero adulto che dà subito i frutti.»

«Caspita!» sussurrò la ragazza. «Mica male.»

«Puoi dirlo forte» sbraitò Angus agitando le braccia in tutte le direzioni. «Vieni, ti faccio fare una visitina.»

Peggy Sue e il cane blu dovettero seguirlo passo passo. Il vecchio garzone parlava con un vocione da orco e i suoi discorsi erano costellati da scoppi di risa che avrebbero segato in due il fumaiolo di un piroscafo. Mostrò ai nuovi arrivati come aveva coltivato la nuvola, seminando prima l'erba e poi gli ortaggi. Su una cosa bisognava dargli ragione: la vegetazione non sembrava soffrire per l'assenza di terra, anche se, ahimè, aveva sempre quel suo aspetto 'nevoso'. La mancanza di colore finiva col funzionare come un mimetismo e spesso per accorgersi della presenza di un albero bisognava sbatterci la testa contro.

«Immagino ti sia già capitato di far crescere dei fagioli in un barattolo riempito con del cotone umido» disse Angus. «Qui è la stessa cosa. La nuvola funziona come il cotone. Un enorme pezzo di cotone dove si possono far crescere gli alberi da frutto!»

Esplose nuovamente in una risata che avrebbe fatto affondare il *Titanic*.

«Laggiú c'è casa mia. Costruire i muri non è un problema. Basta raccogliere la 'neve' e modellarla come fosse argilla. Ti insegnerò come si fa. È una cosa che ti conviene imparare subito perché qui piove spesso. Le nuvole che ci stanno sopra, quelle vere, scaricano acquazzoni di continuo ed è meglio avere un posto dove ripararsi. Per prendere la mano, potresti costruire un piccolo igloo.»

«Non mi fermerò a lungo» disse Peggy. «Ho una tenda da campeggio, sarà sufficiente.»

«Non avere fretta» borbottò Angus visibilmente contrariato. «Prenditi il tuo tempo. Qui si sta bene. Le mucche non muoiono di fame, e continuano a dare il latte. Gli alberi sono talmente pieni di frutti che quasi cadono. Serviti pure, prendi quello che vuoi. Sei mia ospite.»

«Grazie» sussurrò Peggy. «Ma... perché è tutto bianco?»

Angus si irrigidí come se gli avessero tirato in faccia una manciata di lumache viscide.

Accidenti! pensò Peggy. Ho fatto una domanda sbagliata.

«È... *è cosí*» brontolò l'uomo. «A forza di mangiare cose bianche ci si scolorisce. Ma non c'è niente di pericoloso. E poi il bianco non è mica male. È un colore riposante... un colore che ispira serenità.»

«Sí, certo,» farfugliò la ragazza «probabilmente ha ragione.»

«Sistemati,» disse Angus «io intanto vado a raccogliere qualcosa per fare un bel pranzetto. La nuvola è abbastanza grande per tutti e due. Laggiú troverai un piccolo stagno molto accogliente. Mancano solo i pesci, perché è l'unica cosa che non ho pensato di portare con me. Non è che tu ne hai, per caso?»

«Pesci?»

«Sí. Pesci vivi, ovviamente!»

«No, che stupida sono! Di solito ne tengo sempre un paio in tasca, ma stavolta li ho dimenticati.»

Angus alzò le spalle.

«Vabbè!» disse. «Non potevi saperlo.» E allontanandosi aggiunse tra sé: 'È proprio di un bel colore, quel cane...'. Poi corse giú per la collina dirigendosi verso il suo 'fantomatico' orto.

«Credo che parli con le sue verdure» sussurrò la ragazza al cane blu.

«Quel tipo mi mette i brividi» confessò l'animale. «Ci guarda in un modo che non mi piace per niente.»

«Non sei riuscito a leggergli nei pensieri?» chiese Peggy.

«No. Li tiene sotto controllo... o forse ha la mente vuota. Sembra che gli nevichi nella testa.»

«Dovremo stare in campana» concluse la ragazza.

Col pretesto di esplorare la zona, i due amici si avvicinarono al bordo della nuvola, a pochi passi dal vuoto. Era come stare in equilibrio sull'ala di un aereo in volo, roba da far rizzare i capelli sulla testa. Peggy non riuscí a trattenersi dal gettare uno sguardo in basso cercando di individuare la casa di sua nonna. Il villaggio le sembrava terribilmente piccolo. Indietreggiò in tutta fretta di qualche passo. Continuando a fare la parte dei turisti, la ragazza e il cane blu si diressero verso la fonderia situata all'estremità nord della nuvola.

«Non si vede quasi niente» imprecò l'animale. «Le costruzioni sono avvolte nella nebbia.»

«Ha tutta l'aria di una fortezza» aggiunse Peggy. «Quegli altiforni laggiú sembrano delle torri.»

La fuliggine che ricopriva i forni contrastava violentemente con il paesaggio candido della nuvola. Il vento portava un odore di carbone e fumo raffreddato. Un odore nero, un odore di rauca filastrocca.

«Non si può andare da quella parte!» tuonò Angus sbucando all'improvviso dietro i due amici. «Se non gli rompete le scatole, la gente della fabbrica vi lascerà in pace. Io non mi sono mai immischiato nelle loro faccende, e loro non si sono mai interessati a me. Sulla nuvola la regola è che ognuno deve farsi i fatti propri.»

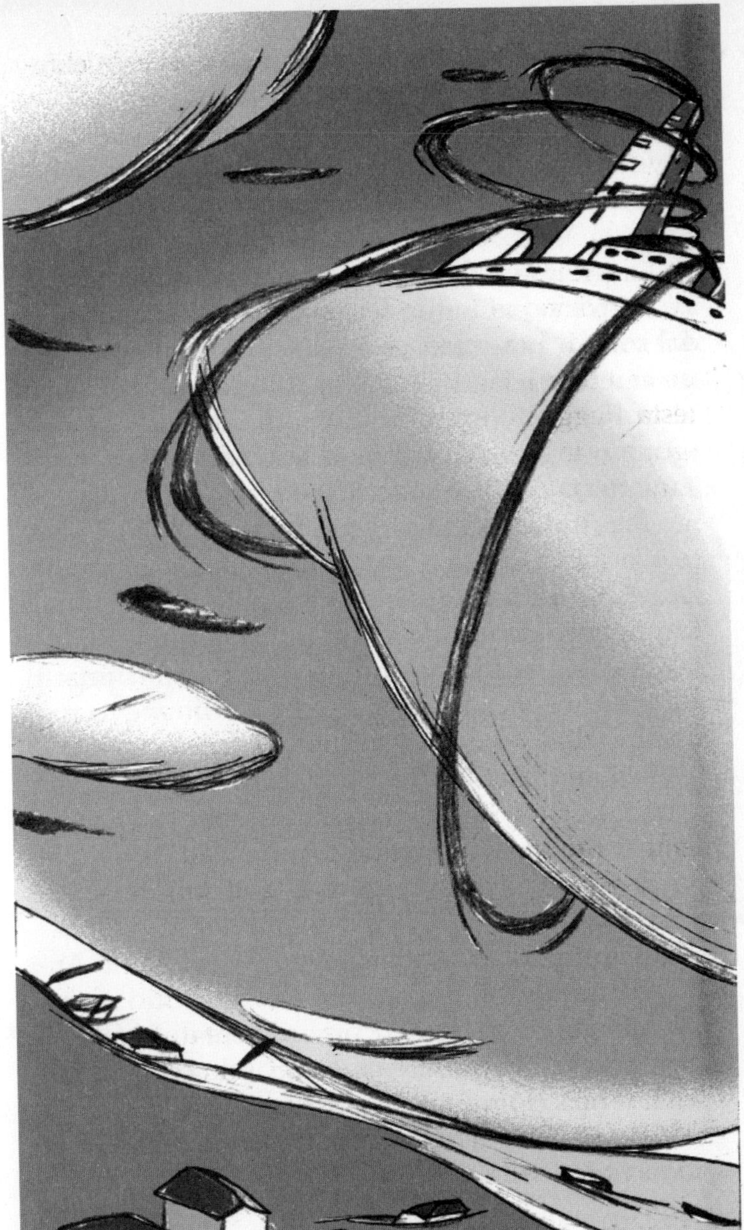

«Ci dispiace, non lo sapevamo» si scusò Peggy Sue con finta timidezza. «Comunque laggiú non sembra molto bello.»

«Andiamo a mangiare» esclamò Angus con giovialità. «Ti spiegherò come devi comportarti se vuoi stare quassú.»

La ragazza e il cane blu furono costretti a seguire lo strano individuo scolorito fino alla sua casa di nuvola. Il pranzo consisteva in uova al tegamino (con il tuorlo bianco tanto quanto l'albume), pomodori bianchi e un minestrone di verdure bianche. Da bere c'era latte di mucca, ancora piú bianco che sulla terra, il che è tutto dire.

«I vestiti me li faccio con la lana delle mie pecore» spiegò Angus. «Quando ne ho bisogno, uccido una mucca e concio la sua pelle per farmi un cappotto o delle scarpe. Il problema piú grande è che la scoloritura ha colpito anche alcuni oggetti che avevo portato con me e ai quali tenevo particolarmente. I miei libri, per esempio. Avevo la collezione completa delle *Avventure del Dottor Scheletro*... Purtroppo, col passare del tempo, l'inchiostro si è scolorito del tutto. Ora i caratteri sono invisibili e i libri sembrano fatti soltanto di pagine bianche.»

«È seccante» convenne Peggy.

«Stessa cosa per la scacchiera,» borbottò Angus «le caselle e i pezzi neri sono diventati bianchi, e cosí non ci capisco piú niente quando cerco di fare una partita contro me stesso. È una cosa che mi innervosisce, anche perché non c'è veramente nessun modo per distrarsi su una nuvola. Non è che per caso hai portato qualche buon libro? Riuscirei a leggerlo prima che si cancelli.»

«Uhm... no» farfugliò Peggy. «Ma posso raccontarle le *Avventure del Dottor Scheletro,* le conosco a memoria.»

Il volto livido di Angus si rasserenò.

«Oh! Sííí!» esclamò. «Sarebbe magnifico. In cambio io ti costruirò un igloo.»

Il barbuto sembrava al settimo cielo. Piú volte, durante il pranzo, si chinò ad accarezzare il cane. E ogni volta mormorava tra i denti: 'Proprio bello, questo blu...'.

Piú tardi, mentre accompagnava la ragazza a visitare la casa, le toccò i capelli e mormorò: 'Proprio bello, questo giallo...'

Peggy rabbrividí. Non sapeva perché, ma quello strano individuo la riempiva di paura. Angus era gentile, ma a volte un lampo di ferocia gli attraversava gli occhi e si metteva a bofonchiare qualcosa nella sua barba. Mostrò a Peggy Sue i suoi libri cancellati, la sua scacchiera, e anche le sue carte da gioco dove figure e disegni si erano talmente scoloriti da diventare invisibili.

«Ormai è tutto inutilizzabile» sospirò. «Ogni tanto mi sembra che il tempo non passi mai.»

«Non c'è nessun modo di ricolorarli?» chiese la ragazza.

«No. Non c'è rimedio» rispose l'uomo voltandosi dall'altra parte.

«*Sta mentendo*!» mormorò il cane blu nella mente di Peggy. «Ci nasconde qualcosa.»

* * *

I due amici decisero di porre fine all'incontro e di congedarsi. L'uomo scolorito li metteva a disagio.

«Voglio ricomporre Sebastian» disse Peggy dopo che ebbero lasciato la casa. «Mi sentirò piú sicura.» Si appartarono nel greto di un torrente, in una specie di soffice grotta dove ammassarono i loro bagagli. Il gatto della serenità si agitava nel suo cesto di vimini, ma Peggy non era intenzionata a liberarlo per paura che scappasse. Aprí trepidante il sacco di sabbia magica e lo innaffiò col contenuto della tanica. Quando vide la polvere gialla prendere forma umana lanciò un grido di gioia. Ce l'aveva fatta, finalmente!

Sebastian si ricostituiva. Avrebbe mantenuto quell'aspetto finché la sua 'carne' fosse rimasta umida. Ma qui l'acqua pura non mancava, e non appena avesse cominciato ad asciugarsi non avrebbe dovuto far altro che immergere la testa in uno degli stagni disseminati sulla superficie della nuvola.

Peggy non stava nella pelle, e dovette imporsi di non abbracciarlo.

È ancora troppo fragile, pensò. Non devo toccarlo, rischierei di deformarlo.

Le lacrime le scendevano sulle guance senza che lei se ne rendesse conto.

Sebastian aprí gli occhi e sorrise.

«Allora non mi hai dimenticato» mormorò con voce roca. «Da quanto tempo dormo in fondo alla tua valigia?»

«Quasi tre mesi» rispose Peggy. «Ho cercato cento volte di farti tornare come prima, ma l'acqua non era mai abbastanza pura.»

Il ragazzo fece una smorfia.

«Uno brutto scherzo del demonio, avrei dovuto sospettarlo. In ogni caso hai saputo pazientare. Avresti potuto prenderti un altro fidanzato.»

«Cosa cavolo stai dicendo?!» sbuffò Peggy Sue avvicinandosi per dargli un bacio.

Le sue labbra sapevano di polvere secca, di deserto. La ragazza si limitò a sfiorarlo, per timore di rovinargli i tratti del viso.

«Sono contento di rivederti» mormorò Sebastian. «Mi sembra di aver dormito un secolo. Raccontami cosa è successo dopo che il Genio mi ha ridotto in polvere. Dove siamo? È un posto strano, sembra una nuvola.»

Peggy cominciò a spiegargli la situazione. Dopo l'esperienza vissuta all'interno dei miraggi non c'era nulla che potesse sorprendere Sebastian, che infatti la lasciò parlare senza interromperla.

«Sarebbe meglio che te ne restassi nascosto» suggerí la ragazza. «Preferirei che Angus pensasse che sono sola. In questo modo potrai farmi da angelo custode se sono in difficoltà.»

«D'accordo» concluse Sebastian.

L'orco con la barba di nube

Scesa la notte, Peggy, Sebastian e il cane blu salirono in cima a una cresta per osservare la casa dell'uomo scolorito. Non essendoci alcuna illuminazione, non si vedeva piú in là di qualche metro.

«Non allontanatevi» sussurrò la ragazza. «Non si riesce a distinguere dove finisce la nuvola e potreste cadere nel vuoto.»

«Hai ragione» disse Sebastian prendendole la mano. «Ho l'impressione di essere chiuso in un sacco.»

«Non ci sono piú abbastanza stelle per rischiararci» spiegò il cane blu. «A furia di catturarle e fonderle i fabbri hanno trasformato questo pezzo di cielo in un buco nero.»

I tre amici avanzavano a tentoni. Giunti in cima al monticello si distesero a terra e si strinsero gli uni agli altri per darsi sicurezza. Il vento notturno, che a quell'altezza era fortissimo, li faceva tremare.

Peggy Sue combatteva contro un'orribile sensazione di vertigine. La paura di cadere nel vuoto la spingeva a rannicchiarsi contro Sebastian, il che pensandoci bene non era affatto sgradevole...

«Ehi!» esclamò il cane blu «guardate un po' laggiú!»

La casa di Angus era stata appena rischiarata da una luce tremolante, come quella delle candele. Quella luce, però, aveva qualcosa di *metallico*, di scintillante, che faceva pensare piú al riflesso di una spada ben lucidata che alla fiammella di un cero.

«Spero che non si stia preparando a tagliarci la testa...» ansimò Peggy.

«Lo spero anch'io» mugugnò Sebastian. «La nuvola è cosí soffice che il vostro amico potrebbe benissimo scavare un tunnel sotterraneo per spostarsi senza essere visto. Non sarebbe piú difficile che strisciare sotto un tappeto; in questo modo potrebbe sorprenderci quando meno ce lo aspettiamo.»

«Sta' zitto!» lo supplicò Peggy Sue «mi fai venire la pelle d'oca.»

«Sebastian ha ragione» confermò il cane blu. «Non deve essere troppo complicato fare un cunicolo in questa massa cotonosa. Bisognerà stare all'erta.»

I riflessi metallici si spensero all'improvviso. 'Come se avesse riposto la spada in una cassa...' pensò Peggy.

«Non c'è piú niente da vedere» sentenziò Sebastian. «Torniamo al nostro accampamento. Starò di guardia io. Dopo tutto non sono piú umano e non ho bisogno di dormire.»

I tre amici scesero con circospezione dalla collina. Andavano avanti con grande prudenza, come dei ciechi. Tornati alla loro 'grotta' Peggy Sue e il cane si avvolsero in una coperta. La ragazza si addormentò tenendo la mano di Sebastian.

Si svegliarono prestissimo, battendo i denti. Peggy e il cane si divisero le provviste che Nonna Katy aveva messo nel sacco. C'erano delle salsicce blu profumate alla violetta, del formaggio rosa ai mirtilli e dei biscotti secchi di farina di turlusina. Sebastian, indifferente alle vettovaglie, non staccava gli occhi dalle pareti molli della caverna, trasalendo ogni volta che il vento le deformava.

«Angus potrebbe benissimo essersi nascosto dietro il muro» sussurrò. Può darsi che ci stia ascoltando anche adesso e si faccia beffe di noi.»

Peggy osservò la 'parete' cotonosa cercando di scorgere in trasparenza un'ombra o una sagoma.

«*E se il fabbro fosse lui*?» esclamò il cane blu. «Ci avete pensato?»

«No, ma in effetti è una buona intuizione» mormorò Sebastian. «Potrebbe fare la parte del povero naufrago ed essere in realtà il capo della fonderia... perché no?»

«In ogni caso, ecco una ragione in piú per non fidarsi» concluse Peggy Sue.

«Attenzione!» abbaiò mentalmente il cane blu. «Sta uscendo di casa proprio adesso... e viene verso di noi!»

«Vado a nascondermi» esclamò Sebastian affondando le mani nella parete molle della caverna. «In caso di pericolo, non sarò lontano.»

In pochi secondi il ragazzo scomparve nello squarcio che aveva creato. Peggy si affrettò a lisciare la parete con le mani per mascherare l'apertura. Era appena tornata al suo posto quando Angus varcò la soglia della grotta. Li salutò con un buongiorno tonante e si sedette a terra, come se fosse stato a casa sua. La ragazza, per darsi un contegno, aveva tirato fuori dal sacco una biro e un quaderno e faceva finta di disegnare una mappa della nuvola.

«Allora» bofonchiò Angus. «Com'è andata questa prima notte? Troppo freddo? Troppa paura?»

«Era tutto buio, non si vedeva a un metro» si lamentò Peggy. «Avevo talmente paura di cadere nel vuoto che non sono neppure uscita dalla caverna.»

«È già successo piú di una volta» sghignazzò l'uomo scolorito. «Dei garzoni di fattoria che avevano spedito qui, come te... Hanno voluto fare i furbi e hop! quando è scesa la notte hanno fatto un bel tuffo.»

Abbassando lo sguardo esaminò la mappa che Peggy stava maldestramente tracciando e alzò le spalle.

«Stai perdendo tempo» borbottò. «La forma della nuvola non è stabile. Cambia continuamente. I venti non smettono mai di modellarla a loro piacimento. È lí che sta il pericolo: ti illudi di conoscere il terreno, pensi di poterti fidare della memoria... ma è un errore grossolano. Ne ho visto cadere di sotto piú d'uno, e tutti credevano di avere un buon senso dell'orientamento.»

La cosa sembrava divertirlo. Peggy notò che non staccava mai gli occhi dalla biro che lei teneva in mano. La fissava con un'espressione febbrile, con una bramosia da animale affamato.

«Me la presteresti?» domandò bruscamente. «Ho... ho delle cose da scrivere... tutte le mie penne sono diventate bianche, e tu mi faresti una grande cortesia se...»

Prima che lei avesse il tempo di rispondergli, Angus aveva già afferrato la biro con la sua grossa mano.

«To... torno tra un istante» farfugliò drizzandosi di scatto. «Devo annotare delle cose prima che me le dimentichi. Ho una pessima memoria. Scusami.»

Sconcertata, Peggy Sue lo vide uscire dalla grotta e correre verso casa. Il cane blu si lanciò al suo inseguimento. Cinque minuti dopo l'animale tornò, con aria disorientata.

«Non indovinerai mai cosa ha fatto con la tua biro» esclamò mentalmente.

«Cosa?» chiese Peggy Sue.

«*L'ha mangiata.*»

Da quel momento fu chiaro che Angus aveva un segreto.

«Ne sono certo: il fabbro è lui!» non cessava di ripetere il cane blu. «Butta di sotto tutti quelli che potrebbero smascherarlo. È pericoloso. Non ti fare ingannare da quella sua aria da grosso orsacchiotto. È un assassino.»

Sebastian era dello stesso avviso. Si era costruito una specie di cappotto di nube tagliando un pezzo della parete. Una volta coperto da questo abito elastico, si confondeva con il paesaggio e diventava invisibile.

«Dobbiamo vederci chiaro» disse. «Cerca di sapere cosa diavolo sta combinando in casa sua. Io ti terrò sempre d'occhio, e se tenterà di farti del male, interverrò.»

Peggy non dovette aspettare molto perché Angus non tardò a ricomparire.

«Non ti farò passare un'altra notte all'addiaccio» sentenziò cercando di assumere un tono rassicurante e morbido come il piumaggio di un pulcino rosa. «Rischi di morire di freddo. Vieni da me, casa mia è grande abbastanza per ospitare un esercito. Spesso ci faccio entrare gli animali quando fuori la temperatura è troppo bassa.»

«È molto gentile da parte sua» disse Peggy stando sulle spine.

Al momento di mettersi il sacco in spalla, notò una cosa insolita: *gli occhi di Angus erano di nuovo neri.*

Come l'inchiostro della biro che ha mangiato... pensò.

Il vecchio garzone sembrava stranamente eccitato. Si strofinava le mani e si lasciava sfuggire dei piccoli sogghigni senza senso. Sembrava quasi che un portone con le cerniere arrugginite gli cigolasse in fondo alla gola.

«Non smette di guardarti neanche per un secondo» gracchiò la voce del cane blu nella mente di Peggy. «Tu non te ne accorgi, ma ti divora con gli occhi.»

La ragazza cercò di darsi sicurezza pensando che Sebastian la stava seguendo, avvolto nel suo cappotto di nuvola. I neri occhietti di Angus risaltavano in modo bizzarro in mezzo al suo viso biancolatte.

Sembra un disegno che non si è finito di colorare, pensò Peggy. Come si spiega questa magia? Peccato che nonna non sia qui, avrebbe senz'altro saputo rispondermi.

«Ho preparato del latte caldo» annunciò Angus. «Ho pensato che vi avrebbe fatto piacere dopo questa notte passata a battere i denti tra le correnti d'aria.»

Sedendosi in cucina, Peggy notò che perfino le fiamme del rudimentale focolare erano bianche.

«Ogni tanto faccio un giro dalle parti della fucina» spiegò l'uomo. «Raccolgo un po' di carbone e di legna, cosí posso accendermi un fuocherello.»

Indicò col dito il mucchio di carbone che occupava uno degli angoli della cucina.

«Scommetto che non avevi mai visto del carbone bianco!» scoppiò a ridere.

Continuò a ridacchiare per un buon minuto, fiero della sua battuta. Ma poiché Peggy cominciava ad annoiarsi, si rifece bruscamente serio.

«Ho un affare da proporti» dichiarò seccamente. «*Voglio comprare i tuoi colori...*»

«Cosa?» farfugliò la ragazza, che non riusciva a capire.

«Non facciamo i finti tonti» si spazientí Angus. «Hai capito benissimo di cosa si tratta. Solo con il colore si può fare il colore. Se mangio cibi colorati, perderò poco alla volta questo aspetto da pupazzo di neve. Non durerà in eterno, lo so, ma è sempre meglio che niente. So che hai delle provviste colorate. Mi compro i biscotti di turlusina perché sono belli rossi e ridaranno colore alle mie guance. E poi c'è il tuo cane, di questo blu cosí bello. Mangerò la sua carne e concerò la sua pelle. Mi farò un bel gilet color indaco.»

Peggy Sue si irrigidí. Angus era un orco, solo adesso l'aveva capito.

L'uomo si agitava sulla sedia.

«Non sono un mostro,» disse schermendosi «mi piace la carne solo perché contiene sangue rosso e perché questo rosso ridà colore alle mie guance. Se tu avessi in tasca una boccetta di inchiostro, io me la berrei in due sorsi perché mi farebbe tornare i capelli neri. Voglio ridiventare com'ero prima. Voglio sembrare un essere umano.»

Parlava cosí in fretta che la ragazza faceva fatica ad afferrare il senso delle sue parole.

È un vampiro, pensò, un vampiro che si nutre di colori.

Non sapeva come reagire. Nonostante l'orrore che le ispirava, Angus le faceva pena. Oltretutto, sembrava sul punto di scoppiare a piangere.

«Se tu accetti di diventare mia aiutante,» disse in tono supplice «ti farò ridiscendere sulla terra per mezzo di una corda lunghissima che ho trovato nella fonderia. Una corda di trecento metri. Una volta sulla terra, andrai di fattoria in fattoria a prendere i prodotti di cui ho bisogno. Uova che siano gialle, marmellata di more bella scura. Cioccolato! Un sacco di cioccolato! Mi aiuterai a stilare una lista di tutti gli alimenti colorati che si possono trovare in commercio. Quando avrai finito di fare la spesa, tirerai tre volte la corda e io ti farò risalire... Che ne dici?»

È matto da legare, pensò inorridita Peggy Sue.

«Per carità, non dirglielo!» implorò la voce mentale del cane blu. «Sarebbe capace di torcerti il collo. Stai al gioco, prendi tempo.»

«Uhm... perché no...» balbettò la ragazza. «Bisogna che ci pensi un po'. Innanzitutto: che vantaggio ne avrò io? Saltare nel vuoto appesi a una corda è pericoloso. Penso che bisognerebbe prevedere un'assicurazione per il rischio.»

«Naturalmente! Naturalmente!» tuonò Angus con il viso rasserenato. «Non sono un ingrato. E sono molto ricco, se non lo sai. Posso ripagare in modo sontuoso i tuoi servigi.»

Gli occhietti neri scintillavano nel suo viso di panna.

«Vorrei che mi portassi dei libri» insisté. «È quello che mi manca di piú. Dei romanzi, ma non con troppe pagine perché si cancellerebbero prima che io abbia il tempo di finirli.»

Tacque, consapevole di essersi lasciato andare.

«Sei convinta che io sia pazzo, non è vero?» disse fissando Peggy Sue. «Ma la penserai diversamente quando comincerai a scolorirti anche tu. Vedrai il tuo cane diventare del colore di un wurstel di pollo. I tuoi bei capelli biondi sembreranno pezzi di spago sbiancato. E quanto ai tuoi vestiti, la finirai con le civetterie: non avrai altra scelta che tra il bianco... e il bianco!»

«Va bene, ho capito!» borbottò Peggy. «Accetto

di diventare la sua aiutante, ma voglio sapere cosa ci guadagnerò, altrimenti recupero le mie mucche e me ne ridiscendo da mia nonna.»

Angus esitò. Si capiva che stava prendendo una decisione difficile. Finalmente, spinse indietro la poltrona e si alzò in piedi.

«Seguimi,» disse con voce sorda «ti farò vedere una cosa.»

Peggy Sue obbedí. La casa era immensa, sbilenca e piena di bolle, come una torta cotta alla bell'e meglio. Il vecchio garzone l'aveva riempita di mobili tondeggianti modellati con pezzi di nube, dai contorni sfrangiati. Dopo aver camminato a lungo attraverso interminabili corridoi, Angus si fermò davanti a uno scrigno.

Mio Dio! pensò Peggy, è qui che nasconde la spada con cui mi taglierà la testa!

Paralizzata dalla paura, osservò Angus che socchiudeva il coperchio. Uno sfavillio metallico filtrò dallo scrigno, illuminando la stanza.

«*La lama!*» urlò mentalmente la ragazza. «*La lama!*»

«Andiamocene!» abbaiò il cane blu mentre i peli gli si drizzavano.

«Guarda!» disse Angus infilando la mano nella cassa. «È l'unica cosa che qui sulla nuvola conserva il suo colore... l'unica cosa che non stinge.»

Peggy, che già si preparava a fuggire, rimase abbacinata dalla materia che debordava dalle mani dell'orco.

«Guarda!» ansimò Angus. «È l'oro delle stelle fuse! Vado a prenderlo vicino ai crogioli quando la fonderia è vuota. Sono solo degli schizzi induriti, ma ne ho già migliaia. Schizzi d'oro puro.»

Peggy si avvicinò sbattendo le palpebre. Le gocce incandescenti, toccando terra, avevano preso l'aspetto di monete d'oro.

Dobloni, scudi... pensò.

«Non c'è nulla che brilli cosí tanto» urlò Angus. «È con questo che illumino la casa. Mi basta appoggiarne una manciata sul comodino per rischiarare la mia stanza.»

«L'oro delle stelle...» mormorò Peggy Sue col cuore in gola.

Lo sfavillio delle pepite era caldo e morbido, tempestato di scintille. Emanava un fascino indescrivibile, simile all'ipnosi. Peggy sentiva che avrebbe potuto restare per ore ad ammirarle, con la testa vuota e un sorriso ebete stampato in faccia, ma non osò toccarle per paura di prendersi qualche strana malattia.

«I... i fabbri gliele lasciano portare via?» chiese meravigliata.

«Non li ho mai incontrati» disse Angus distrattamente stringendo il suo tesoro tra le mani. «Quando mi introduco nella fortezza, i forni sono spenti e le stanze vuote. Penso che gli operai dormano da qualche parte ai piani superiori. Non ho mai provato a saperne di piú, ed è per questo che sono ancora vivo. Tutto quello che faccio è raccogliere le goccioline raffreddate ai piedi dei crogioli. A loro non importa nulla: sono come una formica che raccatta del polline.»

Peggy si chiese se stesse dicendo la verità.

«Non dargli retta!» la avvertí mentalmente il cane blu. *«È lui il fabbro!»*

«Se sarai la mia aiutante,» proseguí Angus «ti darò dell'oro. Sono molto ricco. Questo scrigno non rappresenta che una piccola parte del mio tesoro. Il resto è nascosto.»

«Se è cosí ricco,» ribatté la ragazza «perché non riscende sulla terra? Potrebbe comprarsi una fattoria... e soprattutto riprendere il colore di una volta.»

«No, no!» balbettò Angus. «Non è ancora il momento. È troppo presto. Non ho abbastanza oro. Io voglio comprarmi tutto il villaggio, casa dopo casa, e cacciare gli abitanti! Li punirò per avermi preso in giro quando ero garzone di fattoria. Poi mi comprerò tutta la contrada... forse anche mezzo paese. Manderò via tutti. Terrò con me solo gli animali e i libri!»

Era esaltato. Non fosse stato per il fatto che era del tutto privo di colore le sue guance sarebbero diventate scarlatte.

«D'accordo» acconsentí Peggy. «Accetto di diventare la sua aiutante.»

«Non te ne pentirai. Per suggellare il nostro accordo, ecco un premio d'arruolamento» ribatté solennemente l'uomo, posandole sul palmo della mano una gocciolina solidificata che scintillava come una stilla di sole.

Peggy Sue aveva un solo pensiero in testa: andarsene. Il luccichio che emanava dallo scrigno le faceva girare la testa.

«Se mi servirai fedelmente,» insisté Angus «ti presterò uno specchio magico che ho ricavato personalmente da una pozzanghera d'oro solidificato. Piú ci si specchia dentro, piú si diventa belli. Vedrai, è incredibile. Cominceranno a crescerti i capelli, ti si allungheranno le ciglia e le tue labbra saranno piú rosse. Ti basterà contemplare la tua immagine nello specchio e il tuo viso comincerà a cambiare. La tua chioma scintillerà come l'oro zecchino e due stelle ti si accenderanno negli occhi. Presto sarai la ragazza piú bella del mondo. Nessuna *top model* potrà starti accanto.»

«Fantastico» farfugliò Peggy. «Me lo farà vedere la prossima volta.»

«Promesso» disse Angus. «Ma adesso vai a mungere le mucche. Il secchio è in cucina.»

La ragazza alzò i tacchi, ben contenta di sottrarsi allo sguardo dell'uomo scolorito. Passando per la cucina, prese il secchio e si affrettò a tornare da Sebastian per riferirgli la conversazione avuta con Angus.

«Non possiamo rimanercene qui in eterno» fece notare il ragazzo. «Dobbiamo deciderci a esplorare la fonderia.»

«La cosa migliore è buttare la mela in uno dei forni quando è spento» propose Peggy. «In questo modo, esploderà non appena i fabbri lo riaccenderanno e distruggerà la fucina.»

«Una bomba a scoppio ritardato, insomma» disse Sebastian. «È una buona idea.»

«Il problema è sapere chi si nasconde dentro la fonderia» brontolò il cane blu. «Insisto ancora una volta, per me il fabbro è Angus.»

«Andrò a fare un sopralluogo» affermò Sebastian.

«Perché dovresti farlo tu?» protestò Peggy Sue.

«Perché non sono umano e quindi non possono ammazzarmi, al contrario di te» rispose il ragazzo sfiorandole la guancia con la punta delle dita. «Nessun proiettile e nessuna spada mi feriranno perché io sono fatto di sabbia. Non preoccuparti. Finché la fonderia è spenta non corro alcun rischio di asciugarmi. È quello l'unico pericolo: se tornassi polvere, i fabbri potrebbero disperdermi nel vento e sarebbe impossibile ricostituirmi.»

A quel pensiero, Peggy strinse i denti. I padroni della fucina avrebbero potuto catturare Sebastian e accendere un fuoco per fare evaporare l'acqua che teneva insieme il suo corpo. Una volta asciugato, il ragazzo sarebbe diventato friabile come un castello di sabbia seccato dal sole. Malgrado tutto, però, bisognava pur decidersi a fare qualcosa.

«Tu dovrai creare un diversivo» disse Sebastian. «Cerca di tenere occupato Angus, cosí io avrò campo libero.»

«Ehi!» esclamò il cane blu «non vorrei disturbare le vostre riflessioni, ma il gatto è scappato!»

Peggy si precipitò sul cesto di vimini. Il micino aveva sollevato il coperchio quanto bastava per svignarsela.

«Non lo ritroveremo mai» ringhiò il cane blu. «Bianco com'è, si mimetizza nel paesaggio.»

«Non importa» sospirò Peggy. «L'avevo portato per fare un piacere a mia nonna. Penso che non ne potesse piú di stare chiuso in gabbia e che non gli andasse molto a genio di vivere vicino a un cane.»

«Sarebbe bello se lo trovasse Angus» osservò Sebastian. «Se lo accarezzasse, forse diventerebbe meno aggressivo e non sarebbe piú una minaccia per noi. Tutto sommato è probabile che la fuga di quel gatto possa andare a nostro vantaggio.»

Pericolo! Mela esplosiva!

Coperto dalla sua cappa di nuvola che si andava sfilacciando, Sebastian si incamminò verso la fonderia. Peggy lo guardò allontanarsi con un nodo in gola. Avrebbe voluto sorvegliarlo con lo sguardo mentre avanzava, ma il camuffamento funzionava bene: appena si fu allontanato di qualche metro diventò invisibile come il gatto bianco. Peggy Sue aprí lo zaino per verificare che l'astuccio che conteneva la mela esplosiva fosse ancora al suo posto. Non riuscí a resistere al desiderio di sollevare il coperchio, ed ebbe un sussulto di sorpresa quando vide che il frutto, prima giallo, adesso era diventato di un rosso scintillante.

«È maturata al buio» disse il cane blu. «Come i pomodori. È un fenomeno risaputo.»

Il colore della mela aveva qualcosa di magico. Vibrava di uno sfavillio elettrico. Peggy non ebbe il coraggio di toccarla e richiuse l'astuccio.

«Potrebbe essere pericoloso» mormorò. «Spero che non esploda qui.»

«Andiamo a mungere le mucche» propose il cane blu. «Bisogna far credere ad Angus che la nostra collaborazione è totale.»

Peggy prese il secchio e avanzò sulla piana nuvolosa. Aveva imparato a mungere le mucche tre anni prima, durante le vacanze estive, e lo trovava abbastanza divertente.

«Angus ci osserva» le bisbigliò mentalmente il suo compagno a quattro zampe. «Si è acquattato dietro una finestra per tenerci sotto controllo.»

Nell'ora successiva la ragazza giocò a fare la contadina. Non smetteva di pensare a Sebastian: era riuscito a intrufolarsi nella fucina?

A un tratto, avvertí una presenza alle sue spalle. Angus si era avvicinato di soppiatto. Con la testa reclinata all'indietro, tirava su col naso facendo lo stesso rumore di quando si aspira il sugo attraverso un bucatino.

«È raffreddato?» chiese la ragazza.

«No» brontolò l'uomo. «C'è qualcosa di strano... *c'è odor di colore...*»

«Come?»

«Sento profumo di colore! Ho il naso fino, e sono capace di sentire l'odore dei colori piú importanti a una distanza di cento passi. Il mio fiuto è infallibile.»

«I colori hanno un odore?» si meravigliò Peggy cercando di rimanere impassibile.

«Naturalmente!» si spazientí Angus. «Il giallo sa di limone, il verde d'erba, il blu di violetta... ma l'odore che supera tutti è quello del rosso. Il rosso spande profumo di ribes, un odore che ti prende alla gola e ti fa venire l'acquolina in bocca.»

Peggy provò istintivamente a fiutare l'aria, senza sentire niente.

«Tu ci credi?» chiese mentalmente al cane blu.

«Non so» rispose l'animale. «Come cane non ho la stessa percezione degli odori che possedete voi umani. Non è detto che quello che piace a voi mi entusiasmi. E viceversa: l'odore della carne un po' rancida a me fa venire sempre un certo languorino.»

«Sta' zitto! È disgustoso!» sbottò Peggy Sue.

Questa conversazione era tutta telepatica e Angus non si accorse di nulla. Ma nonostante questo lanciava alla ragazza degli sguardi sospettosi, come se percepisse che gli stava nascondendo qualcosa.

Assomiglia a un orco in cerca di carne fresca, pensò Peggy.

«Ribes...» ripeté Angus. «*Probabilmente un oggetto di un rosso intenso che prima non c'era.*»

«L'avrà sicuramente portato il vento» suggerí la ragazza. «Dovrebbe dare un'occhiata dal bordo della nuvola.»

«Hai ragione» esclamò l'uomo allontanandosi a grandi passi.

«Per tutte le salsicce atomiche!» grugní il cane blu. «Quella maledetta mela ci stava facendo scoprire!»

«Vado ad avvolgere l'astuccio nella mia maglia» propose Peggy. «Questo dovrebbe smorzare un po' l'odore. Bisogna evitare che ad Angus venga in mente di mangiarla. Sarebbe una catastrofe.»

* * *

In quello stesso istante, Sebastian le apparve a fianco. La cappa di nube in cui era avvolto continuava a dimostrarsi un camuffamento perfetto.

«Ho sentito tutto» disse. «Quel tipo ha un fiuto del diavolo. Qualche minuto fa, passandomi vicino, ha detto 'senti un po', odore di sabbia calda!' Ho avuto una gran paura che mi scoprisse.»

«Sei riuscito a entrare nella fonderia?» si informò Peggy.

«Sí. È un grande edificio di mattoni luridi. Una specie di fabbrica con dei giganteschi pentoloni, dei crogioli incrostati dalle colature delle stelle fuse. Come se ci avessero fatto squagliare migliaia di lingotti d'oro.»

«C'era qualcuno?»

«No. Le sale che ho attraversato erano tutte deserte. Penso che Angus sia l'unico padrone della fonderia. Deve essere uno stregone.»

Peggy Sue annuí.

«E va bene» esclamò risolutamente. «Adesso basta. Vado a piazzare la mela in fondo a un pentolone. Tu e il cane blu mi guarderete le spalle e mi verrete in aiuto in caso di necessità.»

«Posso pensarci io alla mela» propose Sebastian.

«No» disse Peggy. «Le tue mani sono fatte di sabbia, e non sai dosare la tua forza. Potresti romperla senza volerlo.»

Intuí la delusione di Sebastian. Come tutti i suoi simili, si sentiva obbligato a fare l'eroe, anche quando non era necessario. Lo accarezzò sulla guancia.

«Angus è rientrato in casa» intervenne il cane blu. «Se vogliamo attraversare la nuvola, questo è il momento giusto. Piantatela di fare i fidanzatini e muovetevi.»

Peggy Sue si mise lo zaino in spalla e si avviò sulla landa 'nevosa', seguita dai suoi due amici. Non era il caso di correre perché le suole affondavano nel terreno come in una fanghiglia bianca e un po' appiccicosa. Rischiò di sbattere contro una mucca scolorita che si mimetizzava nel paesaggio.

Col fiato corto, arrivò finalmente al muro di cinta della fonderia. Anche lí i mattoni rossi cominciavano a perdere il loro colore originario e viravano su un rosa confetto. Quanto alla porta di legno scuro, era diventata di un delizioso color cioccolato al latte. Me la mangerei, pensò Peggy sfiorandola con la punta delle dita.

«Non fermarti!» la riprese Sebastian. «Dentro non c'è nessuno: prima entriamo, prima ci sottraiamo alla vigilanza di Angus.»

La ragazza stava per seguire il suo consiglio, ma l'istinto le suggerí di fare altrimenti. Sull'edificio aleggiava un'opprimente cappa di pericolo. Senza far rumore, lasciò fuori i suoi compagni e si infilò tra i battenti della porta socchiusa. Appena gettato uno sguardo all'interno, dovette tapparsi la bocca per frenare un urlo di stupore: *la fonderia era piena di fantasmi*!

Sebastian non aveva potuto vederli, ma loro erano lí, e ristagnavano sul pavimento come grossi funghi con gli occhi chiusi. Ce n'erano dappertutto! Sotto gli enormi pentoloni, sui mucchi di carbone, ammassati come flaccide meduse rigettate dalla marea.

«Gli Invisibili» ansimò mentalmente Peggy. «Sono qui, sono loro i fabbri! Avrei dovuto sospettarlo.»

«Ti hanno vista?» chiese il cane blu.

«No. Stanno dormendo. Ogni tanto succede, quando si annoiano troppo. Finiscono per appisolarsi e vanno in letargo come le tartarughe. Credo che la fuga della farfalla li abbia privati della piccola guerra che li faceva tanto divertire.»

«Io non vedo niente» brontolò Sebastian. «Per me, la sala è vuota.»

«È normale» ribatté Peggy. «Nessuno può accorgersi di loro, tranne me. Ricordati quello che è successo nel castello del genio: anche là pensavi che io fossi pazza.»

«Per la miseria!» borbottò il ragazzo. «Ci mancava solo questa!»

«Il peggio è che in realtà non sarebbero neanche cattivi» sussurrò Peggy. «Il loro problema è la noia. Non c'è piú niente che riesca a divertirli. E allora per distrarsi fanno un sacco di stupidaggini. Le chiamano 'scherzetti'. E se i loro 'scherzetti' causano la nostra distruzione, tanto peggio per noi. Per loro siamo come degli insetti. Niente di piú.»

«Vuoi andare lí dentro?» si preoccupò Sebastian.

«È necessario» sospirò Peggy. «Se riesco a fare il vuoto nella mia testa non si accorgeranno della mia presenza. Ma non sarà facile. Quando sarò entrata, non inviatemi nessun messaggio telepatico: mi suonerebbe nella testa come il trillo di un telefono! Cercate di non pensare a niente.»

Sebastian si agitò. Non gli piaceva affatto l'idea di lasciare Peggy da sola in mezzo agli Invisibili.

«Lasciami fare» gli disse la ragazza dandogli un leggero bacio sulle labbra. «Non è la prima volta che li affronto.»

Simulava una sicurezza che in realtà non aveva affatto. Muoversi in mezzo ai fantasmi addormentati non sarebbe stato facile e un nonnulla avrebbe potuto svegliarli. Se si fossero mossi tutti insieme contro di lei, Peggy avrebbe fatto una bella fatica a respingerli perché ultimamente i suoi occhiali non funzionavano piú molto bene. Il loro potere magico si stava forse esaurendo?

Gettò un'altra occhiata tra i battenti e strinse i denti. C'erano piú di un centinaio di Invisibili. Dormendo, avevano a poco a poco perso la forma umana che solitamente assumevano per comodità. Sembravano grandi palloni afflosciati. Dei palloni di gomma trasparenti. Qualcuna di queste 'meduse' aveva ancora gli occhi, mentre negli altri questi attributi umani erano spariti.

Dovrò fare attenzione a dove metto i piedi! disse Peggy tra sé.

Facendosi coraggio, aprí lo zaino per prendere il frutto ripieno di energia elettrica.

«Sebastian,» ordinò «tienimi l'astuccio dritto mentre tiro fuori la mela. E non stringere troppo.»

Posò la custodia di cuoio sui palmi del ragazzo e si asciugò le mani sulla maglietta perché sudava per la paura. Sollevò il coperchio trattenendo il respiro... Il frutto era diventato ancora piú rosso e brillava tanto che lo si sarebbe potuto usare come lanterna in una notte senza luna.

La ragazza stava per prenderlo delicatamente tra

le mani quando una sagoma bianca uscí dalla nube, balzò tra i due giovani... e fece cadere l'astuccio.

«*Il gatto!*» urlò mentalmente il cane blu. «Il gatto della serenità!»

Si erano dimenticati tutti del micio scappato dal cesto, ma era chiaro che l'animale, indistinguibile sullo sfondo candido della nuvola, li aveva seguiti passo passo. E adesso, approfittando della sorpresa causata dalla sua apparizione, giocava con la mela come se fosse stata un tappo o una palla di gomma.

«Attenti!» singhiozzò Peggy. «Se ci pianta le unghie per noi è finita!»

Sebastian si gettò a terra cercando di catturare l'animale, senza successo. Con una velocità e un'agilità diaboliche il gatto era già balzato fuori dalla sua portata. Filava via appiattito al suolo, spingendo la mela davanti a sé con precisi colpetti delle zampe.

Il cane blu gli si lanciò contro a unghie scoperte, ma il felino si acquattò in una piccola tana dove i suoi inseguitori non avevano nessuna possibilità di catturarlo.

«Si... si è preso la mela» ansimò il cane. «Aiutatemi ad allargare l'entrata di questo cunicolo... se riesco a intrufolarmi non mi sarà difficile trovare quel gatto maledetto!»

Peggy e Sebastian si affrettarono a obbedire. La sostanza elastica di cui era fatta la nuvola si poteva dilatare, ma riprendeva subito la sua forma iniziale. Il cane blu, che si era già infilato nel buco, rischiò di morire soffocato dalle pareti di quel budello gommoso.

«Aiuto!» urlava. «Fatemi uscire di qui! Mi sembra di esser stato inghiottito da un boa!»

Peggy Sue dovette prenderlo per le zampe posteriori e tirarlo con tutta la forza che aveva per estrarlo dalla trappola in cui stava per soffocare.

«Sono troppo grasso!» imprecò miseramente l'animale. «Quel dannato gatto è molto piú smilzo di me. Mi dispiace.»

Peggy gli accarezzò la testa per consolarlo, ma era terribilmente preoccupata.

«Il gatto si è infilato all'interno della nuvola,» mormorò «nelle sacche d'aria da qualche parte sotto i nostri piedi... e continuerà a giocherellare con la mela come se fosse un gomitolo.»

«Hai ragione» balbettò Sebastian. «È terribile. Può saltare tutto in aria da un momento all'altro.»

«Già. Basta che si innervosisca e che pianti le unghie nel frutto, o che si metta a mordicchiarlo.»

I tre amici scrutavano il terreno disperati. *Dov'era il gatto*?

«Dobbiamo recuperare la mela, a qualsiasi costo» esclamò Sebastian. «Proviamo a scavare un buco e a raggiungere i cunicoli.»

«Non sarà facile» osservò Peggy. «Sarà come zappare nella gomma. Mi pare che Angus abbia una pala con i bordi affilati. Vado a farmela prestare.»

«D'accordo» disse Sebastian. «Ti aspettiamo qui.»

La ragazza si allontanò con tutta la velocità che la morbidezza della nuvola le consentiva. Le sembrava di correre su un immenso materasso di schiuma che la faceva affondare fino alle caviglie a ogni passo.

Mentre si avvicinava alla casa, Angus apparve sulla soglia con le mani dietro la schiena, lo sguardo sospettoso e continuando a fiutare il vento. Peggy, con la massima educazione, gli chiese in prestito la pala.

«La mia pala?» brontolò l'uomo. «Che razza di idea! A che ti serve? Non mi piace troppo la gente che scava. Ho seppellito il mio tesoro nel ventre della nuvola... non avrai mica intenzione di rubarmelo, per caso?»

«Nemmeno per sogno!» s'indignò la ragazza. «Ma se devo diventare la sua aiutante voglio costruirmi una casa decorosa, come ce l'ha lei. E per fare questo mi servono degli strumenti.»

«Boh...» borbottò Angus «in ogni caso tu profumi di ribes. Le tue dita, soprattutto. Hai toccato qualcosa di rosso?»

«No» mentí Peggy.

Angus fece una smorfia. I suoi occhietti neri scrutavano la ragazza con la potenza di un telescopio in grado di distinguere una formica su Plutone.

«D'accordo, te la presto,» disse alla fine «ma se ti sapesco ad avvicinarti al mio oro ti lego come un salame e ti butto nel pentolone dei fabbri!»

Peggy Sue gli promise che non avrebbe fatto niente del genere e prese la pala. Il bordo, affilato come la lama di una spada, sembrava fatto apposta per tagliare la sostanza molle di cui era fatta la nuvola.

Se ne andò, seguita dagli sguardi sospettosi di Angus e si affrettò a raggiungere gli amici.

«Allora?» si spazientí Sebastian.

«Ecco la pala» annunciò Peggy. «Ma Angus pensa che io voglia rubargli l'oro che ha nascosto nel sottosuolo. È probabile che venga a farsi un giro da queste parti.»

«Che disdetta!» sospirò il ragazzo. «Proprio adesso che ce l'avevamo quasi fatta...»

«Aspettiamo la notte» stabilí Peggy. «La mela ormai è talmente luminosa che sicuramente brillerà nel buio. Dovremmo riuscire a vedere la sua luce attraverso la nuvola. Questo ci darà una buona indicazione sulla sua posizione, e a quel punto scaveremo in quella direzione.»

«Ma certo! Sei un genio!» si esaltò Sebastian.

Quando il sole tramontò, stettero con gli occhi ben aperti per abituarsi all'oscurità e dilatare le pupille. Poi, tenendosi per mano, Peggy e Sebastian salirono su una piccola collina da cui si dominava la distesa nuvolosa. Scrutarono ansiosamente le tenebre alla ricerca di una qualche luce velata. Piú di una volta Peggy ebbe l'impressione di sentire qualcuno che respirava nel buio, non lontano da loro.

Lo segnalò mentalmente ai suoi due amici.

«L'ho sentito anch'io» confermò il cane blu. «Penso che si tratti di Angus; ci sta sorvegliando.»

«È convinto che lo deruberemo» sospirò Peggy. «Se per disgrazia ci mettiamo a scavare vicino al posto dove ha sotterrato il suo tesoro, ci salterà addosso.»

Il vento gelido incollava i vestiti alla pelle. Peggy Sue avrebbe voluto rannicchiarsi contro Sebastian per riscaldarsi, ma non osava farlo.

A un tratto, scorse una specie di luminescenza rossastra in mezzo alla piana nuvolosa.

«*La mela*!» ansimò. «È sepolta laggiú, a tre metri di profondità. Probabilmente il gatto si è perso in una galleria. La nuvola deve essere piena di tunnel creati dalle sacche d'aria.»

«Tre metri non sono mica uno scherzo quando si scava in un suolo cosí molliccio» osservò Sebastian brandendo la pala. «Cercherò di fare meno rumore possibile per non svegliare il gatto.»

Discesero dalla collina gommosa e quando raggiunsero il centro della piana il ragazzo si mise al lavoro.

«È come tagliare a fette una gigantesca torta di crema» borbottò. «Si appiccica tutta!»

«Sbrigati!» lo supplicò Peggy. «Bisogna recuperare quella mela prima che il gatto si svegli. È già un miracolo che non l'abbia fatta scoppiare.»

«Un po' di pazienza!» ansimò Sebastian scavando rabbiosamente. «Ancora qualche minuto e...»

Non ebbe il tempo di finire la frase. Un'ombra enorme era uscita dalle tenebre e gli aveva strappato la pala dalle mani.

«Vi ho beccati, piccoli ladruncoli!» sbraitò Angus. «Facevo bene a sospettare dei vostri intrallazzi.»

Con un pugno spedí Sebastian a tre metri di distanza, e quando il cane blu gli si fece sotto mostrando i denti lo minacciò con il filo tagliente della pala.

«Stai indietro, cagnaccio!» urlò. «O ti taglio la testa, ti concio la pelle e mi faccio un gilet blu.»

Terrorizzata, Peggy Sue corse a trattenere l'animale.

«Noi non vogliamo il suo oro!» gridò. «Cerchiamo solo di recuperare una cosa che ci appartiene e che è finita in un cunicolo.»

«E tu pensi che io ci creda?» ridacchiò Angus.

Ma aveva appena finito la frase quando guardò istintivamente tra i suoi piedi e intravide la luce rossa della mela in fondo al buco.

«Ehi!» balbettò. «Cos'è quella roba?»

Spinto dalla sua curiosità, saltò nel piccolo cratere aperto da Sebastian e si mise a scavare.

«Faccia attenzione!» lo supplicò Peggy. «È molto pericolosa! Non tocchi quella mela! Se la scalfisce, esploderà come una bomba!»

Ma Angus non l'ascoltava. Era ammaliato dal frutto magico che teneva stretto nella sua grossa mano.

«Rossa!» ansimò. «*Rossissima*... Ecco cos'era che profumava di ribes. Che meraviglia! Colore, colore di prima qualità! Proprio quello di cui avevo bisogno!»

Uscí dal buco con un sorriso ebete stampato sul volto. Sembrava completamente indifferente a tutto ciò che lo circondava.

«Quant'è bella,» ripeteva «*cosí rossa*... e rischiara come una lanterna!»

«Ce la ridia!» si impuntò Peggy. «Non è roba sua! E noi ne abbiamo bisogno!»

«Tutto quello che si trova sulla nuvola mi appartiene» ringhiò Angus. «La mela è mia. Adesso vado a mettermela sul comodino, come un piccolo lume. Piú tardi me la mangerò e mi farà diventare la pelle rosa e la lingua bella rossa.»

«No! La prego, non lo faccia!» disse Peggy sbattendo i piedi e avventandosi contro l'uomo scolorito. «Se le dà un morso moriremo tutti!»

Ma Angus la spinse via senza fatica e riprese la strada di casa disinteressandosi dei tre amici.

«Stavolta siamo davvero fritti» mugolò il cane blu.

Megamela... megabum!

Nascosti in cima a una collina fatta di nuvola, i tre amici si diedero il cambio tutta la notte per sorvegliare la casa. La luce della mela adesso era cosí intensa che attraversava i muri, rendendoli trasparenti. Grazie a questo fenomeno, Peggy Sue poteva seguire i gesti e i movimenti di Angus. Dopo essere tornato in casa, aveva posato il frutto sul tavolo, si era seduto su una sedia e aveva cominciato a contemplarlo. Da qualche ora si era messo anche a parlare alla mela, come se cercasse di ammansirla. Le diceva quanto era bella e quanto le sarebbe piaciuto mangiarla.

Di tanto in tanto, allungava una mano verso il frutto e lo sfiorava, senza insistenza.

«Bella... bella» farneticava. «*Cosí rossa*... Grazie a te la mia pelle tornerà rosa e le mie labbra scarlatte. Avrò di nuovo un aspetto umano. Ti mangerò all'alba, quando il giorno renderà pallida la tua luce.»

«Dobbiamo portargli via la mela, a qualsiasi costo» stabilí Peggy Sue. «Ho un'idea. Vado a regalargli il gatto della serenità. Se comincia ad accarezzarlo, il suo nervosismo si placherà. Diventerà calmo e conciliante e noi avremo qualche possibilità di recuperare il frutto.»

«Non è malvagia, come trovata» convenne Sebastian. «Potrebbe anche funzionare... solo che prima bisogna acciuffare il gatto!»

«Cerchiamolo!» decise Peggy. E aggiunse rivolta al cane blu: «Tu però resti qui e non ti fai vedere. Lo spaventeresti.»

La fortuna li aiutò. I due ragazzi trovarono il micino ai piedi della collina, dove vagabondava sconfortato per la scomparsa della sua palla magica e miagolava per la fame. Peggy non ebbe difficoltà a farsi avvicinare adescandolo con una fetta di prosciutto presa dalle provviste che sua nonna le aveva messo nello zaino.

«Ecco fatto!» disse quando riuscí a prendere il gatto tra le braccia. «Tenetevi pronti a intervenire nel caso le cose andassero per il verso sbagliato.»

Si avviò spedita verso la casa di Angus. Dovette bussare lungamente alla porta perché l'uomo scolorito era totalmente assorto nella contemplazione del frutto magico e non prestava attenzione a nient'altro. Alla fine, si decise ad aprire. Peggy Sue gli si fiondò in casa.

«Sono venuta a fare la pace» disse. «Volevo regalarle questo gatto come segno di buona volontà. È molto affettuoso.»

Angus fece una smorfia.

«*È tutto bianco!*» grugní. «Non mi interessa. Se

volevi proprio fare la pace con me, dovevi regalarmi il cane blu.»

«E che ne avrebbe fatto?»

«Mi sarei fatto un bel gilet con la sua pelle e me lo sarei mangiato. Il cane cotto è squisito. I cinesi ne vanno matti.»

Peggy Sue si sforzò di mantenere la calma. Doveva assolutamente fare in modo che Angus prendesse il gatto tra le braccia e che il suo pelo magico gli assorbisse tutta la cattiveria rendendolo inoffensivo come un pezzo di pane. Ma, ahimè, l'uomo indietreggiava scuotendo la testa.

«No, no,» ripeteva «è tutto bianco. Non ne posso piú del bianco. Portami il cane blu, piuttosto, e io dimenticherò tutte le tue insolenze.»

Il gatto cominciava a spazientirsi e si dimenava tra le braccia di Peggy. Ancora un minuto e avrebbe cominciato a graffiarla per divincolarsi, costringendola a mollare la presa.

«La sua pelliccia è cosí morbida» farfugliò la ragazza. «Dovrebbe almeno provare ad accarezzarlo.»

Era consapevole del fatto che avrebbe dovuto mettere la bestiola tra le mani di Angus con la forza, ma da qualche minuto le stava succedendo qualcosa di strano... una specie di allegro torpore le riempiva la testa, come se fosse sul punto di addormentarsi. Le sue preoccupazioni si scioglievano come ghiaccio al sole. L'angoscia l'abbandonava. *Si sentiva... bene*! Incredibilmente calma. Non capiva neppure piú perché era stata tanto tesa prima di entrare nella casa del vecchio garzone.

Accarezzò il gatto, che si mise a fare le fusa.

«Cosa stavamo dicendo?» disse, cosciente di aver perso il filo del discorso.

«Stavo dicendo che se davvero volevi darmi una prova della tua buona volontà avresti dovuto regalarmi il cane.»

«Ah, già!» fece Peggy. «E perché no? Se la cosa la fa felice... Mi piace vedere gente felice attorno a me.»

«Concerò la sua pelle per farmi un gilet e mangerò la sua carne!» insisté Angus. «Siamo d'accordo sui termini del nostro patto?»

«Oh, sí!» rispose la ragazza con un sorrisetto. «Come preferisce.»

Non ricordava piú perché questo avrebbe dovuto rappresentare un problema. In fondo era solo un cane! Che importanza aveva? L'importante era starsene *rilassati... belli rilassati.*

Accarezzò il gatto con ancora maggior foga. Si sentiva di un umore splendido. L'idea che il cane blu diventasse un gilet di pelle la faceva scoppiare dal ridere. Che bello scherzo! Chissà che faccia avrebbe fatto!

«Guarda un po' che stranezza,» mormorò Angus «il gatto sta diventando rosa.»

«Già!» ridacchiò Peggy. «Non è fantastico?»

«Chiama il tuo cane,» ordinò l'uomo «vado a prendere il coltello.»

«D'accordo» accettò la ragazza.

Mentre si dirigeva verso la porta, si chiese cosa stesse facendo a casa di Angus. Aveva una gran confusione in testa e una specie di pigrizia si era impadronita della sua mente impedendole di ragionare. Tutto le sembrava buffo, ridicolo, senza senso, e aveva una voglia matta di divertirsi. D'altronde, ogni cosa sembrava cosí esilarante... a cominciare da quel gatto che diventava via via piú rosa tra le sue mani.

Stava uscendo sulla soglia per chiamare il cane blu quando Angus cambiò idea.

«Ehi!» gridò. «Quel gatto è magico! Non me l'avevi mica detto! Cambia colore a vista d'occhio, questo sí che mi interessa! Forse se lo mangiassi potrei prendere i suoi poteri! Potrei colorarmi come piú mi piace... la barba rosa... i capelli blu... Eh sí, potrebbe essere incredibilmente divertente!»

D'un sol balzo si avventò su Peggy e le strappò l'animale dalle mani. In un istante la foschia gioiosa che annebbiava la mente della ragazza si dissipò e lei prese coscienza della follia di cui era stata vittima.

Ero come anestetizzata, pensò. Non mi rendevo piú conto di niente.

Barcollò e dovette tenersi a una sedia per non cadere. Non appena le manone di Angus si furono posate sul gatto, il suo pelo diventò nettamente piú scuro, passando da un rosa pallido a un bel fucsia.

«Micino mio! Micino mio!» ripeteva l'uomo scolorito accostandosi il gatto al viso. «Bel gattino di papà...»

È fatta, pensò Peggy. La magia sta funzionando. Si è già dimenticato che voleva mangiarselo. Devo approfittarne.

Sapeva benissimo che avrebbe dovuto prendere la mela e scappare a gambe levate, ma era ancora mezza intontita dall'incantesimo. La tavola su cui era appoggiato il frutto le sembrava lontana parecchi chilometri.

«Micino di papà! Micino di papà!» continuava a ripetere Angus.

Sorrideva come un ebete, indifferente alle unghiate che il gatto gli rifilava sul naso.

Peggy riuscí finalmente ad avere la meglio sulla paralisi che la inchiodava a terra. Con un balzo afferrò la mela e girò i tacchi. Angus non abbozzò neppure un gesto per trattenerla: rideva a crepapelle e il suo viso era ormai una maschera di graffi sanguinanti.

Il gatto sta diventando cattivo, osservò Peggy Sue. Man mano che la rabbia di Angus lo attraverserà, si comporterà in modo sempre piú aggressivo.

Si precipitò fuori dalla casa. Sebastian e il cane blu le si lanciarono incontro.

Raccontò brevemente ai due amici cos'era successo.

«Facciamo presto,» disse «Angus è talmente pieno d'odio che tra meno di un'ora il gatto sarà rosso come un peperone. A forza di dimenarsi, si libererà e Angus tornerà in sé...»

«E allora si accorgerà che gli abbiamo rubato la mela e noi passeremo un brutto quarto d'ora!» concluse Sebastian.

«Non vorrei fare l'uccellaccio del malaugurio,» esclamò il cane blu «ma credo che la farfalla sia appena riapparsa nel cielo. È ancora lontana, ma vola in questa direzione.»

«Oh, no!» singhiozzò Peggy Sue. «Se gli Invisibili la sentono si sveglieranno!»

«Corriamo alla fonderia!» esclamò Sebastian. «Non c'è un minuto da perdere!»

Come un sol uomo, i tre amici volsero lo sguardo verso la fabbrica. Per il momento i forni erano ancora spenti, e bisognava approfittarne. Peggy fece un respiro profondo e con la mela esplosiva tra le dita si diresse verso la fonderia.

«Entrerò solo io» disse ai due amici con un tono che non ammetteva repliche. «Conosco bene gli Invisibili e so come ragionano. Con un po' di fortuna, riuscirò a passare in mezzo a loro senza svegliarli. Hanno una specie di 'fiuto' mentale e se voi mi accompagnate si accorgeranno subito della vostra presenza.»

«Che possiamo fare?» chiese Sebastian.

«Preparate la fuga. Attaccate i paracadute alla schiena delle mucche e dei cavalli. E non dimenticatevi di Angus. Ha un caratteraccio, ma non me la sento di farlo saltare in aria.»

Arrivata alla soglia della fonderia, diede un bacio a Sebastian, strizzò l'occhio al cane blu e si intrufolò nella tana dei fantasmi.

Stavano ancora dormendo come meduse ammonticchiate per terra: la noia li aveva sopraffatti. Quando non avevano nessuno 'scherzetto' da preparare, cadevano in letargo. Tutt'intorno a Peggy Sue, l'aria ribolliva di pensieri malvagi.

Sembrano vespe arrabbiate, pensò la ragazza, uno sciame di insetti furiosi in cerca di una vittima.

Per evitare di farsi scoprire, doveva mascherare i suoi pensieri.

Per loro, disse tra sé, io sono come un cattivo odore. E la puzza dei miei pensieri è cosí forte che può risvegliarli.

Era costretta a fingere di divertirsi nonostante pensasse a cose orribili. Solo cosí sarebbe riuscita a sgattaiolare tra gli Invisibili.

Mentre stava zigzagando tra gli spettri addormentati, immaginò di fare a pezzi il cane blu e di metterlo a cuocere. Si vide mentre lo serviva ad Angus e ne conciava la pelle per fare un gilet.

Tremava all'idea di vedere gli Invisibili aprire gli occhi: erano troppo numerosi e non sarebbe riuscita ad affrontarli.

Quando arrivò ai piedi dei crogioli si rese conto che erano altissimi. Se lanciava la mela dal basso, il frutto rischiava di spiaccicarsi toccando il fondo del pentolone... e di scoppiare all'istante!

Devo salirci sopra, rifletté, chissà se c'è una scala in questo posto.

La cercò ovunque, invano, e cominciò a innervosirsi. I pensieri degli Invisibili ronzavano sempre piú forte tutt'intorno a lei.

Mi hanno scoperta, constatò. Non tarderanno a risvegliarsi.

Cominciò ad arrampicarsi sui supporti metallici dei pentoloni con la mela in una mano. Era terribilmente difficile perché l'oro colato aveva rivestito tutto di una placca incredibilmente liscia e scivolosa. Alla fine, in un bagno di sudore, Peggy riuscí a raggiungere la cima del pentolone. Quando ci guardò dentro, le vennero le vertigini. Il crogiolo era profondo come un piccolo vulcano. Ebbe paura di perdere l'equilibrio e di cadere all'interno: se fosse successo, le sarebbe stato impossibile risalire perché le pareti erano tutte rivestite d'oro. Trattenendo il respiro, la ragazza aprí la mano e lasciò scivolare la mela. Il frutto rotolò dolcemente e scomparve in fondo al pentolone.

Non si vede piú, notò Peggy con soddisfazione. Scoppierà la prima volta che gli Invisibili metteranno un'altra stella a fondere.

Adesso doveva sbrigarsi a uscire. L'avvicinarsi della farfalla turbava il sonno dei fantasmi. Certe 'meduse' cominciavano a gorgogliare, chiaro segno del risveglio imminente.

Peggy Sue scappò dall'edificio piú in fretta che poté. Aveva appena varcato la soglia della fucina quando vide passare un gatto rosso, schiumante di rabbia e con i peli tutti dritti.

Ci siamo! sospirò. Angus è tornato quello di prima. Non gli ci è voluto molto tempo per esaurire tutta la serenità del gatto.

Arrivata a una svolta della strada, incontrò Sebastian che le fece segno di seguirlo.

«Angus è fuori di sé» farfugliò. «Cerca dappertutto la mela brandendo il suo coltellaccio. Gli ho dato un paracadute, ma l'ha fatto a pezzi.»

«Peggio per lui» fece Peggy Sue. «Le mucche sono a posto?»

«Sí» confermò Sebastian. «Il cane blu ha dovuto morder loro le chiappe per convincerle a buttarsi di sotto. In questo momento stanno planando nel vuoto. Rimaniamo solo noi... e Angus.»

«Prepariamoci» ordinò la ragazza. «Bisogna tenersi pronti a saltar giú. Appena gli Invisibili accenderanno le caldaie, il fondo del pentolone diventerà rovente e la mela comincerà a cuocere: la sua buccia si screpolerà liberando tutta l'energia che ha dentro.»

Il cane blu corse loro incontro. Il paracadute lo impicciava e lo faceva sembrare una tartaruga con il guscio rettangolare.

«Sta arrivando la farfalla!» esclamò.

«Ai bordi della nuvola, allora!» ordinò Peggy. «E prepariamoci a saltare.»

«I paracadute sono regolati per aprirsi da soli» spiegò Sebastian. «Non c'è bisogno di tirare la cordicella. È sufficiente chiudere gli occhi, gettarsi nel vuoto... e aspettare.»

Il vento portava fino a loro le imprecazioni di Angus, che correva per la nuvola agitando il coltellaccio. Peggy, Sebastian e il cane blu si avvicinarono il piú possibile all'estremità della nube. Guardando di sotto, la ragazza scorse le mucche che volteggiavano muggendo nel cielo. La farfalla occupava tutto l'orizzonte, e le sue ali gigantesche percuotevano l'aria provocando vortici sempre piú potenti.

«Dal camino della fucina esce del fumo!» guaí il cane blu. «Gli Invisibili si sono svegliati!»

Peggy girò la testa e si sentí chiudere lo stomaco. Una voluta di fuliggine nerastra si attorcigliava sopra la fabbrica. I fantasmi avevano appena riacceso il fuoco sotto i pentoloni e nel giro di qualche minuto la mela avrebbe cominciato a cuocere.

«Penso proprio che sia il caso di andare» sentenziò con il cuore in gola.

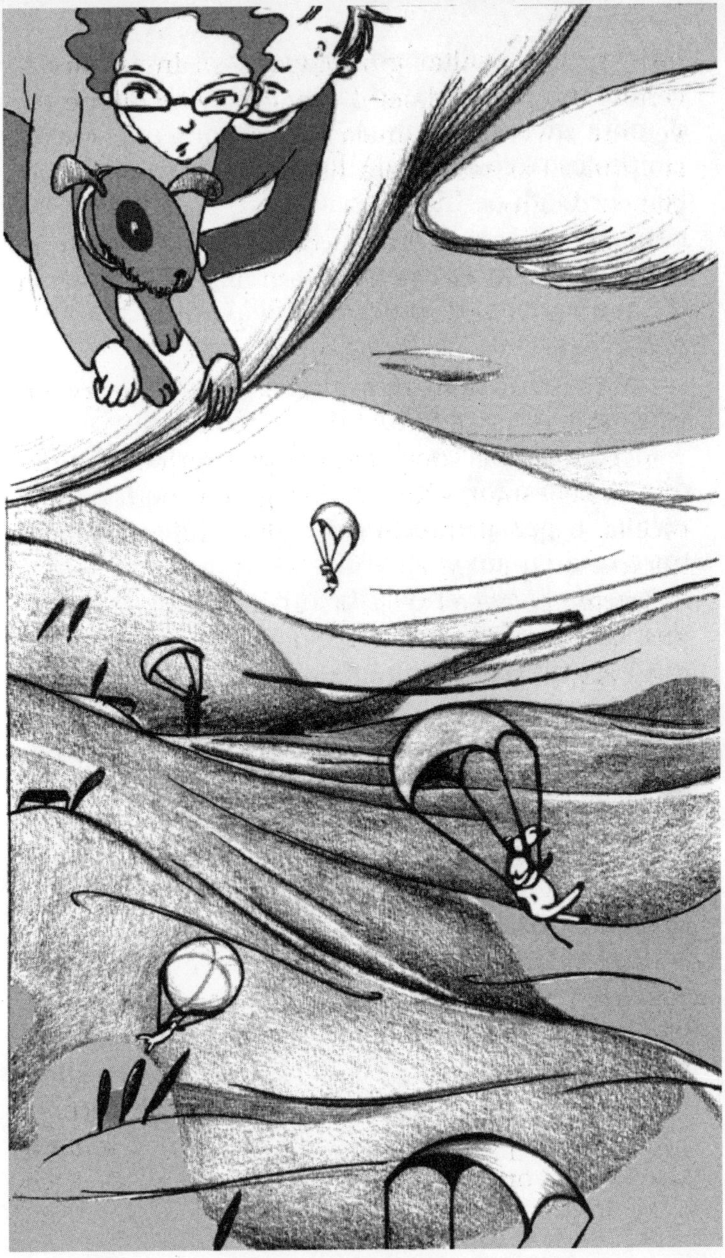

Ebbe appena il tempo di finire la frase. Qualcosa di enorme, di rosso e di giallo l'accecò. Una specie di fiore incandescente si schiudeva in un vento tempestoso e cosí rovente da rosolare la pelle. Peggy pensò che gli occhiali le si stessero per fondere sul naso e che i capelli le si incendiassero... Il cielo ribolliva come la marmellata in un tegame, l'aria diventò una bolla di chewing-gum al gusto di polvere da sparo...

Lo spostamento d'aria dell'esplosione li scaraventò nel vuoto, a decine di metri dalla nuvola.

Mentre cominciava a cadere, Peggy vide la nube dilatarsi come una frittella sformata. La fonderia volava in pezzi. Muri, pentoloni e camini si erano trasformati in un vortice di polvere. Schegge rosa e dorate si riversavano sulla terra in una pioggia di straordinaria bellezza.

Mezza morta di paura, Peggy andava alla deriva tra le correnti, allontanandosi dal luogo dell'esplosione. Accecata dalla polvere, cercò invano di localizzare i paracadute dei suoi amici.

Per un momento pensò che sarebbe atterrata sulle ali della farfalla, ma l'insetto favoloso era scomparso. Forse, spaventato dall'esplosione, aveva preferito rendersi invisibile?

C'è nessuno in casa?

La discesa le sembrò eterna. Sballottato dalle correnti, il paracadute la stava portando lontano dal villaggio. Peggy temeva di non ritrovare la strada e di dover vagare all'infinito nella campagna.

Finalmente toccò terra. L'impatto fu duro: per una frazione di secondo ebbe l'impressione di affondare nel terreno fino alle ginocchia, come un chiodo piantato in un asse.

La tela del paracadute le cadde addosso ricoprendola. Riuscí a districarsi a fatica e, una volta libera, cercò di orientarsi. Dovette salire su una collina perché non riconosceva il posto in cui era atterrata. Le sembrò di scorgere in lontananza i tetti di un villaggio e decise di andare in quella direzione.

La mela esplosiva aveva fatto a brandelli la nuvola, riducendola in una miriade di fiocchi sparpagliati nel cielo. Strizzando gli occhi, Peggy scorse, su uno di quei minuscoli batuffoli, una sagoma che gesticolava a vuoto sventolando un coltello.

Angus! pensò. Stavolta ha davvero chiuso col suo tesoro!

Ritrovò Sebastian un'ora dopo, a un incrocio. I due giovani si gettarono uno nelle braccia dell'altra.

«Non so se riuscirò a mantenere questo aspetto» mormorò il ragazzo. «Ora che sono tornato sulla terra, di acqua pura non ne troverò molta. Non è come sulla nuvola, lí mi bastava bagnarmi nella prima pozzanghera che trovavo per ricostituirmi.»

«Faremo una scorta al torrente» disse Peggy. «Sulle montagne l'inquinamento non c'è.»

«Tanto meglio» sbuffò Sebastian. «Mi scoccerebbe ridiventare polvere. Sto cosí bene con te.»

Camminarono un'altra ora. Si erano fermati a fare sosta ai piedi di un albero quando sentirono i guaiti del cane blu risuonare in lontananza. Videro la bestiola ancora impigliata nel paracadute. Non essendo riuscita a disfarsene, se lo trascinava dietro come un immenso velo nuziale.

I peli e i baffi erano diventati rossi per effetto dell'esplosione.

«Pensavo che lo spostamento d'aria mi avrebbe scaraventato all'altro capo del mondo!» ansimò. «La farfalla era terrorizzata. Prima si è resa invisibile. Poi, quando ha ripreso colore, l'ho vista volare raso terra sopra i campi. Sfiorava i tetti delle case. Penso che abbia davvero temuto per la sua vita.»

Peggy Sue sciolse le corde che fissavano il paracadute alla schiena dell'animale. I tre amici restarono a lungo in silenzio, spossati dalla lunga camminata.

«Ho un brutto presentimento» confessò il cane. «Come se qualcosa stesse andando storto giú al villaggio. Mi chiedo se abbiamo fatto bene a far esplodere la fonderia.»

Affrettarono il passo, pieni di inquietudine. Quando arrivarono alle prime case, il sole stava tramontando.

«Oh!» balbettò Peggy. «Guardate! Le porte sono tutte spalancate... un sacco di roba è sparpagliata a terra... e nelle strade non si vede nessuno.»

«È vero» disse Sebastian chinandosi a raccogliere dei vestiti abbandonati. «Si direbbe che se ne siano andati tutti con dei fagotti legati alla bell'e meglio.»

«C'è puzza di panico nell'aria» confermò il cane blu. «L'esplosione deve averli spaventati a morte, avranno creduto che fosse arrivato il loro momento.»

«Torneranno» mormorò Peggy. «Quello che mi piacerebbe sapere è dov'è finita mia nonna.»

Affrettò ancora il passo. Il villaggio, deserto, assomigliava a quelle città fantasma dove una volta abitavano i cercatori d'oro.

Fu con vero sollievo che Peggy scorse la sagoma di Nonna Katy in fondo alla via principale. Si precipitò verso di lei, e la vecchina la strinse tra le braccia.

«Oh, nipotina mia!» farfugliò. «È un disastro! La farfalla ha avuto paura dell'esplosione e si è gettata nell'abisso che sprofonda al centro della terra. Il panico si è subito impadronito del villaggio: dicevano che la farfalla non sarebbe tornata mai piú e che bisognava seguirla senza perdere un istante.»

«Cosa?»

«Si sono divisi i paracadute delle mucche e si sono buttati nella voragine, uno dopo l'altro! Dobbiamo fare qualcosa.»

Accorgendosi di Sebastian si interruppe, stupita.

«E questo ragazzo chi è?»

«È Sebastian» annunciò Peggy.

«Ah, già!» esclamò Nonna Katy. «Buongiorno, figliolo. L'ultima volta che ti ho visto assomigliavi piú a un sacco di sabbia, ma sei molto meglio cosí. Cerca di mantenere questo aspetto. Sei piú grazioso a vedersi.»

«Ci proverò, signora» rispose educatamente l'interessato.

Preceduta da Nonna Katy, Peggy Sue si diresse verso il precipizio di cui qualche tempo prima aveva visitato l'orlo in compagnia di Sean Doggerty. Non appena furono vicini al cratere, il risucchio si fece sentire, impetuoso, e tutti ebbero l'impressione che delle mani invisibili cercassero di strappar loro i vestiti e i capelli.

La vecchina continuava a deplorare la reazione degli abitanti del villaggio.

«Una vera pazzia!» sospirò. «Non ci sono altri termini. Si sono fatti prendere dal panico all'idea di perdere all'improvviso la felicità portata dalla farfalla. Avreste dovuto vederli, mentre correvano a infilarsi in fretta e furia i loro paracadute. Ho cercato di trattenerli, ma nessuno mi ha ascoltata. Certi mi insultavano perfino. Mi dicevano: 'È colpa tua, vecchia pazza! Non bisognava disturbare i fabbri! La farfalla era abbastanza furba da evitare i loro attacchi'.»

Peggy afferrò il braccio di Sebastian perché il risucchio diventava piú forte e aveva paura di volare via.

Paddington, il guardiano della zona proibita, uscí dalla sua baracca tirandosi dietro le funi di ancoraggio.

«Attaccatevi a queste o finirete nell'abisso!» ordinò. «Dopo che la farfalla si è buttata nel cratere il risucchio è aumentato.»

Facendo seguire alle parole i fatti, strinse corde e cinghie attorno alla vita dei nuovi arrivati. Anche il cane blu fu saldamente legato secondo le regole.

«Li ha visti saltare?» domandò Nonna Katy.

«Può ben dirlo, signora mia!» sbottò il guardiano. «Si sporgevano per tuffarsi di sotto, come se non gli importasse della propria vita. Che pena! Erano troppi, i loro paracadute si ingarbugliavano. Certi sono cascati giú come sassi.»

«Quanto è profonda la voragine?» chiese Peggy Sue.

Samuel Paddington alzò le spalle.

«Difficile dirlo, piccola mia» borbottò. «Gli Antichi credevano che ci volessero tre o quattro mesi per toccare il fondo.»

«*Quattro mesi?*» balbettò la ragazza. «Ma non è possibile!»

«Invece sí!» s'impuntò il guardiano. «Non è un vulcano come tutti gli altri. Questo porta al centro della terra. Ci vorrebbero chilometri e chilometri di corde per scendere cosí in basso. L'unico modo di fare il viaggio è usare un paracadute e... *aspettare*. Il problema è che il viaggio potrebbe rivelarsi estremamente lungo, e se non ci si porta da bere e da mangiare per almeno una novantina di giorni si muore di fame e di sete. Il piú delle volte, quando il paracadute tocca il fondo ha solo uno scheletro appeso!»

Peggy Sue rabbrividí. Non era per niente incoraggiante. Come era possibile portarsi provviste per sopravvivere tre mesi buttandosi nel vuoto appesi a una corolla di tela?

«Adesso basta» brontolò Paddington. «Tornatevene a casa. Non c'è piú niente da fare per quegli sventurati. Sono partiti senza prendere precauzioni, e la maggior parte di loro sarà morta di sete da qui a pochi giorni. Ecco cosa succede a chi non ascolta i miei consigli.»

Spinse indietro i visitatori con le sue grosse mani muscolose.

«Non insistete» sbraitò «o sarò costretto a cacciarvi a bastonate! È compito mio impedire che la gente si suicidi buttandosi di sotto.»

Il gruppetto fu costretto a battere in ritirata con la morte nel cuore. Paddington sciolse le corde d'ancoraggio e li tenne d'occhio mentre si allontanavano in direzione del villaggio abbandonato.

«Lasciare laggiú quei poveracci è inammissibile» si lamentò Nonna Katy. «Bisogna andare a soccorrerli, trovare il modo di riportarli su. Non possono vivere cosí, come talpe sepolte vive nel cuore dell'abisso.»

«È proprio vero che ci vogliono tre mesi per toccare il fondo?» chiese Peggy.

«Non lo so» confessò la vecchina. «Paddington è un po' matto. È possibile che esageri.»

«Non è detto!» disse Sebastian. «Queste voragini naturali possono essere incredibilmente profonde. Ci sono dei vulcani che vanno a cercarsi la lava al centro della terra, dove fa talmente caldo che anche le rocce piú dure si sciolgono come una tavoletta di cioccolato in un pentolino.»

«Il problema piú grave sono le provviste» intervenne Peggy riflettendo ad alta voce. «Bisognerebbe innanzitutto avere a disposizione abbastanza cibo e acqua per resistere novanta giorni... e poi riuscire a farle stare in una sacca da viaggio. Come è possibile?»

«Forse la magia può darci la risposta» disse Nonna Katy.

«E come?»

«Miniaturizzando il cibo. Il potere nutritivo resterebbe lo stesso, ma le sue dimensioni sarebbero ridotte di dieci volte.»

«Un po' come il latte in polvere o il purè in bustina?»

«Sí. Con un po' di fortuna riuscirò a scovare nei miei libri la formula per far stare trenta polli arrosto in una scatola di fiammiferi. Stessa cosa per l'acqua. La concentreremo in una bottiglia magica.»

«Solo per me e per il cane blu bisognerà portare almeno tre litri al giorno, e tenendo conto della durata del viaggio questo significa una zavorra di 270 litri! Non riuscirò mai a caricarmela sulla schiena!»

«A meno che io non trovi la formula che permette di far entrare una cisterna d'acqua in una borraccia. Torniamo a casa! Devo immergermi nei miei libri di magia. Quand'ero giovane le imprese di questo genere mi riuscivano. Invecchiando, ho un po' trascurato queste ragazzate per consacrarmi ad attività piú commerciali, ma non dovrei fare troppa fatica a trovare i miei vecchi manuali di ricette.»

«Nel frattempo,» disse Sebastian «noi faremo un paracadute in grado di resistere all'attrito dell'aria per tre mesi senza usurarsi troppo.» E avvicinandosi a Peggy Sue le sussurrò all'orecchio: «Non dobbiamo perdere tempo, mi sto asciugando. Quando tornerò a essere polvere non avrai che da mettermi nel sacco e portarmi con te.»

«Sí» disse ardentemente la ragazza. «Nel centro della terra troveremo fonti d'acqua pura che mi permetteranno di ricostituirti.»

Solo il cane blu restava in silenzio, poco entusiasta di quel programma di viaggio.

Arrivati davanti alla casa di Nonna Katy si separarono. La vecchina andò a studiare i suoi libri polverosi, i ragazzi a esplorare i fienili del circondario per trovare dei paracadute... Quanto al cane blu, si diresse in cucina in cerca di qualcosa da mangiare. Quell'idea dei polli microscopici non gli annunciava niente di buono, e aveva deciso di riempirsi lo stomaco fin quando era ancora possibile.

Il trampolino sull'abisso

Tutto era pronto per la grande immersione. Sebastian si era impegnato a lungo per rafforzare le cuciture del paracadute trovato nel fienile. Le sue dita di sabbia non temevano le punture e aveva maneggiato l'ago con una destrezza insospettabile.

«Mio zio faceva il pescatore» spiegò a Peggy Sue. «Rattoppava le reti e le vele delle barche. Me lo ha insegnato lui. Non c'è niente di vergognoso per un ragazzo nel saper cucire. I soldati e i marinai lo fanno da sempre.»

Parlava cercando di mascherare il suo turbamento, perché, in realtà, si stava asciugando. Non gli restavano che poche ore da passare in compagnia di Peggy e non aveva alcuna certezza di poter riprendere forma umana una volta arrivato al centro della terra.

«È stato bello rivederti» disse con voce rotta. «Spero che la prossima volta avremo un po' piú di tempo.»

«Anch'io» sussurrò la ragazza trattenendo le lacrime.

Quella sera stessa il ragazzo cercò un luogo appartato per ritrasformarsi in polvere. Peggy lo mise in una busta di plastica. Ritrovandosi sola, col sacchetto di sabbia tra le mani, scoppiò a piangere con un'orribile sensazione di solitudine che le trafiggeva il cuore. Sua nonna provò a consolarla assicurandole che avrebbe senz'altro trovato fonti di acqua pura nelle viscere della terra, dove il sole non batteva mai.

Nonna Katy aveva fatto un buon lavoro. Sfruttando antiche formule, era riuscita a miniaturizzare svariati prosciutti, un'infinità di salsicce blu alla violetta, formaggi rosa ai mirtilli, biscotti secchi alla farina di turlusina... ma anche scatole di conserva che aveva fatto diventare piccole come un'unghia.

«Ecco fatto» spiegò. «Sono abbastanza fiera di me. Non farti ingannare dalle dimensioni dei cibi: il loro potere nutritivo è rimasto intatto. Non esagerare, se non vuoi diventare una botte! Quando mangerai, avrai l'impressione di inghiottire una briciola di pane. Non farci caso. Una volta nel tuo stomaco, questo microscopico zampetto di maiale ti nutrirà esattamente come se fosse di dimensioni normali. Chiaro?»

«Sí» rispose la ragazza. «E l'acqua?»

«Questa borraccia d'acciaio ne contiene 300 litri concentrati, anche se non si direbbe. Le precauzioni da prendere sono le stesse: non bere troppo, *se non vuoi annegare!* Non piú di tre ditali al giorno; ti saranno piú che sufficienti.»

«Uhm!» fece Peggy Sue cercando di memorizzare queste raccomandazioni.

«Resta il problema della noia,» sospirò Nonna Katy «e per quello non posso fare granché. In questo tubetto ho messo dei semi che ti faranno addormentare quando comincerai a non poterne piú del viaggio. Standotene tre mesi appesa a un paracadute il tempo potrebbe non passare mai!»

«Non siamo sicuri che la discesa sarà davvero cosí lunga» obiettò Peggy. «Samuel Paddington non ha nessuna prova per dimostrare quello che dice, visto che nessuno è mai risalito.»

«È vero,» ammise la vecchina «e spero che tu abbia ragione. In caso contrario, dovrai armarti di santa pazienza. Per quanto riguarda la luce, ho infilato in questo barattolo dei vermi luminosi di una specie un po' diabolica. Non avrai che da scuoterlo per produrre all'istante una luce verde che rischiarerà come una torcia elettrica.»

L'indomani Nonna Katy, Peggy e il cane blu si incamminarono verso il cratere.

«È meglio fare in fretta,» sussurrò la vecchina «altrimenti il guardiano ti impedirà di buttarti. È un po' tonto, come avrai capito. Io creerò un diversivo per trattenerlo, tu correrai verso la voragine e salterai nel vuoto.»

Peggy si era legata il paracadute sulla schiena e aveva appeso alla cintura il sacco contenente Sebastian. Nel tascapane aveva sistemato i viveri, la borraccia d'acqua concentrata e diversi attrezzi per l'esplorazione: un temperino, della corda, fiammiferi e la lampada con i diabolici vermi. A tracolla portava un'imbracatura dove aveva alloggiato il cane blu. L'animale la preoccupava piú di ogni altra cosa, perché sapeva che non era dotato della benché minima pazienza. Come avrebbe fatto a restarsene immobile per novanta giorni? Faceva fatica a immaginarlo.

L'equipaggiamento era pesante e la ragazza sentiva il sudore scorrerle sulla fronte a ogni passo.

Non aveva ancora fatto giorno: Nonna Katy sperava in questo modo di penetrare nella zona proibita prima che Paddington si svegliasse. Il risucchio proveniente dal cratere diventava sempre piú forte e Peggy sentiva i capelli drizzarsi sulla testa. Aveva l'impressione che mani invisibili la trascinassero in avanti per spingerla nell'abisso.

Quando furono vicini alla baracca del guardiano sua nonna la baciò sulle guance augurandole buona fortuna.

«Vai» mormorò. «So che hai coraggio da vendere. Io resto qui a distrarre Paddington.»

Peggy si allontanò alla massima velocità che il fardello le consentiva. Ora il risucchio agevolava lo sforzo: aveva la sensazione di pesare la metà.

«Ehi,» borbottò il cane blu «se non mi prendi in braccio volo via!»

Peggy Sue si affrettò ad afferrarlo per la collottola e a sistemarlo nell'imbracatura che aveva preparato.

«Cosa sta succedendo?» sbraitò Paddington dietro di lei. «*Ehi! Dico a voialtri*! State infrangendo la legge, non avete nessun diritto di star lí!»

«Paddy,» intervenne Nonna Katy «ascoltami! Stanno succedendo un sacco di cose strane...»

«Smettila, vecchia pazza!» urlò il guardiano. «Pensate che non capisca quello che state cercando di fare?»

Peggy si mise a correre. Nella luce grigia dell'alba il cratere si presentava come un terrificante buco nero, ma la ragazza non aveva piú scelta.

«Sei pronto?» domandò al cane blu.

«*No!*» squittí l'animale. «Ma credo che non ti importi molto...»

«*No!*» urlò Peggy Sue. E stringendo i denti si tuffò nell'abisso.

Piano -333: al centro della terra!

Il paracadute si aprí di scatto. L'improvvisa frenata diede a Peggy l'illusione di essere risalita di parecchi metri. Le cinghie le segavano le spalle, ma strinse i denti. Stava planando nel vulcano spento e la luce diminuiva man mano che si immergeva nelle viscere della terra.

Si sentiva avvolta da uno strano odore, un misto di muffa e fuliggine, che sapeva di funghi, di fuoco di legna, di foglie che marciscono sotto la pioggia autunnale, di talpa che non si lava da mesi, di tana tenuta male, di cantina piena di cacchine di topo, di profumo per scarafaggi, di dopobarba per gli scheletri... e di un mucchio di altre cose che in generale fanno venir voglia di tapparsi il naso.

Il cane blu, imbracato sul petto della sua padrona, tremava come una foglia. Anche lui aveva paura.

Il grande paracadute fluttuava mollemente nell'aria, ma di tanto in tanto le correnti provenienti dal basso lo rispingevano verso l'alto per una decina di metri.

Comincio a capire perché ci vogliono tre mesi a toccare il fondo, pensò Peggy. Se continuiamo a fare due passi avanti e quattro indietro non batteremo certo nessun record di velocità!

Quei movimenti alternati di discesa e di brusca risalita le facevano venire il mal di mare.

Ma ciò che piú la preoccupava era l'assenza di luce. Sarebbero andati alla deriva nel buio pesto per novanta giorni?

Se le cose stavano cosí, una volta tornata alla luce del sole avrebbe rischiato di diventare cieca.

Come tutti gli animali, il cane blu disponeva di una visuale notturna piú efficace di quella degli umani. Dove Peggy non vedeva che una massa nera, lui riusciva a distinguere i piú piccoli dettagli.

«Non ha l'aria di essere molto divertente, non trovi?» bofonchiò.

«Ti ricordo che non siamo qui per divertirci,» lo rimbrottò Peggy Sue «ma per salvare della gente.»

I due amici scesero cosí per un'ora. Ormai erano completamente buio. Quando Peggy Sue alzò lo sguardo, vide un piccolo cerchio di luce attraverso la tela del paracadute, esattamente sopra di lei. Era l'apertura del cratere. Rabbrividí constatando come le apparisse non piú grande del quadrante di un orologio da polso.

L'umidità le penetrava nei vestiti. L'atmosfera era quella di una cantina, di una cripta segreta, di una caverna piena di pipistrelli...

La ragazza tese l'orecchio, cercando di captare le conversazioni della gente del villaggio che avrebbe dovuto trovarsi sotto di lei. Gli ululati del vento, purtroppo, non lo permettevano.

Scendendo in questo modo passò il primo giorno... poi il giorno dopo e quello dopo ancora. Quando si sentiva oppressa dall'oscurità, scuoteva la lampada a vermi appesa alla cintura. Si spandeva allora una luce verde che rischiarava le pareti del vulcano. Questo spettacolo non aveva però niente di rassicurante, perché le pareti rivelavano delle fenditure scabre che facevano pensare a degli uncini piantati nella bocca di un gigantesco coccodrillo.

Per passare il tempo, Peggy e il cane blu cominciarono a raccontarsi delle storie, poi, sull'onda dell'immaginazione, si domandarono cosa avrebbero voluto fare nella vita *il giorno* in cui si fossero definitivamente sbarazzati degli Invisibili.

«Vorrei fare l'attore» dichiarò l'animale. «Reciterei nelle serie televisive per le bestie, in avventure che interesserebbero solo gli animali, non gli uomini. In questo modo, quando gli esseri umani vanno a lavorare e lasciano i loro cani o i loro gatti soli in casa, questi potrebbero distrarsi guardando la televisione. Poco a poco, diventerei produttore di questi sceneggiati per animali. Serie per cani, serie per gatti. Ci sarebbero avventure con i lupi... con i cani abbandonati che finiscono nel canile e cercano di evadere. Ho un sacco di idee. Potrei anche cantare. Canzoni per cani.»

«*Abbaiando?*»

«Naturalmente. A voi umani spacca i timpani.

Ma a noi piace. Farei rock per cani. Credo di avere il ritmo nel sangue. Ho già pensato ad alcune canzoni: te le canterò mentre scendiamo, cosí passeremo il tempo.»

«Oh... sí, perché no» disse Peggy Sue un po' scettica. «A me invece piacerebbe aprire una boutique di moda. Con vestiti che creerei di persona, usando oggetti riciclati. Magliette in finta pelle di leopardo, per esempio. Prenderei dei vecchi scarponi e li taglierei per dar loro forme divertenti. Fabbricherei degli impermeabili con i sacchi della spazzatura. Cose riciclate, insomma.»

«Potresti anche fare degli abiti per animali» suggerí il cane blu. «Roba alla moda. Super-collari profumati al pollo o alla pancetta. Collari da masticare quando si ha fame. *Già, vestiti che si mangiano*! Questa sí che sarebbe una buona idea! Uno potrebbe divorarli quando non ne ha piú bisogno, cosí si eviterebbe di lavarli e stirarli.»

Queste chiacchiere telepatiche li aiutavano a passare il tempo e a combattere le preoccupazioni che si insinuavano in loro. Alla fine della prima settimana, il cane blu insisté per cantare la mezza dozzina di canzoni che aveva 'scritto' nella sua testa. Cominciò allora un orribile concerto di guaiti che rimbombò come una valanga nel vulcano. Peggy Sue si sforzava di non tapparsi le orecchie.

Se l'eco di questo concerto sale fino a Samuel Paddington, pensò, il pover'uomo penserà che i demoni dell'inferno stiano urlando in fondo all'abisso!

* * *

Si nutrivano con i cibi microscopici preparati da Nonna Katy e bevevano l'acqua concentrata contenuta nella borraccia. A ogni pasto, a scanso di equivoci, Peggy Sue doveva tener d'occhio il cane blu, perché era cosí ingordo che avrebbe potuto inghiottire trenta polli miniaturizzati in un sol colpo, col rischio di diventare grasso come un bue!

Peggy se la cavava sempre meglio nell'oscurità. Le sue dita avevano acquisito una destrezza istintiva che le consentiva di lavorare alla cieca senza combinare guai.

Quando la noia diventava insopportabile, la ragazza e l'animale facevano una siesta. Era una sensazione curiosa addormentarsi mentre si cadeva nel vuoto! All'inizio, Peggy aveva qualche difficoltà a dormire perché temeva di essere risvegliata dal brusco impatto che avrebbe senz'altro subíto, prima o poi, toccando il fondo. Ma visto che la caduta continuava, interminabile, aveva finito per abituarcisi. Chiudeva gli occhi e si lasciava cullare dalle correnti d'aria. In fondo non era per niente sgradevole.

All'inizio della seconda settimana, Peggy sentí delle voci attorno a lei. Voci di uomini, di donne, ma anche di bambini. Borbottii che turbinavano nell'oscurità, come portati dal vento.

«Senti anche tu?» chiese al cane blu. «Credi che sia l'eco che viene dal basso?»

«No» disse il suo compagno. «Sono proprio attorno a noi. Ascolta! Si sente un battito di ali... Non so di cosa si tratti, ma è *qualcosa* che vola nelle tenebre.»

«Gente che vola?» ansimò la ragazza. «Intendi dire degli... *angeli*?»

«Non saprei. In ogni caso, si sente odore di piume. Direi un bel tanfo di pollame.»

Peggy serrò le dita attorno alle cinghie del paracadute. Avrebbe dovuto accendere la sua torcia magica? Non avrebbe rischiato di provocare la collera delle creature alate? Il cane blu aveva ragione: quando tendeva l'orecchio, sentiva il fruscio che si produce quando si viene sfiorati da un piccione.

«Ci circondano» le mormorò mentalmente il cane. «Sono appollaiati sulle sporgenze della roccia e si lanciano nel vuoto per volteggiare nelle correnti. Ce n'è un mucchio.»

Peggy fece uno scatto all'indietro: la punta di un'ala le aveva appena sfiorato una guancia! Immagini spaventose le attraversavano la mente: immaginava di essere circondava da vampiri.

Una vocina andò a sussurrarle nell'orecchio sinistro gemendo come un bambino affamato e infreddolito. Poi fu il turno di un mormorio di donna che diceva: *non saremmo mai dovuti scendere qui... è orribile... è tutto cosí...*

Adesso le voci andavano e venivano, avvicinandosi e allontanandosi. Una folla invisibile si ammassava attorno a Peggy, accarezzandola con le punte di innumerevoli ali.

«Vuoi che ne azzanni una al volo?» propose il cane blu. «Questi volatili cominciano a innervosirmi. Potrei farne fuori uno con un paio di morsi. Cosí mangerei anche qualcosa di diverso dai polli in miniatura di tua nonna.»

«No!» gli intimò la ragazza. «Non far loro del male. Non credo che abbiano cattive intenzioni.»

Esitava ancora ad accendere la lampada 'tascabile'. Aveva paura che potessero scoprirla.

Forse è un incantesimo, pensò: a furia di scendere si finisce per trasformarsi in uccelli. È quello che rischia di capitare anche a noi se ci mettiamo troppo tempo a toccare il fondo.

Non riuscendo piú a resistere, agitò il barattolo pieno di vermi luminosi.

«Oooh!» esclamò, quando la luce verdastra invase il pozzo roccioso.

Contrariamente a quello che temeva, i volatili che la circondavano non avevano il volto umano. Erano dei semplici uccelli... ma di una specie sconosciuta. Le loro piume erano completamente bianche e gli occhi rossi come quelli dei pipistrelli.

«Creature delle tenebre» annunciò il cane blu mostrando i denti. «Non hanno colore ma può darsi che il sapore sia buono!»

Peggy gli diede una pacca sulla schiena per farlo stare tranquillo.

«Non sono cattivi» gli disse. «Penso che facciano come i pappagalli, ripetono quello che la gente dice in loro presenza.»

«Vuoi dire che sono come dei registratori con le ali?» si meravigliò il cane.

«Esattamente. Riportano quello che viene detto in basso... nel regno degli abissi. Ascolta!»

I due amici tesero l'orecchio. Gli uccelli bianchi, spaventati dalla luce, volavano in disordine. Le voci si mescolavano. Dicevano:

«Voglio risalire alla luce del sole... le carote... le carote giganti... strisciano come coccodrilli!»

«Non c'è niente di normale qui. Gli alberi camminano...»

«Mamma, ho paura...»

«Il castello... le rovine, le maledette rovine, non bisogna entrarci.»

«Mamma, ho paura... mamma, ho paura... mamma...»

Gli uccelli riproducevano alla perfezione le voci degli esseri umani.

Uno di loro, attirato dalla lampada come una farfalla dalla fiamma di una candela, colpí Peggy Sue con l'ala sinistra. Nel momento in cui le sfiorava l'orecchio la ragazza lo sentí gridare:

«Gli scheletri... gli scheletri! Stanno arrivando!»

«Spegni la lampada!» ordinò il cane blu. «Stanno impazzendo!»

Aveva ragione. Accecati, gli uccelli albini si erano ammassati sotto la cupola del paracadute e attaccavano la tela a colpi di becco.

«Santo cielo!» si disperò Peggy. «Se la strappano cadremo giú come un masso che precipita da una scogliera!»

Sfortunatamente, la torcia fosforescente si spegneva con gran lentezza, cosicché Peggy e il cane blu dovettero restare col cuore in gola aspettando che tornasse l'oscurità. Gli strani volatili continuavano a recitare le frasi raccolte nel regno degli abissi.

«Tutto questo mi fa passare la voglia di proseguire il viaggio!» sussurrò il cane.

«In effetti non sembra che ci sia molto da divertirsi là sotto,» ammise la ragazza «ma come si fa a risalire?»

Quella notte dormirono piuttosto male perché gli uccelli li tormentavano, continuando incessantemente a sfiorar loro le orecchie per bisbigliare inquietanti richieste d'aiuto. Peggy Sue si chiese se la gente che stava sul fondo non li utilizzasse come messaggeri, nella speranza che le loro parole potessero uscire dalla voragine e provocare l'invio di una spedizione di soccorso.

Era molto infastidita dalla situazione. I volatili si ostinavano ad ammassarsi sotto la cupola del paracadute e, sentendosi imprigionati, l'attaccavano a colpi di becco.

«Le cuciture cederanno» ringhiava il cane blu. «Lacereranno la tela. La faranno diventare come un centrino di pizzo.»

«Lo so» rispose Peggy. «Ma come facciamo a scacciarli? Se accendo la lampada, impazziranno ancora di piú!»

Un'ora dopo, senza che riuscissero a capire il perché, gli uccelli bianchi scomparvero.

«Qualcosa deve averli spaventati» sussurrò Peggy.

«Ascolta!» disse sbalordito il suo amico a quattro zampe. «Sento una musica... un flauto!»

«Già... diversi flauti. Come se stessero tenendo un concerto negli abissi. E si avvicina.»

La stridula nenia degli strumenti non era affatto sgradevole all'orecchio. Peggy si sorprese a canticchiarla.

Sono quelli che ci precedono, pensò. Hanno formato un'orchestrina per combattere la noia e suonano nel buio, sospesi ai loro paracadute.

In fondo era un passatempo come un altro!

La musica dei flauti risuonava in un'eco melodiosa lungo le pareti rocciose.

Peggy decise di accendere la lampada per segnalare la sua presenza. Scendere in gruppo sarebbe stato piú piacevole e la conversazione li avrebbe salvati dalla noia. Mentre agitava il suo barattolo riempito di larve fosforescenti, una spaventosa sagoma si delineò nella luce verde... *uno scheletro sospeso a un paracadute zufolava soffiando dentro una tibia*!

Se la 'torcia' non fosse stata fissata al suo polso da un legaccio di cuoio, Peggy Sue l'avrebbe lasciata cadere nel vuoto per la sorpresa.

Il pelo del cane blu si drizzò per il terrore. Lo scheletro, per fortuna, non sembrava cattivo. Suonava il suo strumento lasciandosi trasportare dalle correnti ascensionali che, dato il suo scarso peso, lo facevano risalire verso la superficie.

«Ce... ce ne sono degli altri!» guaí il cane. «Guarda là sotto!»

La ragazza si sporse verso il basso. In effetti, una decina di vecchi paracadute ammuffiti volteggiavano in balia della tormenta. Ognuno trasportava uno scheletro intento a soffiare in una tibia. L'orchestra dell'oltretomba suonava una musica per niente macabra ma che, al contrario, metteva allegria e voglia di ballare.

«Chi... chi siete?» gridò Peggy.

La creatura cadaverica che le volava accanto mosse con rapidità le sue magre dita sui fori del flauto. La musica cambiò e le note si assemblarono originando una strana voce cavernosa.

«Sono morto un sacco di anni fa» 'disse' lo scheletro. «Come tutti i miei compagni. Siamo saltati nel cratere senza riflettere, per seguire la farfalla. Nessuno di noi si era portato da bere o da mangiare: siamo morti di sete nel giro di qualche giorno.»

«Ma... *ma tu parli...*» gli fece notare Peggy Sue.

«Sí» ammise lo scheletro. «È buffo, no? Penso di essere una specie di spettro. Qui niente muore per davvero, è un posto magico. E molto strano, a dire il vero. La mia carne, i miei muscoli e tutti i miei organi sono diventati polvere, ma il mio spirito è rimasto prigioniero in questa carcassa di ossa. Abbiamo messo su un'orchestrina per passare il tempo e suoniamo per distrarre quelli che continuano a saltare. Siccome non pesiamo quasi niente, il vento solleva i nostri paracadute come se fossero degli aquiloni. Ti piace la nostra musica?»

«Sí... certo...» farfugliò Peggy Sue un po' turbata.

«Mi fa piacere» disse lo scheletro. «Il nostro scopo è consolare la gente destinata a morire prima di toccare il fondo. Cerchiamo di fargli capire che anche da morti ci si può continuare a divertire. Tu sai suonare il piffero?»

«No» confessò la ragazza.

«Te lo insegnerò io» stabilí il suo interlocutore. «Sono sicuro che le tue ossa sono molto fini: sarai un'eccellente recluta per l'orchestra.»

Smise di suonare il suo piccolo flauto e manovrò il paracadute per avvicinarsi a Peggy Sue. La ragazza sentiva le dure dita dello scheletro che affondavano nella carne del suo braccio per tastarla.

«Eh, sí» riprese il vocione quando il cadavere si

fu allontanato. «È proprio come pensavo. Hai una bella ossatura, finissima. Le tue ossa risuoneranno molto bene nel vento.»

«Risuonare?» balbettò Peggy.

«Sí» disse lo scheletro. «Noi abbiamo l'abitudine di bucare le nostre ossa. Guarda! Le mie tibie, i miei femori, le ossa delle mie braccia... sono tutte cave. In questo modo mi basta gettarmi nel vento perché tutto il mio corpo si trasformi in un flauto gigante. È divertentissimo.»

Per dare una dimostrazione pratica, si mise a dondolare all'estremità delle corde del suo paracadute ammuffito. Come aveva preannunciato, le correnti d'aria si infilarono nelle sue ossa vuote... e produssero una musica un po' stridula, per nulla sgradevole, al gusto di latte di capra.

«Bello» commentò Peggy. «Ti ringrazio. Ma io conto di arrivare sana e salva là in fondo.»

«Sí, posso immaginarlo» disse lo scheletro con tono conciliante. «Sei stata piú previdente di me. Vedo che ti sei portata un cane per mangiartelo durante il viaggio. Ma ti avverto che il cane crudo non è granché.»

Sentendo queste parole, l'interessato si mise ad abbaiare e a mostrare i denti. In lui la rabbia riusciva sempre a prendere il sopravvento sulla paura.

«Accidenti!» ridacchiò lo scheletro. «Bella dentatura! Neppure una carie. Si direbbe che si lavi i denti tutti i giorni.» E rivolgendosi di nuovo a Peggy aggiunse: «Dopo che l'avrai mangiato tienimi da parte le sue ossa. Mi farò qualche zufolo.»

Peggy dovette stringere l'animale tra le braccia

per impedirgli di saltare nel vuoto. Grugniva e ringhiava come il motore di una macchina da corsa.

«A noi i cani non piacciono per niente» precisò il musicista dell'oltretomba lasciandosi portare da una corrente ascensionale. «Sono troppo ghiotti di ossa, e questo ci disturba parecchio.»

«Roba da matti» sussurrò la ragazza mentre lo scheletro si involava sopra di lei. «Mia nonna non mi ha mai parlato di questo! Tutto mi aspettavo tranne trovare un'orchestra funebre in un vulcano.»

«Non mi piace questa gente!» ringhiò il cane blu. «Fanno dei gran sorrisi, ma credo che non ci si possa fidare.»

Peggy sporse la testa per esplorare il paesaggio della voragine sotto di lei. Contò una buona dozzina di vecchi paracadute e altrettanti musicisti dalle ossa ticchettanti. Alcuni di loro la salutarono al suo passaggio, facendo schioccare le mandibole.

«È alfabeto morse» disse Peggy. «*Ti... taaa... ti... taaa...* capisci? Usano i denti per inviarci dei messaggi.»

«Riesci a decifrarli?» chiese il cane blu.

«No» confessò la ragazza. «Avevo imparato l'alfabeto morse in colonia, ma l'ho dimenticato.»

Nei giorni che seguirono gli scheletri diventarono sempre piú numerosi. Non cessavano di salire e ridiscendere, come tanti yo-yo, moltiplicando le occasioni di incontro con Peggy Sue. Ogni volta la salutavano con grande cortesia e suonavano arie orecchiabili per distrarla. La ragazza faceva fatica a distinguerli perché si assomigliavano tutti. Spesso si presentavano abbozzando una piccola riverenza:

«Ciao, sono Pib.»

«Ciao, sono Jab.»

«Ciao, sono Job.»

Questi assalti ossequiosi indispettivano il cane blu.

«Hanno tutti lo stesso nome e la stessa faccia» grugní. «Sai che comodità!»

Dopo un po', la ragazza riuscí a trovare dei punti di riferimento. Il piú chiacchierone era Pib. Era un tipo piuttosto divertente, ma provava un piacere malizioso nel punzecchiare il cane blu.

«Ah, ah!» ridacchiava sfidando l'animale. «Ti piacerebbe sgranocchiarmi le tibie, vero? Ma te lo sogni!»

«Smettila di infastidire il mio cane» protestava Peggy. «Lo fai agitare. E ogni volta le cinghie dell'imbracatura mi tagliano le spalle.»

«Perché non te lo mangi?» sbottava allora Pib. «Tu divorerai la sua carne e io raccatterò le ossa. Cosí ti alleggerirai.»

Peggy faceva finta di prendere quelle dichiarazioni come degli scherzi, ma cominciava a pensare che lo scheletro dicesse sul serio.

Fu confortata in questa opinione dalle manovre sospette dei musicisti d'oltretomba. Facevano di tutto per urtarla durante i loro andirivieni. Ogni volta si scusavano dicendo di non averlo fatto apposta, ma Peggy ebbe ripetutamente l'impressione che cercassero di strapparle il cane blu dalle braccia.

«È strano,» sussurrò mentalmente al suo compagno «mi sa che stanno complottando contro di noi.»

«Penso la stessa cosa» replicò l'animale. «Ci marcano troppo stretti. Appena ci arrivano sopra, fanno stridere le loro dita sulle corde del paracadute per logorarle. Come se si passasse una lama affilata sulle corde di un'arpa. Credo che ci stiano preparando qualche bello scherzetto.»

La musica impediva a Peggy di riflettere. Non riusciva piú a pensare e trovava sempre piú difficoltà nello stabilire un contatto telepatico con il suo compagno.

Pib andava e veniva nelle correnti d'aria che riempivano il vulcano come un macabro aquilone.

«Fai male a ostinarti a restare viva» le disse un giorno. «Quello che ti attende nel regno sotterraneo non è affatto divertente. Tutto funziona in modo strambo e la maggior parte della gente che vive laggiú ha perso la testa. Ti divertirai di piú se rimani qui con noi. La musica ti incanterà l'anima e non ti accorgerai piú del passare del tempo. Io non rimpiango di essere morto, credimi. Sono molto piú felice da quando faccio parte dell'orchestra, e gli altri mi fanno un po' pena... Quella povera gente diventata schiava dell'ombra di una farfalla e che passa il suo tempo a seguirla per rifugiarvisi dentro.»

«Vogliono solo essere felici» li difese Peggy.

«Ma che stai dicendo?» sghignazzò lo scheletro. «Laggiú non se ne parla proprio di essere felici. È tutto cosí orrendo che si vive in un perenne terrore. E quando ci si rifugia sotto l'ombra della farfalla si cessa semplicemente di essere terrorizzati. Non si può proprio parlare di felicità.»

«È davvero cosí orribile?»

«Sí... ci sono mostri... *dappertutto*! Io sono contento di essere morto di fame attaccato al mio paracadute prima di riuscire ad atterrare in fondo al vulcano. Mi sono risparmiato una vita di terrore. Se tu avessi un po' di sale in zucca ascolteresti i miei consigli. Slegheresti le corde del tuo paracadute... e ti butteresti giú. Te lo ripeto, non si può morire nel vulcano. Approfittane adesso. Una volta che sarai entrata nella grande caverna del regno delle tenebre, non sarà piú la stessa cosa. Nulla ti proteggerà.»

Col passare dei giorni Pib si rivelò decisamente appiccicoso. Assillava Peggy Sue con discorsi cantilenanti, suonando le frasi sul suo flauto con grande delicatezza. Poiché la ragazza non si piegava ai suoi argomenti, si allontanava e, al passaggio, pinzava le corde del paracadute tra le sue dita ossute.

«Sabotano le funi facendo finta di niente» borbottò il cane blu. «Un piccolo taglietto qui, un piccolo taglietto là...»

«Hai ragione» gli rispose Peggy. «Bisogna arrendersi all'evidenza: cercano di ammazzarci per farci un piacere... perché sono convinti che sia la cosa migliore per noi.»

«Degli assassini gentili!» sbottò l'animale. «Ci mancava solo questa!»

Peggy Sue si chiese come fare a respingerli. Sfortunatamente disponeva solo di mani e piedi... e gli scheletri erano numerosi.

* * *

Pib tornò il giorno dopo. A volte smetteva di suonare per tastare i bicipiti della ragazza. Ogni volta Peggy aveva l'impressione che delle orribili pinzette le si chiudessero sulla carne.

«Hai una bella ossatura» vaneggiava. «Il tuo scheletro produrrebbe un suono eccezionale, a patto naturalmente di insegnarti a danzare nelle correnti. C'è un posto libero nell'orchestra. È tuo, se lo vuoi.»

Come era prevedibile, tre corde, sul lato sinistro, finirono per rompersi.

«È grave» spiegò Peggy al cane blu. «Il peso non è piú ripartito correttamente sulla corolla. La tela finirà per strapparsi.»

Urlò per chiamare aiuto, ma gli scheletri soffiarono piú forte nei loro pifferi per coprire la sua voce.

«Maiali!» ringhiò l'animale. «Ma guarda un po' che roba. Adesso che sanno che stiamo per sfracellarci si spostano per lasciarci la strada libera!»

Peggy tentò vanamente di bilanciare la deriva del paracadute mentre la tela sbatteva come un lenzuolo steso su un balcone in un giorno di vento.

Si sentí un 'crac' di tessuto strappato, amplificato dall'eco del vulcano. Il paracadute scartò immediatamente sulla destra a folle velocità.

«Si sta avvitando!» urlò Peggy. «Cerchiamo di avvicinarci alla parete e di aggrapparci alle rocce.»

La ragazza dava dei furiosi colpi di reni per deviare la traiettoria del paracadute. Si rendeva conto di cadere sempre piú rapidamente. Tese le mani, alla cieca, per cercare di toccare la parete. L'impatto fu duro, e la fece gridare di dolore. Le sue mani scivolavano sulla roccia senza riuscire a trovare un appiglio. Ben presto i palmi delle mani le si scorticarono. E alla fine, quando già si preparava a morire, le sue braccia si chiusero su uno spuntone di granito. Vi rimase sospesa mentre il paracadute si afflosciava, ricoprendola come il lenzuolo di un fantasma.

«Vedo un piccolo spiazzo!» grugní il cane blu. «Voglio saltarci sopra. Non cercare di trattenermi. In questo modo sarai meno carica e potrai arrampicarti sul cornicione.»

Peggy non provò neanche a protestare. Aveva cosí male alle spalle che temeva che le braccia le si potessero staccare dal corpo da un momento all'altro. Con uno scatto di reni, la bestiola si liberò dall'imbracatura. Peggy la sentí rotolare sui sassi.

«Tutto a posto?» urlò la ragazza terrorizzata, dall'idea che il suo compagno avesse potuto sbagliare il salto e cadere nel vuoto.

«Tutto a posto» confermò il cane. «Sali in fretta. C'è una specie di piattaforma. Ci si può mettere seduti.»

«Arrivo» ansimò la ragazza. «Aiutami. Il paracadute mi trascina giú.»

«Buttalo!»

«No. Dovremo recuperare le corde per intrecciare delle funi. Non potremo restare mille anni su questo cornicione, bisognerà pur continuare a scendere, in un modo o nell'altro.»

Il cane blu avanzò fino all'orlo del precipizio e

afferrando l'imbracatura che circondava il petto di Peggy Sue cominciò a tirarla su inarcandosi sulle zampe.

Quando la ragazza mise finalmente piede sul cornicione, si ritrovò piena di escoriazioni. I palmi scorticati le facevano male.

«E adesso siamo davvero fritti» sospirò il cane blu.

Il paese delle vertigini

Non appena si sentí al sicuro, Peggy Sue agitò la lampada fosforescente per svegliare i vermi luminosi. Quando scoprí dove si trovava le vennero i brividi. La piattaforma su cui era raggomitolata in compagnia del cane blu aveva una superficie di appena due metri per tre. E sotto si apriva l'abisso insondabile del vulcano.

«Abbiamo delle provviste e dell'acqua» osservò il cane. «Ma bisognerà comunque trovare una soluzione prima che le nostre riserve si esauriscano.»

«Di restare qui non se ne parla» confermò Peggy. «Intreccerò delle funi con le corde del paracadute. Ci caleremo lungo la parete come fanno gli alpinisti.»

Si distese sul bordo del cornicione per esaminare la muraglia rocciosa.

«Gli appigli non mancano,» disse «fortunatamente la roccia non è liscia. Piú in basso mi sembra di vedere un sentiero naturale. Speriamo che arrivi fino in fondo.»

Non ebbe il tempo di aggiungere altro perché gli scheletri si misero a turbinare nelle correnti per avvicinarsi al cornicione di granito.

«Bella roba che avete combinato!» esclamò Pib. «Avreste fatto meglio a buttarvi nel vuoto. Cosa contate di fare ora?»

«Se voi foste gentili» arrischiò la ragazza «ci aiutereste a scendere»

«Nemmeno per idea!» s'indignò Pib. «Non è nel nostro interesse. Noi ci auguriamo che tu entri nell'orchestra, non che ti salvi.»

«Significa che non muoverete un dito?»

«No. Aspetteremo che tu e il tuo cane moriate di fame e verremo a recuperare le vostre ossa. Ci vorrà forse piú tempo del previsto, ma noi non abbiamo fretta.»

«Se avessi le mani lo prenderei a sassate!» esplose il cane blu.

«Che bestiaccia!» si adombrò lo scheletro volando via. «Non capisco come faccia una ragazza graziosa come te a sopportare un cagnaccio del genere.»

Peggy Sue passò i tre giorni successivi intrecciando funi. Quando ebbe finito strappò la tela e si fabbricò dei rudimentali indumenti da scalata per proteggersi dagli sfregamenti contro la parete.

«Non sarà facile» biascicò il cane blu. «Ho paura che gli scheletri cercheranno di farci cadere.»

«Anche io» confessò la ragazza. «Ma non abbiamo scelta. Partiremo appena le mie ferite si saranno cicatrizzate.»

Peggy Sue cercò di riposarsi il piú possibile in previsione delle prove che avrebbe dovuto affrontare. Aveva ridotto le razioni del cane blu in modo che dimagrisse e pesasse di meno.

Pib, Jab, Job e i loro compari scheletrici passavano piú volte al giorno davanti al cornicione e non mancavano di farle capire che stava perdendo tempo.

«Hai una meravigliosa carriera da flautista davanti a te» ripeté Pib. «Perché rinunciarci? Con delle ossa come le tue diventeresti presto la *vedette* dell'orchestra.»

Peggy faceva finta di non sentirli, ma questa cantilena finiva sempre per innervosirla.

Arrivò finalmente il giorno della partenza. Aveva fatto un po' di roccia alle colonie durante l'estate, un'esperienza che adesso le tornava utile.

Passò un paio d'ore a saggiare la parete, a cercare i piú piccoli appigli, a tastarla col piede per trovare appoggi e sporgenze. Il cane blu, per quanto dimagrito, rimaneva un carico abbastanza ingombrante. Quanto agli scheletri, si divertivano a volarle sempre piú vicino per farle perdere la presa.

Era sull'orlo dello sfinimento quando trovò una minuscola caverna nella quale decise di far sosta.

Le mani, nonostante le bende, le sanguinavano. Il cane blu le leccò i palmi.

«Sarà dura,» disse mentalmente «ma tu sei molto coraggiosa.»

«Spero che basti» rispose Peggy sbadigliando. Poi si addormentò.

L'indomani Peggy Sue continuò la sua lenta discesa. Si sentiva stanchissima e le facevano male tutti i muscoli, ma una cosa le dava coraggio: il nervosismo che si era impadronito degli scheletri.

«Hai notato?» disse al suo compagno. «Non sono piú tranquilli come prima. Sembrano sopraffatti dall'impazienza. E io credo di sapere perché...»

«Perché?»

«*Perché il fondo è vicino!* Se non riescono a buttarci giú adesso, tra breve saremo troppo in basso per farci male cadendo. E loro lo sanno: ecco perché i loro attacchi si intensificano.»

«Come vorrei che tu avessi ragione...»

Incoraggiati da questa prospettiva, i due amici passarono la notte aggrappati a uno spuntone di roccia.

Non ci volevano tre mesi per scendere, pensò Peggy Sue addormentandosi. Paddington esagerava. Avrei dovuto capirlo subito.

Il cane blu, che dormiva con un occhio solo, respinse tre volte gli assalti degli scheletri. Si erano avvicinati furtivamente per cercare di tagliare le corde che reggevano i due alpinisti. Ma la pagarono cara, perché l'animale riuscí ad acchiapparne uno e a strappargli un braccio. Lo risputò subito ringhiando: «Puah! È un osso vecchio... sembra un bastone. È immangiabile!»

Il giorno dopo la fortuna tornò a soccorrerli e Peggy Sue scoprí una via agevole che permise loro di scendere per piú di duecento metri senza difficoltà.

«I vermi luminosi della lampada si stanno stancando» notò il cane. «Non rischiarano piú come prima, forse li facciamo lavorare un po' troppo. E non possiamo rischiare di avanzare a tentoni: ci spaccheremmo la testa.»

«Non aver paura» lo rassicurò Peggy. «Guarda laggiú... si vede una luce. Credo si tratti del regno sotterraneo: il fondo non è lontano.»

Avevano fatto altri cinquanta metri, quando ebbero una brutta sorpresa. La parete era diventata liscia come uno specchio.

«Che si fa?» piagnucolò il cane blu.

«Si salta» suggerí Peggy.

«Cosa?» squittí l'animale. «Vuoi forse dire che alla fine hai deciso di entrare anche tu nell'orchestra?»

«No» sbottò Peggy. «Non senti questo odore? C'è dell'acqua là sotto. Un lago, forse. E poi ascolta! Se ti concentri, sentirai uno sciabordio. Dobbiamo saltare. D'altronde io non resisterò a lungo: ho le braccia mezze rotte.»

«D'accordo» disse il cane blu. «Saltiamo. Se ci va male, ci rivediamo nell'orchestra!»

Peggy Sue gli diede una grattatina tra le orecchie, chiuse gli occhi... e mollò la presa.

Ebbe il tempo di contare fino a dieci prima di toccare una superficie molle. Non era acqua, ma una grande distesa fangosa e fradicia in cui affondò come un bullone nella ricotta.

Per un istante pensò che sarebbe affogata in quella fanghiglia. Fortunatamente due mani ossute le afferrarono i polsi e la tirarono fuori dalle sabbie mobili. Riconobbe Pib, Job e Jab, che se ne stavano appesi come sempre ai loro paracadute planando con grande abilità tra le correnti.

«Peggio per te» brontolò Pib. «Noi ti abbiamo dato la possibilità di risolvere amichevolmente la questione. Ma siccome tu non dimostri la stessa buona volontà, dobbiamo prendere in mano la situazione. A partire da questo momento, considerati nostra prigioniera.»

Prigionieri degli scheletri

Prima di avere il tempo di capire cosa stesse succedendo, Peggy Sue e il cane blu si trovarono in fondo a una gabbia. Gli scheletri li avevano messi sotto chiave e avevano sequestrato lo zaino che conteneva il cibo concentrato e la borraccia.

«È per il tuo bene» si scusò Pib con un gran sorriso. «Non possiamo permettere che sprechi il tuo talento. So bene che sarai infuriata con noi, ma in realtà non dovresti. Io li so riconoscere i flautisti virtuosi, credimi. Le tue ossa, quando le avremo pulite per bene, avranno una qualità sonora eccezionale.»

«Ma cosa vai farneticando?» si spazientí Peggy. «Io non so suonare nessuno strumento, non sono proprio dotata per la musica, e quando canto la gente si tappa le orecchie. Fammi uscire da qui.»

«Non se ne parla nemmeno!» frignò Pib. «Te ne starai lí. Non ti daremo niente da mangiare. Presto morirai di fame e quando ti sarai trasformata in uno scheletro prenderai il tuo posto nell'orchestra. Nell'attesa, verrò a darti lezioni di musica.»

Il cane blu si lanciò abbaiando contro le sbarre, cercando di addentare la tibia sinistra di Pib, ma lo scheletro si portò prudentemente al di fuori della sua portata.

«Sta' zitto, cagnaccio!» sbraitò il musicista dell'oltretomba. «Quando sarai morto mi prenderò il piacere di segare di persona le tue ossa per farmi dei pifferi!»

Detto questo, fece dietro front e si allontanò ticchettando.

Peggy scosse le sbarre della prigione.

«Sono troppo spesse» sospirò. «Non ce la farò mai a romperle. Ci hanno confiscato le nostre riserve di cibo e non so per quanto tempo riusciremo ad andare avanti.»

Il cane blu tirò fuori la lingua per leccare le gocce di condensa che cadevano dal soffitto umido.

«Hai visto?» disse. «Sembra quasi che piova. Per dissetarci potrà bastare. Dobbiamo solo scavare un buco in terra e aspettare che le infiltrazioni lo riempiano.»

Peggy rabbrividí. L'aria era in-cre-di-bil-men-te umida. Si chiese se non avrebbe potuto sfruttare la circostanza per riportare in vita Sebastian. Si consultò con il cane blu che rispose:

«No. All'interno della cella è impossibile, c'è troppa poca acqua... Ma fuori potrebbe funzionare. Guarda! Ci sono delle pozzanghere. Se quell'acqua è pura Sebastian si ricostituirà senza problemi.»

Peggy slegò il sacco di sabbia appeso alla cintura. Gli scheletri non l'avevano confiscato pensando si trattasse di una zavorra per accelerare la discesa del paracadute. Le mani le tremavano: ormai Sebastian era la loro unica salvezza. Una volta ricomposto avrebbe potuto sfruttare la sua forza eccezionale per allargare le sbarre della gabbia.

Già, pensò. Ma per il momento è ancora un mucchio di materia inerte. E rimarrà cosí finché non l'avrò bagnato con dell'acqua pura al 100%.

Si inginocchiò per guardare tra le sbarre. Anche la pozzanghera piú vicina le sembrava troppo distante. Temette di non avere abbastanza forza per gettare il sacco di sabbia cosí lontano. Le sbarre erano troppo strette e le impacciavano i movimenti, impedendole di prendere lo slancio necessario per il tiro.

«Non riesco a dar forza» brontolò rivolta al cane blu. «Per lanciare il sacco dovrò mettere le braccia fuori dalla gabbia. E in queste condizioni non riuscirò a tirarlo fin laggiú.»

«Cerca di sganciarlo da dentro mirando tra le sbarre.»

«Non ci riuscirò mai. Lo spazio è troppo stretto e non sono molto brava a giocare a baseball. Il sacco potrebbe spaccarsi sbattendo sulle sbarre, e ti immagini cosa succederebbe se la sabbia si spargesse ai nostri piedi?»

I due amici rimasero un istante in silenzio. Il pacchetto di sabbia gialla scricchiolava tra le dita di Peggy.

Cosa avrebbe dato perché Sebastian fosse lí a stringerla tra le braccia!

Bisognava prendere una decisione... e in fretta, perché il tempo passava.

«Mi è già venuta fame» piagnucolò il cane blu.
«Anche a me» confessò Peggy.
«Tira il sacco» disse l'animale. «Non c'è altra scelta. Non riusciremo mai a raccogliere abbastanza acqua all'interno della gabbia per idratare Sebastian come si deve.»
Peggy Sue fece un respiro profondo e si rialzò. Praticò dei piccoli fori nella plastica con i denti per permettere all'acqua di penetrare piú facilmente, passò le braccia tra le sbarre e fece scivolare il sacchetto di sabbia all'esterno.
«Sbrigati!» sibilò il cane blu. «Se gli scheletri ti vedono si insospettiranno.»
La ragazza contrasse i muscoli e scagliò il sacchetto il piú lontano possibile. Sfortunatamente il 'proiettile' cadde a un metro dalla pozza con un sonoro *ploc*.
«Bersaglio mancato!» ansimò Peggy, che avrebbe voluto prendersi a schiaffi.
«È finito nel fango» osservò l'animale. «In pendenza. Con un po' di fortuna, potrebbe scivolare nell'acqua. Non tutto è perduto.»

Con il morale sotto i tacchi, la ragazza e il cane si sistemarono nella prigione meglio che poterono. Cercavano di dimenticare la fame che riempiva i loro stomaci di sonori gorgoglii. Quando avevano la gola troppo secca, leccavano le goccioline di umidità sulle sbarre. Peggy non staccava gli occhi dal sacchetto di sabbia arenatosi in riva al piccolo stagno. Ma le sue speranze erano fondate? E l'acqua sarebbe stata abbastanza pura per rianimare Sebastian?

Deve esserlo per forza, si ripeteva. Siamo decine di chilometri sotto terra, l'inquinamento non può essere arrivato fin qui.

Piú volte incollò il viso alle sbarre cercando di capire da dove venisse la luce arancione che rischiarava il fondo del vulcano.

«Viene da quel cunicolo» osservò il cane blu. «Sembra quasi che ci sia una specie di sole che brilla là in fondo.»

«Probabilmente è l'entrata del regno sotterraneo» disse Peggy Sue. «Se riusciamo a scappare di qui, dovremo andare da quella parte.»

Pib venne a trovarli come promesso. Voleva insegnare a Peggy i rudimenti del flauto. Le mostrò come gesticolare nel vento, una specie di strana danza per permettere alle correnti d'aria di infilarsi tra le ossa e produrre musica. In quell'arte era abilissimo e produceva dei suoni che, per quanto un po' tristi, non erano affatto spiacevoli.

«Le ossa non risuonano tutte allo stesso modo» spiegò con tono da professore. «Certi scheletri hanno un timbro cristallino di grande bellezza. Penso che sarà il tuo caso, una volta che ti sarai sbarazzata di questo volgare involucro di carne! Non c'è nulla che crei piú impaccio! È come un mantello troppo pesante che ti soffoca...»

Peggy Sue e il cane blu restarono di stucco. Ma la cosa non scoraggiò affatto il loro interlocutore e la lezione riprese, con grande delusione dei prigionieri.

* * *

Quella notte la ragazza e il cane si rannicchiarono uno contro l'altra e cercarono di dormire un po'. Non era facile perché la fame li torturava e le gocce di condensa picchiettavano incessantemente sulla loro testa.

Il mattino dopo, Pib tornò accompagnato da Jab e Job per dare una nuova dimostrazione di danza musicale.

Questa volta Peggy li osservò con piú attenzione perché aveva notato che le contorsioni degli scheletri facevano vibrare il terreno. Sperava che uno di loro, senza accorgersene, smuovesse il sacco di sabbia facendolo finire nella pozza...

«Dai!» li incitava. «Fatemi vedere... sembra divertente.»

«Vedi?» gongolava Pib. «Ci stai prendendo gusto!»

E i tre lugubri musicisti ricominciarono a danzare nel vento. Il cane blu aveva capito perfettamente dove voleva arrivare Peggy e osservava il sacchetto fangoso con la coda dell'occhio.

Ogni volta che i piedi spolpati degli scheletri calpestavano il suolo la ragazza pregava perché smuovessero il sacco e lo facessero scivolare verso il basso.

Quando i danzatori se ne andarono, il sacchetto si era mosso di qualche centimetro ma non si decideva ancora a finire nell'acqua.

«Ce la faremo» mormorò il cane blu. «Dobbiamo avere pazienza. Nulla è ancora perduto.»

Peggy soffriva talmente per la fame che vedeva delle farfalle nere svolazzarle davanti agli occhi. Quando si muoveva, le girava la testa.

«Ormai sono solo un grosso stomaco vuoto a quattro zampe» gemette il cane blu.

«Sta' zitto,» lo supplicò Peggy «o finirà che ti scambio per un'enorme salsiccia e ti sbrano!»

All'alba del terzo giorno di prigionia il sacco che conteneva Sebastian si decise a rotolare nell'acqua. Peggy e il cane si precipitarono contro le sbarre, impazienti di assistere al ritorno di Sebastian. Un interminabile minuto passò senza che nulla accadesse.

«Non capisco...» sussurrò l'animale. «Dovrebbe già essersi trasformato.»

«È il fango» mormorò la ragazza. «Probabilmente ha tappato i buchetti che avevo fatto nel sacco. Bisogna aspettare che si sciolga.»

Strizzando gli occhi, scrutavano la pozza di cui riuscivano a malapena a distinguere i contorni nella penombra. Ebbero l'impressione che fosse passato un anno intero quando sentirono la plastica rompersi sotto la spinta del corpo di Sebastian. Due minuti piú tardi il ragazzo emerse dall'acqua e si diresse titubante verso la gabbia.

«Facci uscire!» lo implorò Peggy. «Una banda di scheletri musicisti vuole farci morire di fame.»

«Non posso» balbettò Sebastian. «Sono ancora troppo molle. Le mie dita si sgretolerebbero sulla serratura. Devo solidificarmi ancora un po'.»

«Allora vatti a nascondere!» esclamò Peggy. «Altrimenti gli scheletri ti scopriranno.»

Il ragazzo andò a stendersi in un anfratto tra le rocce. Era sempre molto fragile nei primi minuti che seguivano il suo ritorno in vita. Peggy, da parte sua, non stava piú nella pelle. Temeva che gli scheletri trovassero Sebastian e si divertissero a sparpagliarlo nel fango quando era ancora troppo debole per difendersi.

Poi, finalmente, il ragazzo uscí allo scoperto. Senza dire una parola prese due sbarre tra le mani e le allargò. Non essendo realmente umano, aveva una forza straordinaria. L'acciaio gemeva piegandosi, e quando l'apertura fu abbastanza larga Peggy Sue e il cane blu vi si infilarono. Appena uscita la ragazza si gettò al collo di Sebastian e lo baciò. Come al solito le sue labbra avevano un sapore di sabbia calda, ma ormai aveva finito per abituarcisi.

«Andiamocene!» intimò il cane blu. «Vi farete le coccole quando saremo lontani da questi dannati scheletri.»

«Hai ragione» mormorò Peggy. «Sono tutti presi nella loro danza tra le correnti e non stanno badando a noi. Approfittiamone per correre verso la luce.»

Una musica stridula e gioiosa riempiva i cunicoli del vulcano mentre l'orchestra volteggiava a mezza altezza.

Peggy Sue prese la mano di Sebastian e si diresse verso il tunnel da cui filtrava la luce arancione.

L'entrata del regno sotterraneo, pensò. Cosa ci aspetterà mai laggiú?

Il paese dell'erba permalosa

Resasi conto che gli scheletri non si erano lanciati al loro inseguimento, Peggy tirò un sospiro di sollievo.

Il tunnel che si apriva davanti a loro si allargava serpeggiando per un centinaio di metri. La luce si faceva via via piú viva. Una luce di un arancione spento che tremolava come quella prodotta dalla fiamma di una candela.

Quando Peggy Sue e i suoi amici uscirono dalla galleria si trovarono in una caverna immensa. La volta si elevava per centinaia di metri sopra le loro teste. Una specie di sole in miniatura fluttuava quasi a contatto col soffitto roccioso, emanando un fulgore color miele. Non era fisso, ma rotolava in balia delle correnti d'aria come un palloncino trasportato dal vento rischiarando certe parti della caverna piú di altre.

«Non si vede il fondo» ansimò il cane blu. «Sembra gigantesca.»

«È vero» disse Sebastian. «Ci potrebbero tranquillamente vivere tutti gli abitanti di una grande città!»

Un uccello albino, che si era avvicinato spinto dalla curiosità, ripeté le ultime parole imitando alla perfezione la sua voce:

«Grande città! Grande città! Tranquillamente, tutta, abitanti...»

«C'è nebbia» notò Peggy. «Non si vede piú in là di cinquecento metri. Forse è meno grande di quello che immaginiamo.»

Fermi in fondo al tunnel, esitavano a inoltrarsi. Sul terreno ciottoloso cresceva un'erba arancione che, quando la si toccava, si ritraeva come i corni di una chiocciola.

«Forse è un po' permalosa» disse Peggy con tono sognante.

Qua e là spuntavano alberi arancioni che ricordavano le palme e producevano frutti quadrati e banane rettangolari. Quando i ragazzi vi si avvicinarono, quegli strani palmizi agitarono violentemente le foglie per respingerli. Una polvere sottile si alzò nell'aria facendo starnutire i giovani visitatori.

«Una polverina che fa venire l'allergia!» spiegò Sebastian. «È il loro modo di tenere lontani gli intrusi. Non vogliono che si raccolgano i loro frutti.»

«Sembra che qui la vegetazione sappia difendersi,» disse Peggy Sue «non come in superficie dove è costretta da sempre a subire i capricci degli esseri umani.»

Con gli occhi gonfi di lacrime, i tre amici furono costretti a fuggire. Man mano che avanzavano l'erba permalosa si ritraeva sotto i loro piedi.

Peggy e il suo compagno a quattro zampe stavano morendo di fame, ragion per cui decisero di accontentarsi delle more dei rovi. Un'esperienza per niente piacevole, perché appena li addentavano i piccoli frutti lanciavano grida orribili.

«Dev'essere una forma di dissuasione» brontolò Peggy. «Ti fa passare la voglia di mangiarli.»

Poco piú avanti trovarono un fiammifero e un paio di calze rattoppate: oggetti che senza dubbio erano caduti da un fagotto.

«Quelli che ci hanno preceduti sono passati di qui» disse Sebastian. «Penso che si siano diretti verso quel piccolo fiume che scorre là sotto.»

Dopo un'ora di cammino fecero una sosta. Peggy Sue e il cane blu si sentivano spossati per la mancanza di cibo. Si sedettero in riva al torrente mentre Sebastian raccoglieva della legna per accendere un falò. Disgraziatamente, come c'era da aspettarsi, i ramoscelli si misero a urlare quando cercò di dargli fuoco.

«Cosa devo fare?» chiese a Peggy Sue. «Continuo? È una cosa straziante, mi sento un criminale.»

«Non so» confessò la ragazza. «Lasciali in pace. Quelli che sono arrivati qui prima di noi avranno capito come si deve fare, chiederemo a loro.»

Per resistere al freddo, si rannicchiarono gli uni contro gli altri. Peggy si mise tra le braccia di Sebastian, ma lo sentiva stranamente lontano.

«Sai,» disse lui a certo punto «tra noi due non potrà mai funzionare. A parte il fatto che io ho settant'anni e tu quattordici, io non sono del tutto umano e quando mi trasformo in sabbia mi devi tenere in un sacco per dei mesi. Per te non è un bel vivere. Dovresti trovarti un fidanzato della tua età, un ragazzo normale. Uno che possa stare sempre con te e con cui tu possa andare a vedere un film senza doverti preoccupare di trovare una fontana d'acqua pura al 100% nei dintorni del cinema.»

Peggy trasalí.

«Ma io amo te!» esclamò. «L'amore non è solo divertirsi insieme. È anche affrontare i problemi mano nella mano cercando di aiutarsi. Sarebbe troppo semplice, e anche un po' stupido, se la vita fosse solo divertimento! Superare insieme le difficoltà unisce le persone molto piú di quanto non facciano i divertimenti e le feste... Una soluzione per questa maledizione della sabbia la troveremo, prima o poi.»

Sebastian si imbronciò. Quando era triste diventava ancora piú carino.

«Non so che dire» mormorò. «Penso di non esserti utile. Tu meriti una vita normale, mentre io ti causo dei problemi troppo grandi per la tua età. Forse dovremmo accontentarci di essere amici, io rimarrei nel mio sacco per la maggior parte del tempo e tu mi potresti ridare forma umana quando sei nei pasticci. Che ne dici?»

«*Dico che non ha alcun senso*!» urlò Peggy, mentre le lacrime le scendevano sulle guance.

«Scusami» disse Sebastian. «Ma io sono molto piú grande di te e ho avuto tempo di riflettere sulla questione. Noi viviamo in una specie di scarto temporale: quello che ancora diverte te, che sei cosí giovane, per me è noioso. Ci sopportiamo perché ci vediamo poco, ma non sono sicuro di cosa succederebbe se dovessimo stare insieme tutti i giorni. Tu finiresti per darmi del vecchio rimbambito e io della piccola idiota...»

«Tu rifletti troppo» replicò Peggy.

«Forse» ammise Sebastian abbassando gli occhi. «Non mi sento molto a mio agio nel mondo reale. A volte mi domando se non sarebbe meglio che tu mi sparpagliassi al vento quando sono ridotto in sabbia.»

«Non lo farei mai!» sbottò Peggy Sue con un tono feroce.

Il ragazzo alzò le spalle, scoraggiato.

«Quando sono sabbia, non penso a niente» confessò. «Non sogno neppure. È rilassante. Quando mi risvegli sono contentissimo di rivederti, ma nello stesso tempo la prospettiva di ripiombare in una realtà che non è piú la mia mi rattrista. Sono immortale e sono piú forte di dieci uomini messi assieme... ma questo non mi interessa affatto. Preferirei essere un ragazzo normale, con i brufoli sulla faccia, i brutti voti a scuola e amici ancora piú stupidi di me... una vita vera, insomma. E un vero futuro.»

«Ehi!» si intromise il cane blu. «Quando avrete finito di piagnucolarvi tra le braccia, date un'occhiata laggiú. C'è qualcuno che viene fuori dalla nebbia e si dirige verso di noi.»

«È Sean!» esclamò Peggy. «Sean Doggerty.»

«*Chi?*» bofonchiò Sebastian con la fronte corrugata.

La ragazza dovette spiegargli di chi si trattava.

Il giovane cercatore d'oro avanzava con passo deciso sull'erba permalosa. Il sole arancione dipingeva sui suoi capelli rossi lucidi riflessi di rame. Quando riconobbe Peggy Sue, le fece un cenno con la mano.

«Sapevo che ti saresti lanciata alla nostra ricerca» disse raggiungendo l'improvvisato accampamento «e speravo con tutto il cuore che riuscissi a scappare dagli scheletri.»

Poi, indicando Sebastian, chiese: «*E questo cos'è?*»

Peggy Sue fece le presentazioni. I due ragazzi si squadrarono a vicenda e si scambiarono un saluto gelido.

«Sono gelosi uno dell'altro» gracchiò la voce del cane blu nella mente di Peggy. «Adesso hai due spasimanti, cara mia! Stai attenta perché potrebbe succedere il finimondo!»

Sean si sedette su una roccia. Dalla sacca che portava a tracolla tirò fuori del cibo sconosciuto, tagliato a fette, con un aspetto da verdura bollita e un odore di cosciotto d'agnello. Si affrettò a offrirlo, prima a Peggy e poi a Sebastian, che rifiutò puntualizzando:

«No, grazie. Io non sono umano. Non ho bisogno di mangiare.»

«Ah, capisco» disse Sean con tono di scherno. «Sei una specie di mostro addomesticato, insomma.»

«Esattamente» rispose Sebastian con un risolino. «Un po' come il cane blu. Solo che invece di morderti il sedere potrei scorticarti vivo con la stessa facilità con cui si sbuccia una banana.»

«*Adesso basta*!» intervenne Peggy. «Non è tra di

voi che dovete battervi. Abbiamo altri problemi. Sean, cosa sai tu di questo strano mondo? Spiegaci come stanno le cose, ci eviterai passi falsi.»

Il ragazzo si grattò la testa, imbarazzato.

«È veramente un posto assurdo» cominciò. «L'ho capito a mie spese. Per prima cosa c'è l'erba. Bisogna diffidare. E non andarci mai a dormire sopra. Se non ci fai caso, appena ti addormenti escono migliaia di dita che cominciano a farti il solletico in un modo insopportabile. È atroce! Ti sfiancheresti fino a morire. Bisogna dormire sulle rocce, anche se sono scomode. Il sole, poi, è in balia del vento. In questo modo la luce cambia di continuo e la notte può arrivare in qualsiasi momento e durare all'infinito. Perché faccia giorno bisogna aspettare che le correnti d'aria soffino in senso contrario e riportino il sole al proprio posto.»

«Complicato» sussurrò Peggy.

«Animali non ce ne sono. Solo frutti e ortaggi, ma tutti con un forte istinto di sopravvivenza. A volte si difendono, altre volte scappano appena arriva qualcuno. Una volta ho dovuto correre una giornata intera dietro a un gregge di patate grandi come palloni da calcio. Mi hanno attirato in una trappola, una grande vallata dove si sono radunate e hanno formato una valanga per travolgermi. Ci sono anche le banane, ma sventolano come manganelli e non esitano un secondo a farti fuori. Nel mondo che ci sta attorno uno stormo di carote volanti è pericoloso come uno sciame di frecce.»

«Non è certo incoraggiante» sospirò la ragazza.

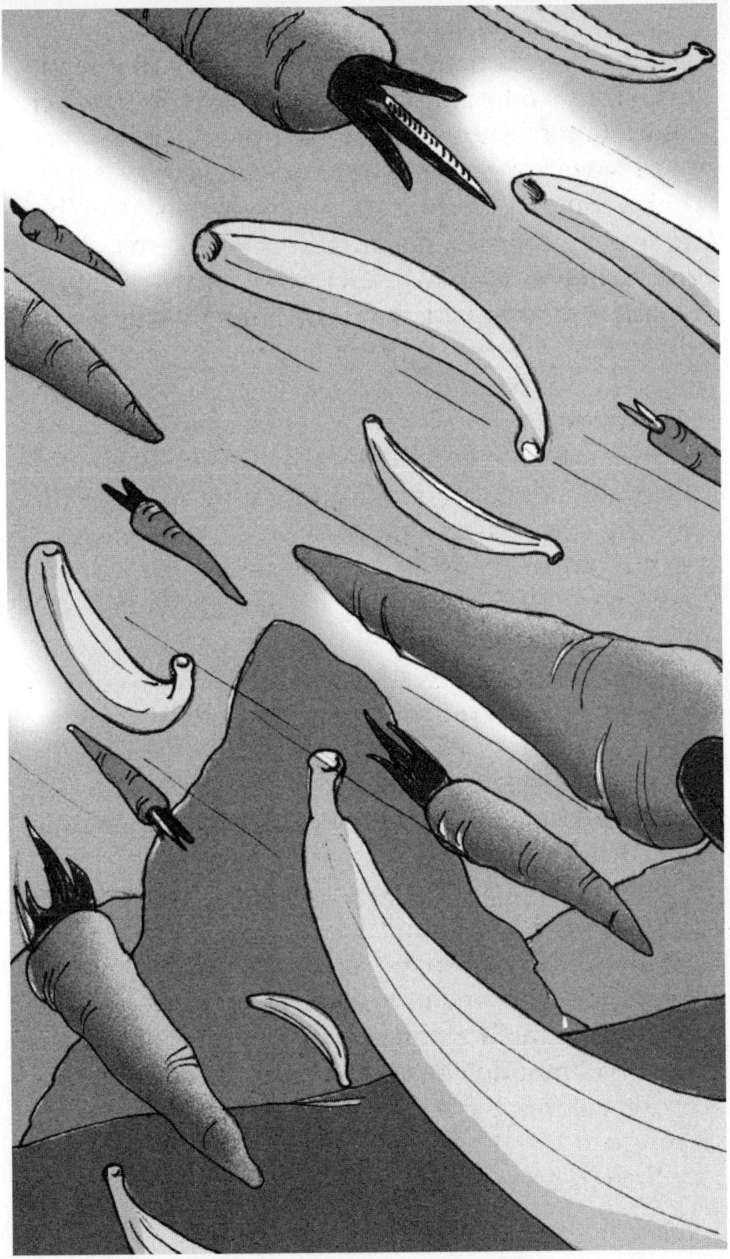

«No» confermò Sean Doggerty. «Quando, dopo aver faticato un bel po', si riesce a catturare un'arancia o un pomodoro e ci si appresta a tagliarli, lanciano urla atroci. E dopo tutti questi sforzi si scopre che hanno un 'sapore' a dir poco sorprendente.»

«Come sarebbe a dire?» chiese Sebastian.

«Ecco, il fatto è che per dissuaderci dal mangiarli, prendono un gusto immondo. I pomodori sanno di gomma bruciata, se addenti una mela ti sembra di masticare cacca di mucca, e cosí via. Questi sapori protettivi non durano a lungo, ma sono terribilmente efficaci, credetemi! Bisogna ostinarsi a masticare per almeno un minuto perché torni il vero sapore. Di solito le banane sanno di pollo, le arance di salame stagionato e le patate di mirtillo.»

«Siete riusciti lo stesso a sfamarvi?» domandò Peggy Sue.

«Non troppo bene» confessò Sean. « Durante la discesa molti sono dimagriti terribilmente. Catturavamo i pappagalli albini e li mangiavamo crudi. Bevevamo l'acqua piovana. Non è stato molto piacevole. Arrivando qui la maggior parte di noi era malata e indebolita, e nonostante ciò siamo stati comunque costretti a dare la caccia agli ortaggi per nutrirci.»

«E la farfalla?» chiese Sebastian.

Sean fece una smorfia.

«La farfalla si nasconde sulla montagna» mormorò. «La gente è scontenta. Ce l'hanno a morte con Peggy Sue perché ha terrorizzato l'insetto distruggendo la fonderia. Pensano che sia lei la responsabile delle loro disgrazie. È per questo che vi sono venuto incontro. Se vi foste imbattuti in loro, vi avrebbero accolti a sassate... o anche peggio.»

Peggy serrò i pugni. Che ingiustizia! Dopo tutti i rischi che aveva corso sulla nuvola!

«La situazione è precipitata velocemente» continuò Sean. «Gli abitanti del villaggio hanno perso la pazienza. Pretendevano che la farfalla volasse tutto il tempo nella caverna e che la sua ombra li ricoprisse il piú spesso possibile. Ma la farfalla non ha voluto farsi vedere. Penso che sia stanca... o malata...»

«Tu dici che è sulla montagna» lo interruppe Sebastian. «Dunque c'è un monte in questa caverna?»

«Sí...» rispose Sean continuando a guardare Peggy. «O meglio, è il nome che abbiamo dato a un cumulo di rocce che si innalza al centro della piana. Per farla breve: si sono formati dei gruppi e hanno deciso di costringere la farfalla a volare. Hanno cominciato a darle la caccia armati di torce, vogliono affumicarla fin quando non si deciderà a prendere il volo.»

«Ma è terribile!» esclamò sdegnata la ragazza. «Com'è possibile essere cosí ingrati?»

Sean Doggerty alzò le spalle.

«Hanno sofferto per arrivare fin qui,» disse «perciò pretendono che ne sia valsa la pena. E poi hanno incontrato altre persone... uomini e donne che sono saltati nel vulcano molto tempo fa. Queste 'tribú' non sono molto ben disposte nei confronti della farfalla, e certe non si fanno scrupoli a tirarle dardi infuocati per costringerla a restare nella zona dove vive.»

«Non sembra un'atmosfera molto rilassata» ridacchiò Sebastian. «È tutto qui quello che dovevi dirci?»

«Bisognerà stare in campana» insisté Sean. «Gli animi da qualche giorno si sono scaldati. La gente del villaggio è sempre piú convinta che la farfalla le appartenga e che debba obbedire come un animale domestico. Questo non promette niente di buono perché credo che tutto quello che c'è qui nella caverna sia stato creato dalla farfalla. È un riflesso dei suoi umori e si modifica a seconda del suo stato d'animo.»

«Pensi che a forza di essere braccata potrebbe arrabbiarsi,» suggerí Peggy «e che il paesaggio potrebbe cambiare di conseguenza?»

«Sí. Avete visto l'acqua? All'inizio scorreva lentamente, mentre adesso, se immergete la mano, vi risucchia verso il fondo del fiume e cerca di farvi annegare! Quando c'è da riempire un secchio bisogna attaccarlo a una corda e mettersi in piú persone per tirarlo su! È un segno, non vi pare?»

I ragazzi rimasero silenziosi per un po'. Peggy notò che i fili d'erba cercavano di slegarle i lacci delle scarpe, contorcendosi come minuscoli serpenti. Gli uccelli bianchi planavano nel 'cielo' ripetendo all'infinito le parole che avevano carpito qua e là dalle persone. I loro canti, mescolandosi, tessevano delle conversazioni senza capo né coda.

«In cosa possiamo sperare?» mugugnò Sebastian. «Siamo dei ragazzi, gli adulti non ci daranno mai retta. E non voglio che facciano del male a Peggy.»

«L'unica soluzione è mettersi direttamente in contatto con la farfalla» disse lei risolutamente.

«Forse accetterà di starmi a sentire. Dopotutto sono io che ho impedito agli Invisibili di darle fuoco con l'oro fuso delle stelle! Deve concedermi almeno un'udienza.»

«Potrebbe anche darsi!» imprecò Sean. «Ma prima bisogna che tu scopra il suo nascondiglio.»

«Ci riuscirò!» assicurò la ragazza. «Mi aiuterà il cane blu: nessuno può sfuggire al suo fiuto.»

Decisero di andare a dormire per recuperare le forze. Sebastian avrebbe montato la guardia. Sean Doggerty ripeté che era necessario andare sulle rocce se non si voleva finire tra le grinfie dell'erba permalosa.

«E poi,» aggiunse «stabilendoci piú in alto non rischiamo di farci calpestare dai branchi di vegetali che scorrazzano nella prateria.»

«Branchi di ortaggi?» balbettò Peggy.

«Sí. Innanzitutto le valanghe di patate di cui ho parlato prima. Ma ci sono anche gli alberi migratori che decidono di cambiar posto perché il sole non brilla piú dove sono piantati. Capita che foreste intere si mettano in marcia in cerca di luoghi piú assolati. Se si ha la sfortuna di trovarsi sulla loro strada, si finisce calpestati. Da qualche tempo gli ortaggi hanno affidato agli arbusti spinosi il compito di proteggerli dagli esseri umani. Si servono dei rovi come guardie del corpo, e questi usano le loro spine per trafiggere chiunque cerchi di raccogliere i frutti del regno sotterraneo. La Natura si è organizzata per difendersi: la nostra presenza non è affatto gradita.»

* * *

Peggy Sue fece fatica a trovare un modo comodo per sistemarsi sui blocchi di pietra. Sapendo che Sebastian stava di guardia, chiuse gli occhi con tutta tranquillità. Lei lo amava, e avrebbe voluto che anche lui fosse felice. Ma, ahimè, il fatto che non fosse umano complicava tutto.

Io crescerò, pensava, ma lui no... Quando sarò diventata donna, lui continuerà ad avere l'aspetto di un ragazzo di quattordici anni. Come faremo? Tutti lo scambieranno per il mio fratellino... *o per mio figlio!*

Sarebbe stato un bel rompicapo!

Bisognerebbe... rifletté, bisognerebbe trovare il modo di liberarlo dalla maledizione che ha addosso. Se tornasse umano, potremmo crescere insieme!

Sí, forse... ma come avrebbe fatto in questo caso? Fintanto che Sebastian era ridotto a un sacco di sabbia, era facile nasconderlo in fondo a una valigia. Ma se il giovane messicano fosse diventato un ragazzo in carne e ossa non sarebbe stato piú possibile! Come avrebbe giustificato la sua presenza ai suoi genitori? Avrebbe pur dovuto abitare da qualche parte, mangiare, vestirsi...

Com'è complicata la vita quando si hanno quattordici anni! sbadigliò Peggy. E si addormentò su quest'ultimo pensiero.

Collera nella prateria

Si svegliarono prima che fosse completamente giorno. Una tenue luce arancione rischiarava quella parte della caverna. Sarebbe stato difficile dire se si trattava di un'alba o di un tramonto.

«È colpa del vento» spiegò Sean. «Non soffia in questa direzione, e il sole se ne sta tranquillo laggiú aspettando che qualche raffica lo spinga verso di noi. Se non ci sono correnti, potrebbe restarsene dei mesi nello stesso posto.»

«Portaci sulla montagna dove si nasconde la farfalla» disse Peggy. «Cercheremo di metterci in contatto con lei.»

«D'accordo» cedette Sean Doggerty. «Ma se incrociamo gente del villaggio copriti la faccia. Bisogna evitare che ti riconoscano. Te l'ho detto: ti odiano.»

Prima di incamminarsi, Sebastian andò a fare un bagno nel fiume. Solo la sua forza prodigiosa gli permise di non farsi risucchiare dalle correnti furibonde.

«Non avvicinarti per niente al mondo!» urlò a Peggy sbracciandosi. «Mio Dio! Ho avuto l'impressione che tre sirene invisibili mi si attaccassero alle gambe per trascinarmi in fondo!»

«Vi avevo avvisato!» disse Sean compiaciuto. «Se volete bere è meglio utilizzare gli stagni o le fontane, il risucchio è meno potente.»

Camminando in fila indiana si avviarono sulla pianura immersa nella nebbia. Gli uccelli bianchi volteggiavano attorno spiando le loro conversazioni.

«Non dite una parola,» sussurrò Sean «altrimenti la spiffereranno ai quattro venti e la gente si accorgerà della nostra presenza.»

«*Presenza! Presenza!*» urlarono immediatamente i volatili, che avevano un udito finissimo.

La nebbia aveva un aroma di ananas.

«Alcuni dicono che ci si possa sfamare respirandola,» mormorò Sean «ma non so se è vero.»

Peggy si rese conto che era difficile andare avanti perché l'erba permalosa non smetteva di slegarle i lacci. Ed era solo il primo ostacolo: il prato vivente cercava poi di togliere le scarpe agli intrusi e di strappar loro le calze. Bisognava continuamente mettere un ginocchio a terra per risistemarsi e Peggy dovette lottare con i fili d'erba per recuperare le sue piccole calze.

«Il prato vorrebbe ridurci a piedi nudi per farci meglio il solletico» imprecò Sean. «Se ci riuscisse, ci contorceremmo cosí tanto dal ridere che non saremmo piú in grado di fare un passo.»

Questa continua lotta rallentava l'avanzata del gruppo. Il cane blu, perdendo la pazienza, aveva cominciato a strappare con i denti grandi ciuffi d'erba.

All'improvviso, uscendo da una piccola gola, Sean fece loro segno di sdraiarsi a terra. Un gruppo di uomini armati di torce fiammeggianti e grandi archi stava percorrendo la pianura. Peggy riconobbe tra loro molti abitanti di Shaka-Kandarec, compresi il panettiere e il macellaio. Avanzavano con passo deciso e un'espressione feroce.

«È un battaglione d'assalto» sussurrò Sean all'orecchio di Peggy. «Cercano di snidare la farfalla dal suo nascondiglio per costringerla a volare.»

La ragazza rabbrividí. I cacciatori avevano qualcosa di temibile che li faceva assomigliare a uomini delle caverne.

Strano! pensò. Sembra che da quando sono arrivati nel regno sotterraneo siano regrediti. I loro capelli paiono erbacce. La barba sulle loro guance ricorda le spine dei rovi! Non sarà forse che si stanno trasformando?

I guerrieri si dirigevano verso una collina rocciosa con la sommità avvolta nella nebbia. Quando arrivarono ai piedi di quella montagna in miniatura si misero a urlare e a brandire le armi.

«Cercano di spaventare la farfalla» mormorò Sean. «Non le danno tregua. Appena si posa da qualche parte per riprendere le forze, i cacciatori la bombardano di frecce per costringerla a rimettersi in volo.»

«È orribile» commentò Peggy. «Quella povera bestia dev'essere completamente sfinita.»

«Sí» confermò Sean Doggerty. «Ho provato a farli ragionare, ma è come se fossero tutti impazziti. Esigono la loro dose di felicità quotidiana, dicono che è un diritto fondamentale di cui nessuno li può privare.»

I cacciatori stavano tendendo i loro archi per scagliare dardi infuocati verso la montagna. Le frecce fendevano l'aria con il suono secco di una bandiera scossa dal vento.

Quella scena durò alcuni minuti. Gli uomini si esaltavano lanciando grida di guerra e alla fine, mentre la collina veniva avvolta da un fumo nero, la farfalla uscí dal suo nascondiglio. Il povero insetto era in uno stato pietoso.

«Oh!» gemette Peggy Sue. «Si è ristretta e ha il bordo delle ali tutto rovinato. Anche il suo colore è piú pallido.»

«È vero» confermò il cane blu. «Non ha l'aria di essere in buona salute. Sembra un fazzoletto di carta in cui ci si è soffiati il naso troppe volte!»

Nella piana i guerrieri lanciavano grida di giubilo. Continuavano a tirar frecce verso l'insetto magico per impedirgli di tornare indietro.

La farfalla volteggiava mollemente senza sapere dove andare. Il suo unico pensiero sembrava quello di mettersi in salvo dai proiettili scagliati contro le sue ali. La sua ombra correva sul terreno, sbalzata dai rilievi della pianura, ma era ormai assai piú piccola di un tempo.

«Povera bestia!» sospirò Peggy. «Bisogna trovare il modo di aiutarla.»

«Assolutamente» borbottò Sean. «Se continua cosí ne avrà ancora per poco. Diventerà sempre piú piccola. Gli uomini le avranno consumato i tessuti senza lasciarle il tempo di rigenerarsi.»

Peggy strizzò gli occhi. Gruppi di uomini e donne correvano disordinatamente sulla prateria seguendo i movimenti dell'ombra. Appena questa li ricopriva scoppiavano a ridere e piangere di gioia. Nel pigia pigia generale, potevano calpestarsi gli uni con gli altri senza neppure farci caso.

Alla ragazza si strinse il cuore nell'osservare il lepidottero. Gli strani simboli che le decoravano le ali non erano mai stati cosí pallidi.

Sembra una mappa del cielo che si sta cancellando, pensò con un brutto presentimento nell'animo.

Doveva intervenire rapidamente, altrimenti di lí a poco la farfalla degli abissi avrebbe esalato il suo ultimo respiro.

Piangi, farfalla, piangi...

La farfalla volava a zigzag, come se non riuscisse a orientarsi. Peggy Sue intuí che stava cercando di uscire dalla zona illuminata dal piccolo sole. Se fosse riuscita a dileguarsi nell'oscurità, avrebbe smesso di proiettare al suolo la sua ombra e gli uomini l'avrebbero lasciata tranquilla.

Disgraziatamente, i guerrieri avevano messo in conto questa strategia. Una linea di arcieri si era posizionata ai margini della zona d'ombra e ogni volta che il lepidottero cercava di avvicinarsi alle tenebre scagliava verso la volta una bordata di frecce infuocate. L'insetto era allora costretto a fare una brusca virata per evitare di bruciarsi le ali.

Peggy e i suoi amici assistevano a questo spettacolo in preda a una rabbia impotente.

All'improvviso, come se fosse stufa di tanto accanimento, la farfalla perse del tutto il suo colore. Per un attimo Peggy pensò che stesse per diventare invisibile, ma si trattava in realtà di ben altro. Appena fu completamente bianca una polvere fine e gelida si staccò dalle sue ali invadendo tutto l'interno della caverna.

«*È neve!*» esclamò la ragazza mentre un fiocco le si posava sul naso.

«Sono lacrime!» abbaiò il cane blu. «La neve... è la tristezza della farfalla!»

I battiti d'ali dell'insetto sparpagliavano i fiocchi in tutte le direzioni generando una tormenta che sembrava non dovesse finire mai. Nel volgere di un solo minuto la temperatura si abbassò di 25 gradi. Il cane blu sbuffava vapore. Peggy sentiva il morso del freddo sulle dita semicongelate e cominciava a tremare. Nessuno di loro aveva addosso dei vestiti adatti per affrontare quell'inverno imprevisto.

La bufera di neve spense le torce e le frecce incendiarie. Non si poteva tenere la testa alta senza restare accecati.

«Se continua a nevicare cosí,» grugní il cane blu «tra un'ora sarà tutto ricoperto.»

Per non morire di freddo diventava urgente trovare un riparo. Sean condusse i suoi amici sotto le fronde di un boschetto di banani. Gli alberi tremavano non meno degli esseri umani e la loro corteccia era scossa da brividi violenti. I ragazzi si strinsero gli uni agli altri in modo da formare una massa compatta che esponesse al gelo la minor superficie possibile.

«*Ho un problema*» balbettò all'improvviso Sebastian con voce alterata.

«Come sarebbe a dire?» s'inquietò Peggy.

«L'acqua che tiene insieme i miei granelli di sabbia si sta congelando» farfugliò. «Tra dieci minuti non potrò piú muovermi... mi sto trasformando in una statua di ghiaccio. Mi dispiace, Peggy... scusami...»

La ragazza afferrò le mani di Sebastian. Le sembrò di toccare una scultura di marmo. Le dita del giovane messicano erano dure come la pietra.

«Oh no!» gemette. «Non abbandonarmi!»

Il ragazzo cercava di rispondere, ma la sua mandibola era già immobilizzata.

«È spacciato!» constatò Sean. «Se lo spostiamo, rischiamo di romperlo. Si è congelato. Roba da non credere! Non so proprio cosa possiamo fare.»

«Accendiamo un fuoco!» ordinò Peggy. «Presto! Approfittiamo del fatto che i rami sono intirizziti e bruciamoli.»

Sean si affrettò a obbedire. Anche lui stava battendo i denti.

Improvvisò in fretta e furia una catasta con scaglie di corteccia e foglie morte che stavano in terra. Si affannò poi a strofinare fiammiferi per accendere quel magro falò. Fortunatamente, il mucchio di rifiuti prese fuoco. Produceva un fumo acre, ma il suo calore era comunque ben accetto. Peggy, Sean e il cane si avvicinarono per far scudo alle fiamme e proteggerle dal vento. Lo schiaffo continuo dei fiocchi di neve sferzava loro le spalle e la nuca e a ogni battito d'ali della farfalla l'intensità della bufera si moltiplicava.

Ha voluto punire gli uomini, pensò Peggy Sue. *Finché cadrà la neve sarà al sicuro. I cacciatori do-*

vranno cercare un rifugio e smetteranno di tormentarla.

«È strano» sussurrò Sean Doggerty. «Ho l'impressione che il calore del fuoco diminuisca. Guarda! Riesco a toccare le fiamme con le dita senza bruciarmi.»

«È vero» disse Peggy affondando una mano nel fuoco. «È... è assurdo dirlo, ma credo che anche le fiamme si stiano congelando.»

«Un altro di quei maledetti incantesimi!» abbaiò il cane blu.

Si chinarono con gli occhi sgranati su quel misero falò che stava prendendo un aspetto lattiginoso.

Sembra vetro, pensò Peggy Sue, vetro smerigliato.

Le fiamme smisero ben presto di danzare nell'aria e si rappresero in una scultura cristallina e vetrosa che non emanava piú il benché minimo calore.

Peggy Sue si girò verso Sebastian per scuoterlo ed ebbe l'impressione di toccare un blocco di cemento. Ormai il ragazzo era piú rigido di una statua piantata sul suo piedistallo.

«Se continua cosí i miei denti andranno in frantumi come pezzi di vetro!» piagnucolò il cane blu.

Peggy Sue lottava con tutte le sue forze per non farsi sopraffare dalla disperazione.

«Non possiamo piú restare qui» consigliò Sean. «La neve ci ricoprirà. Dobbiamo scendere nel vallone e rifugiarci in una grotta. Piú in basso ce n'è una.»

«Non voglio abbandonare Sebastian!» urlò Peggy.

«Lui non rischia granché» si lasciò scappare l'irlandese. «Nello stato in cui è non gli può succedere piú niente. Lo ritroveremo facilmente. Vieni, o congeleremo come le fiamme di quel fuoco!»

Peggy Sue si lasciò condurre da Sean Doggerty con la morte nel cuore. Il freddo le mozzava il fiato.

Se respiro troppo forte, pensò Peggy, mi si gelerà la lingua in bocca!

Si passò istintivamente una mano tra i capelli, convinta che fossero diventati fragili.

Mezza accecata dalla neve, avanzò barcollando fino alla caverna segnalata da Sean. Non era una cavità molto profonda, ma permise loro di sfuggire alle raffiche che infuriavano all'esterno.

Gli alberi si spezzavano facendo un rumore di vetri rotti. Anche l'erba permalosa si era congelata; i suoi fili sembravano gli aculei di un riccio e crocchiavano sotto le suole.

Peggy Sue si rannicchiò in fondo alla grotta. Si trattenne dal piangere per evitare che le lacrime le si congelassero sulle guance.

La tempesta durò molte ore. Quando la neve smise di cadere, rimase il freddo. Un freddo intenso e malefico che non aveva niente a che vedere con quello che Peggy Sue poteva aver sofferto in superficie. Qui, dove la magia regnava sovrana, i ragazzi sapevano bene che bisognava aspettarsi di tutto.

Quando uscirono dalla caverna la ragazza cercò con lo sguardo la sagoma di Sebastian. Sulla piana coperta da uno spesso manto bianco, scorse alla fine una specie di pupazzo di neve.

È lui, pensò. Speriamo solo di riuscire a recuperarlo prima di lasciare il regno sotterraneo.

* * *

Zigzagando in quella landa desolata giunsero a un villaggio formato da rudimentali capanne rese pericolanti dal peso della neve. Gli abitanti li squadrarono con sguardo stizzito.

«Peggy Sue» sentí sussurrare. «Peggy Sue... è per colpa sua che siamo finiti qui.»

L'accusa era ingiusta!

Non mi sono mai sognata di dir loro di buttarsi nell'abisso per inseguire la farfalla! pensò la ragazza. Ci vuole un bel coraggio!

Anche lí il fuoco si era trasformato in una scultura di vetro. Peggy notò che i bambini vi si avvicinavano, spezzavano le fiamme in piccoli pezzi e li mettevano in bocca per succhiarli. Chiese a uno di loro perché lo facessero.

«Quando si scioglie diventa caldo» spiegò confusamente il ragazzino. «È come bere latte bollente.»

Peggy rimase interdetta, ma decise di provare, e scoprí che il marmocchio non mentiva. Il pezzo di fiamma gelata che si scioglieva sulla lingua le riempiva poco a poco la bocca di un succo bollente al gusto di latte.

Era una cosa strampalata, naturalmente, ma non bisognava gridare al miracolo per cosí poco. Probabilmente il regno degli abissi era pieno di misteri ben piú stupefacenti.

Mise al corrente Sean della sua scoperta.

«Che stranezza,» borbottò il ragazzo «succhiare ghiaccio per riscaldarsi... questa mi mancava.»

Sean cercò di procurarsi cibo e vestiti barattandoli con della paccottiglia, ma senza successo. Un gruppo di uomini si avvicinò insultandoli e mostrando i pugni.

«Da noi c'è un proverbio,» grugní uno di loro «*quando hai fame, mangia il cane*!»

«Propongo di non attardarci oltre» gemette il cane blu. «Questa gente ha dei gusti culinari detestabili.»

I tre amici si allontanarono dal villaggio. Peggy Sue distribuí i pezzi di fiamma congelati che aveva raccolto.

«Sa di latte cagliato» biascicò Sean con la bocca piena. «Ma è caldo, e questo è l'importante.»

Il cane blu affondava nella neve fino alla pancia e Peggy dovette prenderlo in braccio e stringerselo al petto. I denti della povera bestia battevano a tal punto che tintinnavano come un sacco di biglie.

«Ho un brutto presentimento» ansimò Sean Doggerty. «Man mano che ci avviciniamo alla montagna il freddo aumenta...»

«È vero» confermò Peggy. «Penso che la farfalla si comporti in questo modo per proteggersi dagli esseri umani.»

«Se la temperatura continua a scendere non potremo andare avanti» balbettò il ragazzo. «Non siamo abbastanza coperti. Fino a oggi nella caverna aveva fatto caldo, il clima era tropicale. Nessuno di noi aveva mai pensato che bisognasse affrontare un inverno cosí rigido.»

Un uccello albino passò a volo radente sopra le loro teste.

«*Rigido!*» gridò, imitando alla perfezione la voce di Sean Doggerty. «*Inverno cosí rigido!*»

Queste parole gli erano appena uscite dal becco che si congelarono in aria e caddero al suolo sotto forma di lettere dell'alfabeto scolpite nel ghiaccio.

«Ehi! *Ma che cos'è?*» balbettò Peggy chinandosi, e scoprendo immediatamente, stupita, che le sue stesse parole si solidificavano nell'aria gelida. La frase restò per un istante sospesa a mezz'aria come un mucchietto sgraziato, poi le lettere che la componevano caddero alla rinfusa nella neve. La ragazza le sfiorò con un dito.

«Sembra un alfabetiere per i bambini che imparano a leggere» disse. «Lettere... lettere modellate nell'acqua ghiacciata.»

Piú parlava, piú l'aria si riempiva di nuove parole che cozzavano tra di loro come cubetti di ghiaccio. Gli abbecedari brinati si accumulavano ai suoi piedi. Indietreggiò per lo stupore.

«Cosa ci succederà se continuiamo ad andare avanti?» domandò al cane blu.

«Non lo so» confessò l'animale. «Potrebbe anche darsi che i pensieri si congelino nelle nostre teste.»

Peggy rabbrividí immaginandosi il cranio ripieno di granita!

I tre amici batterono in ritirata.

«Dobbiamo metterci in contatto con la farfalla» propose la ragazza. «Mandarle un messaggio telepatico. Con un po' di fortuna, accetterà di ricevermi.»

«Mi sembra una buona idea» disse il cane. «In ogni caso, piú avanti di cosí non possiamo andare. Da questo punto in avanti fa talmente freddo che gela tutto, anche le cose che abitualmente sono immateriali. Guarda: gli uccelli bianchi scappano dalla montagna. Hanno paura di essere pietrificati dal gelo.»

«Aiutami!» ordinò Peggy. «Se uniamo le nostre energie mentali avremo piú possibilità di farci sentire.»

«D'accordo» acconsentí il cane. «Spero soltanto che i nostri pensieri non si congeleranno in aria come le parole che ti uscivano dalla bocca.»

Peggy chiuse gli occhi e si concentrò. Non c'era altra scelta. Se l'aria non si fosse riscaldata la gente avrebbe cominciato ben presto a morire.

Farfalla, pensò, io non sono tua nemica. Ero sulla nuvola quando la fonderia è esplosa. Siamo stati noi a farla saltare, io e i miei amici, Sebastian e il cane blu. Voglio aiutarti. Lo so che quelli che vivono qui ti perseguitano, ma forse c'è un modo di aggiustare le cose. Accetteresti di parlare con me?

Faceva fatica a pensare. Aveva l'impressione che il cervello le si stesse ghiacciando nella scatola cranica come un crème caramel messo nel congelatore. Prese in tutta fretta una scheggia di fiamma dalla tasca e cominciò a succhiarla.

«Non funziona» le sussurrò il cane blu. «Ho paura che il nostro messaggio si sia cristallizzato da qualche parte tra qui e la montagna. Mi sento i pensieri spessi, come se il cervello andasse al rallentatore.»

«È il tempo...» ansimò Sean. «*Anche il tempo si sta congelando*. Le ore non scorrono piú alla giusta velocità. Il flusso del tempo è intasato dal ghiaccio.

Quando sarà congelato del tutto si fermerà e noi resteremo pietrificati, prigionieri di un istante eterno!»

No! protestò mentalmente Peggy. Non può succedere. Non ho nessuna voglia di rimanere in fondo a una caverna per l'eternità! Voglio andare a riprendere il mio fidanzato e tornare in superficie!

La collera stava avendo il sopravvento su di lei. Mise insieme tutta l'energia che aveva e inviò un nuovo messaggio alla farfalla. Era cosí furibonda che ebbe l'impressione che le uscissero delle scintille dalle orecchie.

Un lunghissimo istante passò senza che succedesse niente. Tutto stava rallentando, anche gli uccelli avevano frenato il volo. Battevano le ali cosí lentamente che in condizioni normali sarebbero precipitati nella neve. I fiocchi impiegavano un'eternità a toccare il suolo e Peggy si sentiva sopraffatta dal sonno.

È il tempo che si addormenta, pensò. È come se qualcuno avesse schiacciato il tasto *pausa* su un registratore.

Finalmente, una voce strana e assai lontana le risuonò nella mente. Diceva:

«D'accordo. Puoi venire. Da sola. Ti aprirò un passaggio in mezzo all'inverno magico. Non uscire da quel sentiero, o ti cristallizzerai per l'eternità. Un uccello bianco volerà fino a te. Seguilo, lui conosce la strada. Vieni, e parleremo.»

«Non è piú facile se fermi l'inverno?» chiese Peggy Sue.

«No» rispose la farfalla. «L'inverno è frutto della mia tristezza, e non posso comandare i miei sentimenti. Quando avrò ritrovato la gioia di vivere, tornerà l'estate.»

«Sto arrivando» esclamò Peggy. «Mandami l'uccello.»

«Mi raccomando, non deviare dal sentiero» ripeté la voce. «Ai lati il tempo è congelato. Diventeresti una statua.»

Il cane blu era fuori di sé. Avrebbe voluto accompagnare Peggy Sue e non poteva rassegnarsi all'idea di lasciarle attraversare da sola il corridoio temporale aperto dalla farfalla.

«A ben vedere,» borbottò «noi non sappiamo niente di quella bestiola. All'inizio doveva essere simpatica, ma gli uomini le hanno talmente rotto le scatole che potrebbe essere diventata intrattabile. Mi sembrerebbe perfino comprensibile. Bisogna davvero avere una santa pazienza per sopportare quelli della tua specie!»

«Non ho altra scelta» tagliò corto la ragazza. «Ne va della nostra vita. Quanto tempo credi che potremo ancora resistere al freddo?»

In quel momento apparve sulle loro teste il pappagallo albino. Le sue piume congelate producevano uno sgradevole stridio sfregando una sull'altra.

«Ci devo andare» disse Peggy.

«*Devo andare...*» ripeté il pappagallo.

«Se non sei di ritorno entro mezz'ora ti vengo a cercare!» dichiarò il cane blu con tono perentorio.

Peggy Sue lo grattò affettuosamente tra le orecchie e si lanciò sulla scia dell'uccello bianco.

Si sforzò di seguire l'ombra che il volatile proiettava sulla neve. Piú si avvicinava alla montagna, piú il pappagallo albino volava lentamente, come se l'aria gli opponesse la resistenza di un muro elastico ma invisibile.

Sembra che la sua ombra stia per congelarsi, pensò la ragazza. *Prima si muoveva con agilità, mentre adesso si trascina sulla neve. Sento il rumore che fa. È come una foglia morta che striscia su un marciapiede.*

Respirava con difficoltà e faceva fatica a riflettere. I pensieri le scorrevano nei meandri del cervello con la lentezza del miele raggrumato dal gelo.

Devi solo mettere un piede davanti all'altro, cercava di convincersi. *In queste condizioni non c'è altro da fare.*

Volgendo lo sguardo ai lati del sentiero temporale scorse delle libellule pietrificate in volo e dei fiocchi di neve immobili. L'uccello gracchiò per richiamarla all'ordine, e le lettere di ghiaccio che formavano il suo grido caddero sulla testa di Peggy.

La 'c' del *crooaa* colpí la ragazza sul naso, strappandole un gemito che, a sua volta, si materializzò in aria sotto forma di lettere ghiacciate.

Peggy Sue raggiunse finalmente i piedi della montagna, avanzando come una sonnambula.

È come se andassi avanti dormendo, pensò ritrovando un po' di lucidità.

Ora che s'inerpicava sulla collina si sentiva meno

intorpidita. Nelle vicinanze della farfalla il tempo sembrava piú fluido.

Il pappagallo la guidò fino all'entrata di una caverna. L'insetto era lí, appollaiato su una roccia aguzza. Le ali erano penosamente afflosciate, costellate di buchi e bruciacchiate sui bordi. Ma la cosa piú stupefacente era quanto si fosse rimpicciolita.

Il lepidottero non aveva piú nulla della creatura favolosa che un tempo sfiorava il ventre delle nubi e superava per apertura alare i piú giganteschi aeroplani. L'immagine che offriva adesso era quella di un animale sofferente, rannicchiato su se stesso, vicino allo sfinimento.

«Ciao» disse Peggy Sue intimidita. «Non ci siamo mai incontrati, ma sono io che ho fatto saltare la fonderia degli Invisibili.»

«So chi sei» le rispose la farfalla con una voce sorda. «Nei mondi paralleli tutti conoscono le tue battaglie contro i fantasmi. Anche se non hai poteri magici, sei coraggiosa e testarda. E questo aumenta i tuoi meriti. Quando si hanno dei poteri viene tutto piú facile, no?»

«Non saprei» farfugliò Peggy. «A volte mi piacerebbe averne, a volte no... Voglio rimanere una ragazza normale. Trovo che sia già abbastanza complicato cosí. E poi, se avessi dei poteri, mi sembrerebbe di barare.»

La farfalla mosse le antenne, producendo strane scintille bluastre.

«Io non sono tua nemica» insisté la ragazza.

«Lo so» disse l'animale. «Tu hai cercato di aiutarmi, ma non si può dire la stessa cosa per i tuoi simili. Sono pazzi, malvagi. Mi perseguitano, ed è per colpa loro che mi sono ammalata. Si comportano come vampiri, mi rubano l'energia. Ogni volta che camminano sulla mia ombra mi consumano un po' di piú. Guarda le mie ali... vedi come si sono ristrette?»

«Sí.»

«Se non mi curo, la malattia peggiorerà. Continuerò a rimpicciolirmi. E alla fine, un bel mattino mi ritroverò ridotta come un francobollo e cosí fragile che basterebbe una corrente d'aria a polverizzarmi. È questo che succede quando ci si approfitta troppo di qualcuno.»

«Posso fare qualcosa per te?»

La farfalla si agitò sul suo trespolo roccioso. Una polvere argentata si sollevò dalle sue ali danzando nei raggi luminosi che filtravano dall'entrata della grotta.

«Come ti avranno detto,» rispose «ogni anno ho l'abitudine di terminare il mio giro del mondo a Shaka-Kandarec, e lí mi tuffo nel vulcano per raggiungere il regno degli abissi... Non procedo a caso. Per me la caverna è una specie di ospedale dove ritrovo le mie forze. Me ne sto nascosta fino a quando non ho recuperato tutte le mie energie. Qui sono al riparo da qualsiasi attacco e le mie ferite possono cicatrizzare in pace... o almeno cosí era prima che gli esseri umani si mettessero in testa di invadere il mio territorio per darmi la caccia.»

«E adesso non puoi piú guarire» completò Peggy. «Non hai piú tempo per riposarti.»

«Esattamente» confermò il lepidottero. «È per questo che mi vedi ridotta cosí.»

«E cosa fai per curarti?» domandò la ragazza. «Prendi delle... medicine?»

«Proprio cosí» disse la farfalla. «In effetti usavo un rimedio magico che si può trovare solo al confine della pianura settentrionale e che ha il potere di rimettere a nuovo le mie ali e il mio corpo.»

«E adesso vuoi che io te lo vada a prendere, non è cosí?»

«Sí, ma non voglio costringerti. È una missione estremamente pericolosa e un essere umano non ha nessuna possibilità di uscirne vivo. Tu sei audace e generosa, ma non vorrei essere causa della tua morte.»

Peggy fece un respiro profondo e disse:

«Se io ti aiuto, tu dovrai fare in modo di riportarci tutti in superficie. Accetti?»

La farfalla scrollò la sua strana testa dagli occhi sporgenti. Come tutti gli insetti, vista da vicino faceva abbastanza impressione e la ragazza si sentiva piuttosto a disagio al suo cospetto.

«Accetto» disse il lepidottero. «Ti spiegherò di cosa si tratta. All'estremo limite dei territori del nord, al di là della nebbia, c'è un castello fantasma. Di giorno non è che un cumulo di rovine, un ammasso di pietre sparse alla rinfusa. Ma di notte cambia tutto, il castello si ricompone e tutti i blocchi di pietra si rimettono al loro posto.»

«Si ricostruisce?»

«Sí, torna come nuovo. Le sale e gli appartamenti si riempiono di mobili, vasellame pregiato e arazzi magnifici. E si possono incontrare i fantasmi della gente che ci abitava nei tempi passati: dame bellissime, cavalieri, paggi, trovatori...»

«Dev'essere uno spettacolo incredibile» disse Peggy sbalordita.

«Puoi ben dirlo» confermò la farfalla. «Sembra tutto cosí reale che finisci per dimenticare quello che eri venuto a fare. Ti metti ad ascoltare i musicisti, a danzare, ti lasci corteggiare... ed è proprio lí che sta la trappola. Non ci si rende conto che il tempo passa. Quando si fa giorno, il maniero torna a essere un rudere diroccato e se sei ancora dentro vieni travolto e fatto a pezzi. Braccia, gambe, testa, tutto viene smembrato e sparpagliato ai quattro venti. Si fa la stessa fine del castello, squartati, triturati...»

«Che orrore!» esclamò la ragazza.

«Preferisco essere onesta con te» disse l'animale con tono severo. «Andrai incontro a un grave pericolo, perché voi umani siete deboli e vi lasciate distrarre facilmente. Basta un niente: un motivo da ballare, una canzone... e subito dimenticate la cosa piú importante. In piú, come sai, la durata delle notti non è costante qui nel regno sotterraneo, perché dipende dai capricci del sole. Se il vento è debole, l'astro si muoverà al rallentatore e l'oscurità regnerà ventiquattr'ore... Se, al contrario, soffia la tormenta, il sole può fare il giro della caverna in appena cinque ore. Bisogna restare in campana. La cosa migliore è mettere una vedetta all'esterno del castello fantasma, in modo che possa segnalare a chi sta dentro che sta tornando la luce.»

Peggy Sue fece una smorfia. Messa cosí, la missione sembrava davvero temeraria.

«Ma cosa dovrei fare una volta entrata nel maniero?»

La farfalla tirò un lungo sospiro, come se fosse già colta dal rimorso.

«Per prima cosa non devi farti distrarre. Gli spettri che infestano il castello non sono cattivi, ma tenteranno di tutto per farti attardare. Si daranno da fare per incantarti, dimenticherai a poco a poco di tener d'occhio il cielo e dirai a te stessa che in fondo hai molto tempo davanti a te...»

«E se riesco a resistere?»

«In quel caso dovrai scoprire dov'è nascosto l'uovo del pappagallo e rubarlo.»

«L'uovo del pappagallo?»

«Sí. Io non so dirti dove si trovi. I fantasmi gli cambiano posto ogni anno. È molto fragile, e dovrai fare attenzione a non romperlo. Se poi riuscissi a uscire dal castello prima che si levi il sole, dovrai riscaldare l'uovo fino a quando si schiude. In un certo senso ti toccherà covarlo.»

«Cosa? Non dovrò mica sedermici sopra come una gallina!?»

«No, certo. Ma dovrai avvolgerlo dentro dei panni caldi. Controllerai che non si raffreddi mai, altrimenti il pulcino che contiene morirebbe nel guscio.»

«Quanto tempo ci mette a schiudersi?»

«Dipende. Se lo si scalda troppo, il pulcino si cuoce e si rovina tutto.»

«Bleah!» gemette Peggy Sue.

«Al momento della schiusa l'uccello spaccherà il

guscio. Poi aprirà il becco e urlerà una parola... una formula magica. Pronuncerà quella parola *una e una sola volta* e tu dovrai memorizzarla perché l'uccello volerà subito via per non tornare mai piú.»

La ragazza si grattò la testa.

«Immagino che questa parola sarà *molto* complicata...» si lasciò sfuggire.

«È probabile» ammise la farfalla. «Spero che tu abbia un buon udito e un'ottima memoria, perché dovrai correre a ripetermela senza storpiarne nemmeno una sillaba. Non appena tu l'avrai pronunciata a voce alta, io guarirò. Le mie ali ricresceranno e sarò di nuovo bella e forte.»

«Fantastico» borbottò Peggy. «E se mi sbaglio?»

«Allora prenderò fuoco, e tutti voi sarete condannati a rimanere nel regno sotterraneo fino alla fine dei vostri giorni.»

«Bella prospettiva» mormorò la ragazza. «Suppongo di non avere altra scelta...»

«Vedi tu. Non voglio costringerti. Ti ripeto: non sarà facile.»

«Prima te la sbrigavi da sola?»

«Sí, ma io non sono un essere umano. Non prestavo la minima attenzione ai fantasmi del castello e il mio istinto mi informava con precisione sul corso del sole. Mi mettevo l'uovo sotto la pancia e riuscivo a covarlo senza problemi... Oggi, ahimè, non sono piú in condizione di fare un viaggio cosí lungo e se mi azzardo a uscire da questo nascondiglio gli uomini mi verranno a braccare. E poi sto diventando sempre piú fredda, l'uovo non riuscirebbe mai a maturare. Se non mi curo, l'inverno della mia tristezza finirà per cristallizzare il tempo e tutto ciò che vive nella caverna si trasformerà in una statua di ghiaccio... per l'eternità.»

Peggy si prese un po' di tempo per fare mente locale. La missione non era facile e avrebbe davvero desiderato essere accompagnata da Sebastian su cui, ahimè, non poteva contare.

«D'accordo» mormorò alla fine. «Ci proverò.»

«Se ci riuscirai,» promise l'animale «vi riporterò in superficie. E in piú ti darò la possibilità di sbarazzarti *una volta per tutte* degli Invisibili.»

«Potresti farlo?» farfugliò la ragazza sbalordita.

«Sí» assicurò la farfalla. «Sono la sola a sapere davvero come distruggerli. Perfino Azéna, la fata dai capelli rossi[3], lo ignora.»

Peggy non sapeva se doveva credere a questa promessa, ma la distruzione degli Invisibili era una motivazione sufficiente per tentare l'avventura.

«L'uccello guiderà te e i tuoi amici fino alle rovine» spiegò la farfalla. «Non perdetelo mai di vista e mettete sempre i piedi dove passa la sua ombra. È l'unico modo per non essere pietrificati dal rallentamento del tempo. Adesso vai, mi sono stancata troppo. E stai attenta.»

Peggy salutò l'insetto e girò i tacchi per seguire l'uccello bianco, che si stava spazientendo.

---

[3] Vedi *Il giorno del cane blu*. Azéna vive in una dimensione parallela. È lei che a suo tempo aveva dato a Peggy Sue i famosi occhiali per distruggere i fantasmi. Occhiali che, ormai, hanno esaurito il loro potere.

Fuori, il freddo le parve ancora piú intenso. Fu ben contenta di ricongiungersi a Sean e al cane blu.

Divise con loro gli ultimi pezzi di fiamma congelata che aveva in tasca e raccontò il dialogo avuto con la farfalla.

«Covare un uovo con un gelo del genere!» grugní il cane. «Non sarà per niente facile!»

«Quello che mi preoccupa,» confessò Peggy «è la parola magica. L'uccello la pronuncerà una sola volta... se non la capiamo bene sarà la catastrofe.»

«Ci vorrebbe un registratore,» disse Sean Doggerty «ma nei miei bagagli non ce l'ho.»

«Nemmeno io» sospirò Peggy.

«In tre riusciremo di sicuro a memorizzarla correttamente» la tranquillizzò il ragazzo. «Ho un orecchio abbastanza buono. Io suono il banjo, e di solito basta che mi fischiettino una melodia e riesco a riprodurla senza sbagliare una nota.»

«Bene» disse la ragazza un po' rassicurata. «Non resta che incamminarci, allora.»

Dame avvenenti e fantasmi affascinanti

L'uccello bianco volava con gran fatica. Peggy Sue, Sean e il cane blu seguivano la sua ombra, che sembrava dipinta sulla neve con l'inchiostro di china. Faceva talmente freddo che in certi momenti l'ombra gelava e aderiva al suolo come un foglio di carta imbevuto di colla. Il volatile rallentava allora il suo volo e per quanto battesse disperatamente le ali non riusciva ad andare avanti. Rimaneva sospeso nel cielo, condannato a restare in *surplace,* e Peggy e i suoi amici dovevano inginocchiarsi attorno all'ombra e soffiarle sopra per riscaldarla.

Quando finalmente riuscivano a strapparla dal suolo ghiacciato, il pappagallo riprendeva il volo.

Man mano che si allontanavano dalla montagna il freddo prodotto dalla farfalla si faceva meno intenso. Lo strato di neve cominciò ad assottigliarsi, fino a scomparire. Si diffuse un certo tepore e anche l'erba permalosa ritrovò la sua vivacità. Quando si accendeva un fuoco, le fiamme restavano flessuose e roventi.

* * *

Peggy camminava in modo meccanico, come imprigionata in un dormiveglia. Non seppe mai quanto durò il viaggio. Uscí da quel torpore quando all'orizzonte si stagliarono le rovine del maniero.

«Accidenti!» esclamò il cane blu. «È come se un bambino fosse saltato a piedi uniti sopra un castello giocattolo. Difficile immaginare che aspetto avesse questo rudere quand'era ancora in piedi.»

Peggy approvò scuotendo la testa. Enormi blocchi di pietra coperti di muschio erano rotolati sulla pianura. I bastioni, le torri, tutto si era sbriciolato, quasi polverizzato. Qua e là si intuiva la forma di un baluardo, un frammento di feritoia, una colonna, un doccione[4]... ma nell'insieme il castello ricordava piú un mucchietto di corn-flakes al gusto di muffa che un maniero diroccato.

«Dev'esserci voluto un bel cataclisma per ridurlo cosí» sussurrò Sean, impressionato.

Peggy trattenne il respiro. Quel luogo emanava un che di malefico. La ragazza si ritrovò inconsciamente a scrutare i blocchi di muratura per assicurarsi che non si trattasse di animali mimetizzati. Dinosauri, per esempio... visto che, com'è noto, niente assomiglia a un mucchio di pietre piú di un dinosauro che nasconde la testa e le zampe sotto un travestimento di edera.

---

[4] Parte terminale della grondaia che serve a scaricare l'acqua lontano dai muri; in palazzi antichi, a volte consisteva in una scultura con figure grottesche o di animali.

«Andiamo a esplorare le rovine,» disse con decisione «voglio sapere dove mi sto andando a ficcare.»

I tre amici entrarono a piccoli passi nel labirinto caotico del castello in rovina. I blocchi di pietra grigiastra dovevano essere stati tagliati in tempi remotissimi. Muschio ed erbacce ricoprivano la maggior parte delle mura.

«Ehi!» esclamò Sean. «Quello là... non sarà mica un pezzo di armatura?»

«Sembra l'elmo di un cavaliere tutto schiacciato» convenne Peggy Sue.

Curiosando tra le macerie, rinvennero dei tronconi di spada, ma anche candelieri, coppe e piatti magnificamente decorati. La catastrofe aveva ridotto tutto in frantumi, ma non era difficile intuire che il castello, nei suoi tempi migliori, avesse ospitato innumerevoli ricchezze, una piú scintillante dell'altra.

«Hai visto?» mormorò il cane blu. «Niente è rimasto intero. Anche le armature sono andate in frantumi. Questo posto è un puzzle con tre milioni di pezzi.»

«Dici che si rimetterà in piedi al calar della notte?» chiese Sean.

«Sí» rispose Peggy Sue. «Se tutto va come deve andare, dovremmo assistere a questo prodigio appena il sole se ne sarà andato all'altro capo della caverna. Ma il problema è la notte... nessuno può sapere quante ore durerà.»

«Noi monteremo la guardia su questo monticello» stabilí Sean. «Il cane blu sarà una magnifica sentinella. Quando vedrà il sole tornare verso di noi, abbaierà a pieni polmoni.»

«No» lo interruppe Peggy. «Avrò bisogno del suo fiuto per individuare l'uovo magico. Mi accompagnerà nel castello. Sarai tu a montare di guardia.»

Sean Doggerty mise il broncio. Come tutti i ragazzi, non voleva lasciarsi scappare nessuna occasione per poter fare l'eroe.

«Il tuo ruolo è d'importanza cruciale» insisté Peggy. «Se il sole si alza prima che siamo usciti dal maniero, io e il cane blu saremo fatti a pezzi insieme ai muri e alle torrette. Sarebbe come se un coltello invisibile ci tagliasse a pezzettini.»

«Ho capito» la rassicurò il ragazzo. «Terrò gli occhi aperti.»

«Il mio fiuto, il mio fiuto...» borbottò il cane blu «facile a dirsi. Ma che odore avrà mai un uovo? Di pollo?»

«Forse potremo trovarlo anche prima del tramonto» propose Sean Doggerty. «Basta passare al setaccio tutte le rovine...»

«Non credo» commentò la ragazza. «Sarebbe troppo facile. Hai visto quei blocchi? Sono enormi. Ci vorrebbero tre gru per spostarli, e altrettanti bulldozer. Se l'uovo è sepolto lí sotto, come potremmo mai recuperarlo? No, non è il caso. E poi la distesa di rovine è troppo grande. In tre ci metteremmo sei mesi a esplorarla. E fra sei mesi la tristezza della farfalla avrà gelato il tempo. L'inverno ci avrà sopraffatti trasformandoci tutti in statue sognanti.»

Si sedettero in cima alla collina per mangiare le ultime provviste. Per quanto si sforzassero, non riuscivano a staccare lo sguardo dal castello distrutto. Di tanto in tanto, Sean alzava il braccio per valutare la forza del vento. Il sole non sembrava intenzionato a muoversi. Fluttuava a contatto della volta come una grossa palla arancione dalla luce palpitante.

Il cane blu si era messo a correre dietro una carota con le zampe, che aveva commesso l'errore di andare a deriderlo. Sean approfittò della sua assenza per prendere la mano di Peggy nella sua.

«Sai,» disse arrossendo, tanto che il colore della sua faccia era ormai praticamente uguale a quello dei capelli, «mi sono innamorato di te... dal primo momento che ti ho vista, nella foresta. So che hai già un fidanzato... ma è un tipo cosí strano. Non è veramente umano. Non voglio parlarne male, ma tu avresti bisogno di un ragazzo normale... uno come me.»

Peggy abbassò lo sguardo, imbarazzata. Sean dava l'impressione di soffrire enormemente. Aveva qualcosa di buffo e di tenero.

«Io amo Sebastian» disse Peggy Sue con la massima dolcezza possibile. «È vero che è strano, ma non ci posso fare niente.»

«Ma ha settant'anni ed è fatto di sabbia!» protestò Sean. «Non potresti mai vivere con lui!»

«Lo so» si schermí la ragazza. «Non voglio pensarci adesso. Ma voglio molto bene anche a te. Sei veramente un bel tipo. E se non avessi incontrato Sebastian mi sarei innamorata di te.»

Parlava in fretta per mascherare il suo disorientamento perché, in verità, non ci capiva piú niente neanche lei. Il suo cuore batteva per Sebastian, ma la ragione le diceva che non poteva avere nessun futuro con lui. Cosa doveva ascoltare? Il cuore o la ragione?

Il ritorno del cane blu mise fine a quelle confidenze imbarazzanti.

«La carota mi è sfuggita» grugní. «Andava piú veloce di me.»

Peggy Sue cercava di dissimulare il suo nervosismo. Prendeva molto sul serio le raccomandazioni della farfalla.

Finalmente, il vento si alzò. Una formidabile corrente d'aria mosse il sole, spedendolo come un pallone all'altro capo della caverna. Man mano che il piccolo astro si allontanava la luce diminuiva. Alla fine scesero le tenebre.

«Ci siamo» ansimò la ragazza. «Il miracolo dovrebbe prodursi adesso.»

Peggy, Sean e il cane blu ebbero un sussulto di sorpresa quando all'improvviso videro i blocchi di pietra sollevarsi dal suolo come afferrati dalla mano di un gigante invisibile. I frammenti si assemblarono con folgorante rapidità, come le tessere di un puzzle. La polvere grigia si ricomponeva in mattoni, i pezzi sparpagliati qua e là si impilavano per formare colonne, muri, torri. Il maniero tornava in piedi a tempo di record, come un film proiettato alla rovescia... e a velocità accelerata. Era allo stesso tempo buffo e spaventoso.

Nel giro di appena qualche minuto, il castello si stagliò in tutta la sua magnificenza, con i suoi torrioni e i suoi gonfaloni che sbattevano al vento.

Delle torce fissate sulle torri di guardia illuminavano la corte interna. Anche le assi che poco prima marcivano nel fango del fossato si erano ricostituite per formare il ponte levatoio.

Peggy Sue si alzò in piedi.

«Bisogna andare» esclamò. «Sean, conto su di te per sorvegliare il sole. Mettiti a gridare non appena lo vedi tornare verso di noi.»

Il giovane irlandese fece segno di 'sí' con la testa. Aveva un nodo alla gola e non riusciva a dire una parola. Nel momento in cui Peggy accennò a mettersi in cammino, si chinò su di lei e la baciò frettolosamente sulle labbra.

«Non fare imprudenze,» farfugliò «non potrei vivere senza di te.»

A queste parole il cane blu si lasciò scappare un sospiro di insofferenza. I turbamenti sentimentali degli umani gli erano sempre sembrati inutilmente complicati.

Mentre scendeva dalla collina insieme a Peggy le disse: «Sei rossa quasi come la carota che mi sono appena lasciato scappare. Stai attenta! Le tue guance stanno per prendere fuoco!»

«Smettila di fare l'imbecille e concentrati» sibilò la ragazza. «Da questo momento dobbiamo tenere gli occhi aperti.»

Quando giunsero al ponte levatoio furono accolti da una musica frammista a scoppi di risa.

«Danno una festa» mormorò Peggy. «La farfalla mi aveva avvertito. Dovremo attraversare la sala da ballo dei fantasmi. Non lasciarti distrarre, cercheranno sicuramente di intercettarci.»

Le suole di Peggy risuonavano bizzarramente sulle assi del ponte levatoio. Levrieri bianchi con il collo fasciato di seta rossa si crogiolavano sui gradini di una grande scalinata di marmo. Non degnarono il cane blu neppure di uno sguardo.

«Che presuntuosi!» bofonchiò quest'ultimo.

Uomini in armi montavano la guardia ai lati del portone d'onore. Vestivano corazze scintillanti e quando Peggy arrivò al loro cospetto le fecero un inchino.

«Benvenuta, principessa» dissero all'unisono con una voce che sembrava uscire da un tubo metallico.

«Io non sono una...» cominciò a dire Peggy Sue.

«Sta' zitta e va avanti!» le ordinò mentalmente il cane blu. «Non devi rivolgergli la parola.»

Nel salone si accalcava una folla sontuosamente vestita. Splendide dame in abito da sera ballavano accompagnate da damerini in farsetto di velluto dorato.

«Sembra di essere nel Medio Evo» balbettò Peggy.

«È un'immagine del passato» disse il cane. «Il fulmine deve essersi abbattuto sul castello durante la festa. Sono tutti morti quella sera, uccisi dal crollo.»

La musica si era fatta cosí forte che Peggy Sue faceva fatica a capire cosa stesse dicendo il suo amico. A un tratto cominciò una farandola[5]; un tale le prese la mano e la trascinò nella danza. Le dita del fantasma, né fredde né appiccicose, sembravano perfettamente reali.

---

[5] Danza provenzale che si esegue in gruppo tenendosi per mano e ballando in cerchio.

«Come vi chiamate, damigella?» chiese voltandosi verso Peggy.

Era biondo e molto carino. I denti bianchissimi scintillavano nella luce.

«Vi riconosco!» esclamò prima che la ragazza avesse il tempo di rispondere. «Siete la principessa di Terramossa. Vivete nel Bianco Maniero di Ponente circondata dai vostri mille gatti.»

«*Dei gatti?*» grugní il cane blu. «Ci mancherebbe solo questa!»

La farandola girava troppo in fretta. A Peggy Sue vennero le vertigini. Altre persone le si affollavano già attorno.

«Siete cosí bella!» dicevano. «Vorreste essere mia sposa? Sono figlio del barone di Schiumaverde...»

«E io il primogenito del conte di Tristelegno...»

«E io...»

«E io...»

Peggy avrebbe voluto respingerli, ma erano cosí tanti, cosí belli... e cosí innamorati. Era piacevole essere corteggiata a quel modo. Avendo vissuto a lungo in una roulotte non era abituata alle ricchezze. Mai, neppure nei suoi sogni, avrebbe sperato di essere trattata come una principessa. Ed ecco che ora...

Fece uno sforzo per ricordarsi dove si trovava. La farandola le dava il capogiro. Aveva anche perso di vista il cane blu.

«Padre,» disse uno dei giovani avvicinandosi a un uomo con una nera barba a punta «permettetemi di presentarvi la principessa di Biancomaniero, che vorrei prendere in moglie. Vi trovate qualcosa di sconveniente?»

«Ma certo che no!» esclamò l'uomo. «I Biancomaniero sono di sí nobile e rinomato lignaggio. Riterrei un grande onore accogliere questa damigella nella nostra famiglia.»

«Ehi!» farfugliò Peggy Sue. «Aspettate un attimo... io non...»

Ma ancora una volta la farandola la trascinò lontano, all'altra estremità del salone, che sembrava non finire mai.

«Sono Tibaldo del Blucorvo» dichiarò un nuovo spasimante, inchinandosi. «Poffarbacco! I vostri abiti hanno un aspetto miserevole. Devono aver patito il viaggio. Le nostre cameriere rimedieranno. Seguitele, vi abbiglieranno nel modo adatto alla vostra bellezza.»

Prima che Peggy potesse aprir bocca due cameriere la presero per mano e la condussero attraverso i corridoi lastricati. Peggy Sue maledisse la sua scarsa prontezza di riflessi. Perché si sentiva cosí fiacca?

Le cameriere aprirono dei bauli sciorinandole sotto gli occhi abiti sfavillanti d'oro e d'argento. Dei veri vestiti da favola.

«Quale desiderate, vostra altezza?» chiese una delle ancelle.

«Io... io non lo so» balbettò Peggy. «Di solito mi metto una maglietta e un paio di jeans.»

«Cosa?» gracidò la cameriera. «Intendete quel ciarpame da villanelle? Può andar bene giusto per trarre in inganno i briganti lungo la via. Lasciatevi vestire come compete al vostro rango.»

Le cameriere si muovevano come trottole impazzite attorno a Peggy Sue, avvolgendola in pregiate stoffe dai riflessi color di luna. Da un astuccio di cuoio nero tirarono fuori una collana di diamanti, degli anelli e un diadema. Infine spinsero Peggy davanti a uno specchio dicendole:

«Guardate! Guardate come siete bella! Adesso tutti quei damerini vorranno essere il vostro campione alla giostra di domani.»

«Non ci sarà nessuna giostra!» gemette Peggy Sue. «Il fulmine sta per abbattersi sul castello. Tra qualche ora sarete tutti morti... Lasciatemi! Non siete altro che fantasmi!»

Si dimenava in mezzo alle risate delle cameriere che non la stavano neppure ad ascoltare. La costrinsero a ripercorrere il corridoio e a tornare nella sala da ballo. Nel tragitto intravide il cane blu piantato vicino a una tavola imbandita, che sbavava con gli occhi spiritati.

Non sono venuta qui per ballare, pensò, e neppure per sposarmi. Ho una missione molto piú importante da compiere... *il problema è che ho dimenticato quale sia!*

I giovani parlavano della giostra del giorno dopo. Si sfidavano, vantavano le rispettive armature, le lance, i cavalli. Ognuno assicurava che avrebbe fatto un sol boccone degli avversari.

Nel Medio Evo i ragazzi erano già sbruffoni come oggi! constatò Peggy.

L'istinto la spinse ad avvicinarsi al cane blu. Forse lui sapeva perché erano venuti fin lí.

«Ehi!» gli gridò mentalmente. «Sono un po' frastornata. Che ci stiamo a fare qui?»

«Te non lo so, bellezza,» esclamò con sussiego

«ma io sono appena diventato barone. Domani mi daranno un'armatura e parteciperò alla giostra.»

«Imbecille!» urlò Peggy dandogli un calcio nel sedere. «Sei un cane, mica un cavaliere! Torna sulla terra!»

«Come osi, donnicciola?» s'indignò l'animale. «Trattare in questo modo un principe di cosí nobile stirpe! Io sono fratello del re, e il mio blasone è costituito da tre salsicce atomiche su sfondo rosso bistecca... ti farò bastonare dai miei valletti!»

Stavolta era troppo. Peggy Sue lo afferrò per la collottola e lo scrollò come un sacchetto.

«Santo cielo!» guaí la bestiola. «Credo di esser stato lí lí per perdere la testa!»

«*L'uovo...*» esclamò la ragazza. «Dobbiamo trovare l'uovo. I fantasmi ci hanno rubato del tempo prezioso. Forse il sole sta già per sorgere. Non ho la piú pallida idea di quante ore abbiamo passato qui.»

Lottarono per aprirsi un varco in mezzo agli spettri sorridenti che li circondavano. Tutti i damerini prendevano Peggy per mano, tutte le damigelle si chinavano per accarezzare il cane blu e riempirlo di complimenti.

Per qualche istante i due amici pensarono che non sarebbero mai riusciti a lasciare la sala da ballo. Alla fine guadagnarono il corridoio e cominciarono a correre per sfuggire ai loro inseguitori.

«Dove lo cerchiamo?» domandò il cane. «Hai una qualche idea del luogo in cui possono aver nascosto l'uovo?»

«È un uovo magico,» disse la ragazza «ma è anche un oggetto reale. Non so se lo hai notato, ma niente di ciò che sta nel castello ha odore... La pelle delle donne non profuma, e i cibi non hanno aroma.»

«Naturale, è tutta roba immaginaria.»

«Sí, però l'uovo è reale. Magico, ma reale. E dunque deve avere un odore.»

«Odore di pollo?»

«Sicuro.»

Il cane fiutò l'aria con decisione. L'inquietudine di Peggy non smetteva di aumentare.

Se Sean avesse lanciato un grido di allarme non lo avrei potuto sentire, pensò. Ero talmente nel pallone che il pavimento mi si sarebbe potuto aprire sotto i piedi senza che me ne accorgessi.

Si alzò in punta di piedi per osservare il cielo dallo spiraglio di una feritoia. Era ancora notte fonda.

«Cercalo!» intimò al cane blu. «Ma fa' in fretta.»

«Per il momento non sento niente di particolare» si scusò l'animale. «Si direbbe che non c'è nulla di vivo tra queste mura.»

Peggy si sforzava di resistere all'attrazione ipnotica che suscitava in lei l'eco della festa. Non poteva trattenersi dal tendere l'orecchio per ascoltare la musica che proveniva dalla sala da ballo. Come avrebbe avuto voglia di danzare! In vita sua non aveva mai portato vestiti cosí belli. Avrebbe voluto volteggiare tra le braccia di uno di quei cavalieri che sembravano cosí innamorati di lei. Come le sarebbe piaciuto presiedere la giostra, annodare la sua fusciacca attorno alla lancia del suo campione e fargli portare i suoi colori! Come doveva essere eccitante vivere nei panni di una principessa!

«Svegliati!» urlava la voce della ragione dal fondo della sua mente. «È una trappola.»

«Ho trovato!» esclamò a un tratto il cane blu. «Qui c'è un grande odore di pollo. Aiutami a scavare, presto!»

Peggy aggrottò la fronte. Come osava importunarla quell'imbecille buono a nulla col pelo indaco? Come osava dare degli ordini alla principessa di Biancomaniero? Di questo passo sarebbe stata costretta a chiedere al padrone del canile di dargli una bella lezione a colpi di frusta per insegnargli il rispetto!

«Ehi!» sbraitò l'animale. «Svegliati, per la miseria! Sembri una sonnambula!»

Peggy si riscosse. Le girava la testa e faceva fatica a ricordare cosa stesse facendo lí.

Si inginocchiò e si mise a scavare, meccanicamente, imitando il cane blu che già mulinava con le zampe spargendo terra da tutte le parti.

Una damigella del mio rango non dovrebbe abbassarsi a far questo, continuava a pensare, sono lavori da villani!

Si chiese quale vestito avrebbe indossato per la giostra... e quale giovane avrebbe scelto come suo campione. Tibaldo? Benedetto?

Il cane blu dovette morderle un polso per farla tornare alla realtà.

«Resisti, accidenti!» le gridò mentalmente. «I fantasmi del castello ti stanno stregando.»

Non aggiunse altro perché le sue unghie stridettero sul coperchio di uno scrigno d'acciaio sotterrato a circa mezzo metro di profondità.

«Ci siamo!» ansimò. «L'abbiamo trovato!»

«Cerchiamo di tirarlo fuori» disse Peggy. «Se potessimo trasportare quello scrigno, l'uovo sarebbe al sicuro.»

Disgraziatamente la scatola metallica si rivelò cosí pesante che la ragazza non fu in grado di estrarla dalla buca. Sebastian sarebbe riuscito a mettersela in spalla senza fatica... ma, ahimè, Sebastian non c'era.

«Fortuna che non è chiusa a chiave,» balbettò Peggy «altrimenti saremmo stati perduti.»

Mentre apriva lo scrigno, un grido risuonò in lontananza.

«È Sean!» singhiozzò la ragazza. «Ci avvisa che il sole sta tornando! Sta facendo giorno!»

«Dobbiamo andarcene da qui» ansimò il cane blu. «Tra qualche minuto tutto il castello andrà in mille pezzi... *insieme a noi*!»

Peggy affondò le mani nello scrigno di ferro e afferrò il grosso uovo che vi era nascosto. Non osava stringerlo troppo per paura di romperlo. Il guscio era di un rosa intenso, picchiettato di puntini verdi.

«Tagliamo la corda!» abbaiò il cane blu. «Non voglio finire squartato tra i ruderi di questo castello infernale!»

Filò via col ventre appiattito a terra. Peggy Sue cercava di stargli dietro, ma l'abito da sera che la fasciava le impacciava i movimenti. Essendo abituata ai blue jeans, temeva di inciampare nell'orlo e di rompersi l'osso del collo. Se fosse caduta in avanti, avrebbe schiacciato l'uovo facendolo andare in mille pezzi. E sarebbe stata la catastrofe.

«Siamo finiti!» si disperò il cane. «Non riesco a capire dov'è l'uscita. In questo castello non si sente neanche un odore, è impossibile trovare una pista.»

Stavano cominciando a perdere la testa. Fuori, Sean si sgolava per segnalare l'imminenza del pericolo.

Peggy non sapeva da che parte andare. I corridoi si assomigliavano tutti e, per di piú, erano pieni di fantasmi festanti che le sbarravano la strada sorridendo. Cercavano di afferrarla con le loro mani livide e di trascinarla nella danza. Dalle loro bocche esangui uscivano mille complimenti, un dolce veleno che anestetizzava la mente di Peggy Sue. Le fu chiaro che cercavano di prenderle l'uovo, ma le loro dita da ectoplasmi, per fortuna, non avevano abbastanza forza.

«Da questa parte!» gridò il cane blu. «Fiuto l'odore lurido di Sean Doggerty! È la prima volta che sono contento di sentirlo!»

Galoppò in direzione dell'uscita e Peggy Sue gli si fiondò dietro, cercando di non fare caso alle mani gommose degli spettri che si appendevano al suo vestito.

«Non devi inciampare!» si ripeteva. «Non devi inciampare per niente al mondo!»

Quando finalmente intravide il cielo tra i battenti del portone d'onore, le vennero i brividi. La notte si stemperava come un caffè in cui fosse stato lentamente versato del latte condensato. Tutt'intorno a lei le mura parevano scosse da sinistre convulsioni, come se stessero tremando.

Stanno per disfarsi, pensò la ragazza. Al primo

raggio di sole tutto andrà in pezzi, come un puzzle preso a calci.

Era arrivata alla grande scalinata quando le si parò davanti un damerino in farsetto di velluto argentato.

«Mia dolce damigella,» disse «già ve ne andate? Com'è possibile? Tra poco verrà aperta la giostra.»

«Sono desolata» farfugliò Peggy. «Ma non ci sarà nessuna giostra. *Non c'è mai stata nessuna giostra...* Siete morti tutti prima che iniziasse. Rivivete ogni volta la stessa notte, quella precedente alla catastrofe. È triste, ma non c'è niente che io possa fare per voi. Tra qualche minuto il castello tornerà a essere un rudere e voi sarete spazzati via. Ora devo andare.»

«Cosa mi state mai raccontando, mia cara?» trasalí il cavaliere. «Non ho memoria di esser stato fatto a pezzi. Voi correte con la fantasia, il vino deve avervi dato alla testa.»

Peggy Sue cercò di respingerlo, ma il cavaliere era molliccio e appiccicoso e le sembrò di combattere con un uomo di chewing-gum.

Il cane blu pensò bene di piantare i suoi denti nel polpaccio del damerino, ma le sue mascelle schioccarono a vuoto. Lo spettro si stava già dissolvendo.

La ragazza lo aggirò e si precipitò giú per la scala rischiando a ogni passo di inciampare nell'orlo dell'abito. Bisognava ancora attraversare la corte e superare il ponte levatoio...

Finché rimaniamo all'interno del maniero corriamo il rischio di essere disintegrati, disse tra sé. *Dobbiamo a tutti i costi uscire di qui!*

Ora i levrieri fantasma la circondavano cercando di farla cadere. Il sole nascente sfumava il loro contorno facendoli assomigliare piú a meduse che a cani.

Sean Doggerty apparve sul ponte levatoio. In tre balzi raggiunse Peggy, la prese in braccio e si mise a correre. Non ebbe il tempo di fare due passi nella prateria che i primi raggi di sole colpirono i bastioni illuminando il torrione. In quello stesso istante il castello esplose come un palloncino forato da uno spillo. Muraglioni, torri, feritoie, tutto andò in frantumi senza che si producesse il minimo rumore. Era un spettacolo davvero curioso veder crollare un palazzo del genere nel piú completo silenzio. Dopo un istante, tutto era terminato.

Al sorgere del sole il maniero aveva già ripreso l'aspetto di un cumulo di rovine invase dal muschio.

«L'abbiamo scampata bella!» sospirò Peggy Sue.

«Ho temuto molto per te» confessò Sean ansimando. «Avevo intuito che gli spettri facevano di tutto per trattenerti.»

«Non erano cattivi» disse la ragazza con voce sognante. «È solo che non hanno consapevolezza di essere morti.»

«In ogni caso l'uovo è nostro!» esultò il cane blu. «Ed è l'unica cosa che conta.»

Il pulcino infernale

Nell'istante stesso in cui Sean la depose a terra, Peggy si rese conto di non indossare piú l'abito fastoso che le avevano messo le cameriere nel castello. Era di nuovo in maglietta e blu jeans, come al solito.

Quei vestiti non erano reali, rifletté, come tutto il resto.

I tre amici salirono in cima alla collina, appoggiarono l'uovo su una pietra piatta e si inginocchiarono a contemplarlo.

«Adesso bisogna covarlo» sospirò Peggy Sue. «Non è detto che sia la parte piú semplice.»

Si guardarono con un po' di imbarazzo.

«Ce lo metteremo a turno sotto i vestiti» propose la ragazza «per trasmettergli il calore del nostro corpo.»

«E quando dovremo dormire?» chiese Sean.

«Ci daremo il cambio» rispose Peggy Sue. «Chi starà di guardia terrà l'uovo. A rotazione.»

Per dare il buon esempio, si infilò lo strano guscio rosa sotto la maglietta, contro l'ombelico.

«Brrr...» disse con un fremito. «È freddo.»

«Quanto ci vuole perché si schiuda?» domandò Sean.

«Non ne ho la piú pallida idea» confessò la ragazza. «È un uovo magico.»

«La cosa che mi preoccupa» borbottò il cane blu «è questa storia del pulcino. Dirà la formula magica una volta sola, non è vero?»

«Sí» confermò Peggy. «Bisognerà stare maledettamente attenti.»

«Ho un cattivo presentimento» ringhiò l'animale. «Scommetto che sarà una formula lunghissima, una roba tipo: *abracadacadetrussellopterix*...»

«O magari *coccodrillopotamovercingetirassegno*» propose Sean.

Cominciarono a contorcersi dalle risate.

«Non c'è niente da ridere» li rimbrottò Peggy.

«Lo so,» ammise Sean «è che siamo nervosi.»

«Spero che riusciremo a farcela» sospirò la ragazza. «Non ci si può mai fidare dei dèmoni. La magia è una cosa incontrollabile, una trappola continua.»

«Hai ragione» confermò il cane blu. «Guarda cosa è successo a Sebastian, il genio l'ha proprio preso per i fondelli. Questo dannato squittio dell'uccello non mi dice niente di buono. Bisogna aspettarsi il peggio.»

«Può anche darsi che parli cosí veloce da non darci il tempo di capire quello che dice» ipotizzò Sean.

«Già, può darsi» concordò Peggy. «Da domani ci eserciteremo a memorizzare le parole piú strane. Sarà un buon allenamento.»

* * *

Passarono i tre giorni seguenti sulla cima della collina, non osando rimettersi in cammino per paura di inciampare e rompere l'uovo.

Assistevano tutte le sere alla rinascita del castello, e la musica della sala da ballo disturbava il loro sonno. Ogni mattina vedevano il maniero saltare in aria e le macerie invadere la piana.

Si passarono l'uovo rispettando i turni. Il cane blu dava il suo contributo, anche se non apprezzava affatto quel ruolo da mamma chioccia e non mancava di farlo notare borbottando di continuo.

Per passare il tempo si allenavano a memorizzare parole senza capo né coda, ma il risultato non era molto incoraggiante: in media si dimenticavano una o due sillabe. L'attesa li faceva impazzire.

Un mattino, Sean lanciò l'allarme. Aveva scorto qualcosa di strano in mezzo alla pianura. Nel luogo in cui si ergeva la montagna, adesso si stagliava un enorme blocco di ghiaccio la cui sommità sfiorava la volta della caverna.

«Sembrerebbe un iceberg» mormorò Peggy. «Ha avvolto completamente la collina dove si nasconde la farfalla.»

«È il gelo» disse Sean. «Si fa sempre piú intenso. L'aria e il tempo si stanno congelando e poco a poco il ghiacciaio si ispessirà fino a riempire del tutto il regno degli abissi.»

«Si avvicinerà a noi» brontolò il cane blu. «Ogni giorno un po' di piú. Ricoprirà la prateria metro dopo metro...»

«Se fa troppo freddo tremeremo tutti, è inevitabile. E presto non produrremo piú abbastanza calore da permettere all'uovo di schiudersi.»

Questa brutta notizia li depresse.

«Forse un modo per riscaldarci c'è» suggerí la ragazza. «Potremmo andare tutte le sere a rifugiarci nel castello.»

«*Cosa?*» esclamarono sbalorditi Sean e il cane blu.

«Ma certo» insisté Peggy. «Laggiú fa caldo. Tronchi interi bruciano nei camini. Bisognerà semplicemente essere abbastanza furbi da andarsene prima che si levi il sole...»

«Sei totalmente incosciente» sbottò Sean Doggerty. «Non ti ricordi cosa stava per capitarti la prima volta?»

«Certo che me lo ricordo. Sto solo dicendo che non abbiamo nessun altro modo di far maturare l'uovo. Se restiamo qui, fra poco batteremo i denti per tutto il giorno. Il pulcino morirà nel suo guscio e sarà tutto perduto. Dobbiamo prenderci il rischio di rifugiarci dai castellani-fantasma. Uno di noi resterà fuori per tener d'occhio il sole. Basterà fare i turni.»

«Vedo che hai previsto proprio tutto» borbottò Sean. «Ma continuo a pensare che sia una pazzia.»

«Per l'appunto, Peggy Sue è pazza da legare, lo sanno tutti» chiarí il cane blu. «È per questo che alla fine riesce sempre a trovare una soluzione anche per i problemi piú complicati. Io sono d'accordo. Andiamo a riscaldarci il sedere dai fantasmi. Laggiú mi chiamano 'Monsignore', e devo dire che mi piace! È uno sballo.»

«Voi due siete fuori di testa» sospirò Sean al colmo della disperazione.

«Naturalmente,» ridacchiò il cane blu «altrimenti Serge Brussolo non scriverebbe le nostre avventure!»

Gli ortaggi e i frutti scappavano dalla glaciazione. Non era raro vedere mandrie di banane giganti strisciare attraverso la prateria come coccodrilli che si avviavano a una lunga migrazione. Poi c'erano i boschi: a volte gli alberi marciavano a passo cadenzato, come soldati in parata, altre volte si spintonavano in un fuggifuggi scomposto. Le piú pericolose erano le patate, che avanzavano a valanghe. Sembravano grossi ammassi terrosi che rotolavano su se stessi, ben intenzionati a non farsi bloccare da nessun ostacolo. Chi avesse avuto la sventura di finire sulla loro strada sarebbe stato spiaccicato.

Ogni sera Peggy Sue e i suoi amici tiravano a sorte per decidere chi sarebbe rimasto a far da sentinella sulla collina. Gli altri due andavano a rifugiarsi dentro il castello. Una volta arrivata in mezzo agli spettri medievali, Peggy Sue si metteva vicino al camino per riscaldarsi e permettere all'uovo di continuare a crescere.

Arrivò a dimenticare le farandole, i cortigiani e i damerini sorridenti. Prestava un orecchio distratto alle loro chiacchiere e non si preoccupava d'altro che di approfittare al massimo del calore di quel signorile focolare. Ebbe l'impressione che col passare del tempo l'uovo sistemato contro il suo ombelico diventasse sempre piú pesante.

Il pericolo, malgrado tutto, c'era ancora. I fantasmi provavano in tutti i modi a farle perdere la nozione del tempo. Peggy notò immediatamente che non appena si sistemava vicino al focolare i musicisti la circondavano.

Sono furbi, pensò, cercano di fare il maggior baccano possibile per coprire il grido d'allarme che annuncia l'arrivo del sole.

Piú volte rischiò di cadere nel tranello. Come se non bastasse, il calore le provocava una certa sonnolenza, alla quale per altro si sarebbe abbandonata molto volentieri.

«Stiamo giocando col fuoco» borbottava Sean. «Ogni volta la scampiamo per un pelo.»

«L'uovo non maturerà mai se restiamo al gelo a battere i denti, e tu lo sai bene» rispondeva la ragazza.

Aveva ragione. Accendere un fuoco diventava complicato perché gli alberi erano scappati quasi tutti all'altro capo del regno per sfuggire alla morsa del gelo. Quando si trovava un ramo spezzato, bisognava essere piú d'uno per immobilizzarlo, poiché si difendeva con grande energia e non esitava a menare fendenti ai suoi aggressori. Sean era pieno di lividi.*

Finalmente Peggy sentí qualcosa muoversi all'interno dell'uovo. Timidi colpetti che picchiettavano sul guscio.

«Ci siamo» gridò. «Il pulcino sta per uscire, spalancate le orecchie!»

Con grande attenzione depose l'uovo su una pietra e si inginocchiò. Sean la imitò, mentre il cane blu fiutava l'aria col massimo impegno. Il ticchettio ricominciò e una ragnatela di crepe si disegnò sul guscio rosa.

I tre amici erano nervosissimi. Sapevano che da quel momento in poi non potevano piú permettersi di sbagliare. Se non avessero capito bene la strana parola che avrebbe pronunciato l'uccello la glaciazione avrebbe continuato a espandersi, inghiottendo il mondo sotterraneo.

Cadde un primo frammento. Poi un altro. Apparve una testolina lanuginosa che si prolungava in un enorme becco.

Il cuore di Peggy Sue batteva tanto forte da riempirle le orecchie di un tumulto assordante.

«Attenzione...» farfugliò Sean con voce strozzata. «*Sta per parlare.*»

«Zitto!» gli intimò il cane blu.

Erano al colmo dell'eccitazione e dell'angoscia.

Il pulcino si liberò del guscio. Le sue piume crescevano a velocità accelerata rimpiazzando la lanugine che lo ricopriva. Fece qualche passo titubante prima di battere le ali. Al momento di prendere il volo aprí il becco e gracchiò uno strano canto che non assomigliava a niente di conosciuto. Un secondo dopo, si dileguava nel cielo lasciando di stucco i tre amici in cima alla collina.

«Non... non ha parlato!» singhiozzò Sean, indignato. «*Ha cantato!*»

«Cosí non vale!» esclamò Peggy. «Questa non me la aspettavo, mi ha preso alla sprovvista...»

«Perché voi non siete dei cantanti» sentenziò con sufficienza il cane blu. «Quando si ha la musica nel sangue, si è in grado di ricordare una melodia anche dopo un solo ascolto.»

«Perché, vuoi forse dirmi che tu sei un cantante?» scoppiò a ridere Sean.

«Puoi ben dirlo» rispose l'animale. «Conto di iniziare la carriera di rocker canino tra breve... inciderò dischi per cani, andrò in TV, farò...»

«Basta!» lo interruppe Peggy. «Se ti ricordi quella melodia, cantacela!»

Il cane blu abbaiò tre volte per sciogliere le corde vocali e attaccò a riprodurre la canzone dell'uccello.

«Non le assomiglia per niente!» disse Sean con sdegno.

«E invece sí!» s'intestardí l'animale. «È solo che tu non hai orecchio.»

«Sí che ce l'ho. Suono il banjo!»

«Questo non vuol dire niente.»

«Sí che vuol dire!»

Peggy Sue si mise a urlare:

«Piantatela! Mi state facendo diventare pazza!»

Era preoccupata perché, essendo stonata come una campana, non si sentiva minimamente in grado di imitare il grido del pulcino infernale.

«Cerchiamo di stare calmi» suggerí. «Visto che non abbiamo di meglio, dobbiamo accontentarci dell'interpretazione del cane blu. Propongo di incamminarci al piú presto e tornare sulla montagna. Il ghiaccio continua ad avanzare. Guardate: 'l'iceberg' è ancora piú grande di ieri.»

Voltarono le spalle alle rovine del castello fantasma e presero la via del ritorno.

Nei due giorni seguenti avanzarono controcorrente in mezzo alla grande migrazione dei vegetali. A volte dovevano rifugiarsi dietro una roccia per non farsi calpestare da qualche mandria di patate lanciate al galoppo o da qualche muta di banane-coccodrillo che strisciavano verso le regioni calde.

Il cane blu e Sean, essendo entrambi convinti di ricordare la 'vera' canzone dell'uccello magico, non la finivano di rivaleggiare nei vocalizzi. I loro gorgheggi diventavano insopportabili. Peggy era quasi sicura che avesse ragione il cane, perché solo un animale poteva riprodurre il grido di un altro animale.

Il freddo diventava via via piú intenso e la ragazza si preoccupava per le corde vocali del suo amico a quattro zampe.

«Devi stare zitto,» gli ordinò «altrimenti finirà per venirti il mal di gola. Canta col pensiero. È piú prudente metterti una sciarpa al collo; ci mancherebbe solo che perdessi la voce!»

A un certo punto Peggy notò che il sole non tramontava piú. Tutt'intorno a loro c'era una moltitudine di uccelli cristallizzati in volo e di fiocchi di neve immobilizzati a mezz'aria.

Stiamo entrando nella zona del tempo sospeso, pensò. Speriamo che il passaggio che porta alla montagna sia ancora aperto.

Un sasso la fece inciampare. Cadde al rallentatore: impiegò piú di *tre ore* a toccare terra e ce ne mise altre quattro per rialzarsi.

Nel tunnel aperto dalla farfalla il tempo era ancora abbastanza fluido, ma scorreva con la lentezza di uno sciroppo condensato dal gelo.

Questa costrizione esasperava Sean. Come la maggior parte dei ragazzi non aveva pazienza, e si intestardiva a forzare l'andatura. Peggy Sue si accorse ben presto che sulle gambe del suo amico si cominciavano a formare delle crepe.

«Rallenta!» ansimò. «Ti stai screpolando come un vaso di porcellana! Se continui a lottare contro il tempo finirai in mille pezzi!»

Sean si esaminò le mani, interdetto. Un reticolo di crepe gli correva sui palmi! Era una specie di puzzle umano. Le spaccature gli arrivavano fino al viso e lo dividevano in pezzi di grandezza diseguale.

«Rallenta!» lo supplicò Peggy Sue. «Dobbiamo avere pazienza. Se vai troppo in fretta il tempo ti ridurrà in briciole! Bisogna assecondare il suo movimento, lasciarsi trasportare. È come un'onda...»

Ma il ragazzo non l'ascoltava. Si ostinava a cercare di correre. Sperava forse di essere il primo a cantare davanti alla farfalla?

A un tratto il suo corpo si disintegrò in una miriade di pezzettini, come un puzzle mandato all'aria da un grosso petardo. La sua faccia si disgregò per ultima. Il naso, la bocca e gli occhi si separarono andando in frantumi.

«Oh no!» gemette Peggy, con le parole che le uscivano di bocca sotto forma di cubetti alfabetici di ghiaccio.

I pezzi del puzzle in cui si era trasformato Sean Doggerty impiegarono ore a toccare terra. Peggy Sue si trattenne dall'afferrarli al volo: avrebbe voluto dire commettere lo stesso errore del ragazzo.

Se non si voleva finire a pezzetti bisognava seguire il ritmo imposto dal tempo rallentato.

Non ho un sacco abbastanza grande per raccogliere i pezzi, constatò. Non posso far altro che lasciarlo qui e venirlo a prendere piú tardi.

Era disperata.

«È triste» le disse mentalmente il cane blu «ma non possiamo fermarci. I minuti si stanno indurendo come del caramello messo in frigo, presto ci ritroveremo imprigionati come insetti invischiati nella resina. Dobbiamo andare avanti. Solo la farfalla può rimediare a questo caos generale. Le chiederemo di 'riparare' Sean... anche se come cantante fa pena.»

Peggy Sue tirò su col naso. Piangere le faceva male perché le lacrime si trasformavano in perle di ghiaccio agli angoli delle palpebre.

Sapeva bene che il cane blu aveva ragione, e con la morte nel cuore si mise a seguirlo. Bisognava dire che con i ragazzi non aveva una grande fortuna!

Entrarono nell'iceberg sfruttando il tunnel preparato dalla farfalla. Le nuvolette di vapore che uscivano dalle loro bocche si tramutavano istantaneamente in una neve sottilissima.

Peggy Sue ebbe la sensazione che ci sarebbero voluti due secoli per raggiungere la caverna dove la stava aspettando l'insetto malato. Ma nonostante fosse divorata dall'impazienza stava bene attenta a non accelerare il passo. L'unico modo per rimanere vivi era andare piano.

Il lepidottero aveva un aspetto pietoso. Le sue ali sgualcite sembravano delle vecchie *crêpes* al formaggio ammuffite. Teneva la testa penzoloni e gli occhi chiusi, nella postura di una bestia che si è rassegnata a morire.

«Siamo tornati!» le urlò mentalmente Peggy Sue. «Il mio cane ha imparato la canzone dell'uccello magico. Può cantartela, se vuoi.»

La farfalla, con immensa fatica, aprí un occhio.

«Come?» disse. «Forse è meglio lasciar perdere... Ho qualche dubbio sul fatto che un cane possa cantare come un uccello. Se si sbaglia, sarà la catastrofe: io morirò e il tempo si congelerà per l'eternità. Forse faresti meglio a tornare nel vulcano. Con un po' di fortuna potresti unirti agli scheletri musicisti... sempre meglio che essere trasformata in una statua.»

«No, non se ne parla nemmeno!» si impuntò Peggy. «Non abbiamo affrontato tutti questi pericoli per tirarci indietro all'ultimo minuto. Il mio cane ti canterà la canzone magica e tu guarirai.»

«Mah...» disse la farfalla poco convinta. «Proviamoci. In ogni caso, io ti ho avvertita.»

Peggy si girò verso il cane blu e lo liberò dall'enorme sciarpa che gli proteggeva la gola.

«Vai!» gli mormorò. «E tiraci fuori da questo vespaio. Dipende tutto da te, adesso.»

La bestiola si schiarí la gola e si mise a cantare. L'insetto lo ascoltò senza alzare la testa.

«Cantala ancora» ordinò.

Il cane blu obbedí senza cambiare neppure una nota, con una bravura da cantante lirico.

«D'accordo» sospirò la farfalla. «Ci proverò. Tra dieci secondi, tutto sarà tornato a posto... oppure prenderò fuoco e voi verrete definitivamente trasformati in una statua di marmo.»

Il segreto degli Invisibili

La farfalla si mise a cantare.

Peggy Sue e il cane blu passarono qualche secondo di vero terrore, poi successe qualcosa che diede loro l'impressione di essere spazzati via da un vento impetuoso proveniente dalle viscere della terra. L'universo si restrinse come un vecchio chewing-gum secco e rattrappito, per poi dilatarsi subito come una bolla di sapone. Un crepitio di scintille rosse, blu, gialle... Stordita, Peggy aveva istintivamente chiuso gli occhi. Quando li riaprí, non era piú nel ventre della terra, ma distesa sull'erba nei dintorni di Shaka-Kandarec, il villaggio di sua nonna.

Vicino a lei c'erano il cane blu e tutta la gente che aveva incontrato nel regno sotterraneo. La magia dell'animale favoloso li aveva riportati in superficie in un battibaleno.

Erano tutti stravolti, e barcollavano senza riuscire a capire cosa fosse successo.

«Dov'è Sebastian?» gemette Peggy Sue. «E Sean?»

«Non preoccuparti» le disse telepaticamente la farfalla. «Sono lí con te. Ho 'riparato' Sean Doggerty come meglio ho potuto. Se non vuole finire un'altra volta in mille pezzi, d'ora in poi sarà bene che cammini molto lentamente. Mi dispiace, ma ho fatto del mio meglio.»

Peggy si alzò, stordita. Nonna Katy si precipitò in suo aiuto.

«Nipotina mia!» singhiozzava. «Ci sei riuscita! Sono fiera di te! Li hai riportati tutti. Non so come hai fatto, ma a un certo punto c'è stata una specie di scarica elettrica. Quando ho riaperto gli occhi, voi eravate qui e la farfalla volava nel cielo piú bella che mai.»

Peggy Sue si guardò attorno. Gli abitanti del villaggio si alzavano in piedi mogi mogi, come se avessero preso coscienza del modo inqualificabile in cui si erano comportati.

La ragazza cercava di individuare Sebastian. Finalmente riuscí a trovarlo... in compagnia di Sean. I due si sostenevano l'uno con l'altro, come soldati feriti su un campo di battaglia. Sebastian non sembrava malconcio, mentre Sean aveva la pelle ricoperta da minuscole cicatrici rossastre che seguivano i contorni delle tessere del puzzle in cui era ridotto.

«Non guardarmi!» la supplicò girando la testa. «Sono un mostro. La farfalla si è scusata dicendomi che non era riuscita a fare di meglio. In compenso mi ha dato il potere di orientarmi in qualsiasi labirinto, di scoprire i trucchi segreti e di risolvere gli enigmi. Non so se ci ho guadagnato. Ormai sono condannato a muovermi come una tartaruga e a fare tutto molto lentamente. Cadrei in pezzi alla minima accelerazione... e tu dovresti rimettere insieme il puzzle da sola.»

Peggy Sue lo baciò sulle guance per dimostrargli che non provava nessun orrore. In realtà Sean Doggerty non era diventato brutto ma solo un po'... bizzarro.

«Non si può proprio dire che tu abbia una gran fortuna con gli uomini!» sospirò Sebastian. «Tutti quelli che conosci si trasformano in mostri.»

«Voi non siete dei mostri!» protestò la ragazza. «Non piú di quanto lo sia io, almeno.»

Era decisamente scossa, ma si sforzava di non darlo a vedere per non deprimere ancora di piú i suoi amici.

«La guerra non è ancora finita» disse. «La farfalla mi ha promesso di aiutarmi a distruggere gli Invisibili. Volete accompagnarmi in quest'ultima battaglia?»

«Certamente!» esclamò Sebastian. «Basta che ci sia dell'acqua pura nel posto dove dobbiamo andare...»

«E che non ci spostiamo troppo velocemente» aggiunse Sean.

«Allora,» disse la farfalla «la faccenda è un po' complicata, ma cercherò di essere chiara. Avete visto i disegni che ho sulle ali? In realtà non sono semplici decorazioni, ma riproducono il tracciato di una galassia sperduta all'altro capo dell'universo. In un certo senso, le mie ali sono una specie di mappa stellare...»

«Una mappa?» interloquí Peggy, stupita.

«Sí» continuò l'insetto. «E c'è di piú. Le macchie, i cerchi, i puntini, rappresentano altrettanti pianeti. Se salite sulle mie ali, verrete trasportati in un'altra dimensione. Plop! D'un tratto... la mappa vi aspirerebbe come le sabbie mobili e vi trovereste proiettati in un altro mondo, a miliardi di anni luce dalla Terra, in un sistema solare di cui non avete mai sentito parlare.»

Peggy Sue strabuzzò gli occhi.

«E per tutto questo è sufficiente camminarti sulla schiena?» insisté.

«È cosí» confermò la farfalla. «In ogni caso dovrai stare attenta a non sbagliare pianeta, perché certi mondi sono popolati da mostri spaventosi. Una volta che hai messo i piedi sul disegno giusto ti sentirai risucchiata dalla bocca del cosmo. E subito dopo ti ritroverai in un altro universo.»

«E come farò a tornare indietro?»

«Ti dirò la formula magica che dovrai pronunciare per far scattare il processo di ritorno. La formula, però, è protetta da un meccanismo di autocancellazione.»

«Cosa!?»

«Significa che la formula sparirà dalla tua mente nel giro di tre ore. Se non l'avrai ancora pronunciata allo scadere, non te la ricorderai piú... e resterai per sempre prigioniera dell'incredibile pianeta su cui sarai sbarcata.»

«È una cosa terribile. E se me la scrivessi su un pezzo di carta?»

«No. È troppo pericoloso! I mostri potrebbero leggerla e servirsene per invadere la Terra. Puoi ben immaginare quale catastrofe si scatenerebbe. Dunque, è severamente proibito scriverla! Te la terrai a mente, punto e basta. La ricorderai per tre ore, poi si dissolverà come una pasticca effervescente in un bicchier d'acqua.»

Peggy Sue ciondolò pensosamente da un piede all'altro. L'idea di restare imprigionata per il resto dei suoi giorni su un pianeta abitato da creature spaventose non la entusiasmava affatto.

«Non ti voglio costringere» le ribadí la farfalla. «È solo una proposta. Il fatto è che io so dove si nascondono gli Invisibili. Nessuno, a parte me, conosce questo segreto. So da dove vengono e chi sono realmente. Pensavo che potesse interessarti.»

«Eccome se mi interessa!» esclamò Peggy Sue. «È solo che ho paura, tutto qui!»

«È normale...» gli disse il gigantesco insetto con dolcezza.

«Se vado laggiú» continuò la ragazza «avrò davvero la possibilità di farla finita con loro una volta per tutte?»

«Sí, se la fortuna ti assiste. Rimanendo sulla Terra non risolveresti niente. Ti sfiancherai ad affrontarli in infinite piccole battaglie che non impediranno loro di tornare di nuovo, e di nuovo ancora... Se invece vai sul loro pianeta, scoprirai il loro segreto e potrai eliminare il male alla radice.»

«Azéna, la fata dai capelli rossi, non mi ha parlato di tutto questo.»

«Detto senza offesa, Azéna non è che una fatina da due soldi. Io, al contrario, sono una maga molto esperta. Dispongo di informazioni che lei neppure si immagina e sono la sola a poterti offrire questa occasione. Se lo faccio, è perché tu mi hai salvato da un destino di distruzione e perché a me piace saldare subito i miei debiti. Azéna non verrà piú in tuo aiuto. È troppo vecchia e troppo stanca. I viaggi nello spazio l'hanno sfinita, dovresti essertene resa conto. È da mesi che non si fa vedere e che non ti cambia gli occhiali. E qual è il risultato? Che non saresti piú in grado di arrostire nemmeno il fantasma piú insignificante. Loro non tarderanno ad accorgersene, e a quel punto sarai completamente disarmata... A ben vedere, mi sembra che tu non abbia scelta. E ora ti tocca prendere una decisione rapida, perché non ho nessuna intenzione di attardarmi. Il mio viaggio terrestre è giunto al termine, ora devo recarmi su Marte.»

Peggy Sue si sentiva il cervello bollire come un pentolino di latte messo sul fuoco.

«D'accordo!» disse ansimando. «Ci proverò. Ne ho abbastanza di dare la caccia agli Invisibili. Voglio voltare pagina e cominciare una nuova vita. Diventare una ragazza normale.»

«Bene» fece la farfalla. «Ero certa che avresti accettato, il coraggio non ti manca. Ora mi stenderò per permetterti di salire sulle mie ali. Il pianeta degli Invisibili è disegnato da qualche parte sulla mia ala sinistra e assomiglia a un riccio blu con gli aculei rossi. Fa' attenzione a non sbagliarti perché hai diritto a un solo tentativo.»

Peggy Sue strinse i denti. Le sue mani trasudavano come un pezzo di groviera lasciato al sole in una giornata di agosto.

«Ah!» aggiunse il lepidottero. «Un'altra cosa: quando sarai sulla mia schiena dovrai camminare *senza fermarti* fino al pianeta degli Invisibili, perché alla prima sosta verrai risucchiata dal cosmo. Se in quel momento non ti trovi nel posto giusto, rischi di essere catapultata chissà dove...»

«*Glup*!» singhiozzò la ragazza.

«È cosí» disse la farfalla. «Con un po' di concentrazione, non dovresti avere problemi. E mi raccomando: dopo tre ore la formula magica per il ritorno si cancellerà dalla tua mente. Spero che il tuo orologio funzioni.»

«Ma è di legno!» squittí Peggy. «Mia nonna ha confiscato il mio quando sono arrivata, a causa dei fulmini!»

«Oh!» imprecò l'insetto. «Allora immagino quanto possa essere preciso! In tal caso dovrai fare affidamento sul tuo cane. Gli animali hanno un senso del tempo molto sviluppato.»

Peggy decise di partire con il cane blu. Non voleva correre il rischio di portarsi dietro Sebastian e Sean perché non sapeva cosa avrebbe trovato nel mondo degli Invisibili. Ci sarebbe stata dell'acqua pura? Avrebbero dovuto correre? Non avendo alcun elemento per rispondere a queste domande cruciali, preferí tentare l'avventura con il suo compagno di sempre. Si erano salvati la vita l'un l'altra tante di quelle volte che tra i due si era creato un legame che superava qualsiasi immaginazione.

I due ragazzi protestarono, ma Peggy fu irremovibile. Nonna Katy, da parte sua, si accontentò di darle un bacio.

Come aveva promesso, la farfalla si distese a terra per permettere ai due amici di salirle sulle ali. Era cosí grande che ricopriva tutta la prateria. Peggy prese in braccio il cane blu, salí su uno sgabello e saltò sulla schiena dell'insetto. Fu come atterrare su un trampolino e i due rimbalzarono verso l'alto.

Non devo fermarmi finché non avrò localizzato il pianeta degli Invisibili, ripeteva tra sé. Bisogna camminare, camminare sempre...

Non appena i suoi piedi tornarono a sfiorare le ali della farfalla la ragazza si mise a correre. Non era facile, perché l'elasticità del 'terreno' tendeva a farle perdere l'equilibrio. Per tre volte rischiò di prendersi una storta e finire lunga distesa: se fosse successo, sarebbe stata istantaneamente spedita da qualche parte nell'universo, magari in un luogo dove sarebbe subito morta soffocata per mancanza d'aria respirabile.

«Ho appena inserito nella tua memoria la formula magica» le sussurrò mentalmente l'insetto. «È il tuo biglietto di ritorno. Per ora non pensarci, altrimenti la consumeresti inutilmente e accorceresti la sua scadenza. Te la troverai automaticamente sulle labbra quando ne avrai bisogno.»

Viste da vicino, le ali offrivano allo sguardo uno spettacolo magnifico. Ovunque c'erano vortici d'oro e spirali di un blu profondo tempestati dalle macchie palpitanti degli astri. A Peggy Sue pareva di passeggiare nel cuore di un giardino cosmico in cui le costellazioni erano aiuole di fiori scintillanti. Le vennero le vertigini; correva a zigzag cercando di orientarsi ma, ahimè, non potendosi fermare a volte stentava a riconoscere i pianeti.

«Si assomigliano tutti!» disse al cane blu. «Se mi sbaglio saremo spediti dalla parte opposta dell'universo, magari in braccio a mostri ancora piú spaventosi degli Invisibili!»

«Sbrigati!» le sussurrò l'animale. «Il conto alla rovescia è cominciato. È vero che la formula magica si cancellerà fra tre ore, ma ha già cominciato a sciogliersi nella tua testa come una noce di burro in una padella.»

Peggy riconobbe finalmente l'astro irto di aculei rossi di cui le aveva parlato la farfalla. Trattenne il fiato, chiuse gli occhi e saltò a piè pari nel centro di quella macchia minacciosa la cui forma evocava un riccio diabolico. Fu risucchiata da un tornado argentato e precipitò in un pozzo con le pareti fatte di scintille crepitanti. Nello stesso istante in cui avvertí i primi sintomi del mal di mare, i suoi piedi toccarono terra. Era arrivata a destinazione.

Si aspettava di atterrare su un mondo pieno di chissà quali stranezze, e rimase perciò molto sorpresa nel ritrovarsi in mezzo a un incrocio, in una città con le case tutte uguali. Non era molto diversa dalle città terrestri... a parte il fatto che era completamente deserta.

«È una città fantasma» mormorò il cane blu. «Guarda: non c'è anima viva. Nessuno sui marciapiedi, nessuno nei negozi.»

«Una città fantasma per abitanti fantasma,» rifletté la ragazza «non è poi cosí anormale.»

Aggrottò la fronte. Non aveva mai visto una uniformità cosí scrupolosa. Non solo le case erano tutte uguali, ma anche le automobili erano tutte dello stesso modello... e dello stesso colore grigiastro.

«I palazzi sono grigi,» borbottò il cane «le macchine sono grigie, perfino i cartelloni pubblicitari sono grigi... sembra quasi che qui non conoscano i colori.»

Il silenzio che aleggiava sulla città deserta era impressionante.

«Lo trovo strano» confessò Peggy. «Pensavo che gli Invisibili vivessero in un posto molto piú pittoresco. Questo mondo è di una banalità incredibile!»

Alla fine si decise a muoversi e andò verso una panetteria. C'era un solo tipo di pane in vendita... anche questo tutto grigio!

Poco piú in là, Peggy notò un negozio d'abbigliamento.

«Incredibile!» sussurrò il cane blu. «Hai visto che roba? C'è un solo tipo di vestito. Completamente grigio. Devono vestirsi tutti nello stesso modo...»

«È curioso,» osservò la ragazza «non ci sono abiti femminili.»

Il cane blu, che stava ficcando il naso tra gli scaffali, lanciò un altro gridolino di stupore.

«È ancora peggio!» esclamò. «Giacche, camicie, pantaloni, scarpe... *tutto è della stessa misura*!»

La ragazza e il cane decisero di continuare la loro esplorazione. Le osservazioni successive non fecero che confermare la loro prima impressione.

«Le librerie vendono un unico libro» notò Peggy. «Un romanzo che si chiama *Prolegomeni al parallelismo trascendentale*... e che non ha l'aria di essere molto appassionante.»

«Nel menu dei ristoranti c'è un solo piatto,» aggiunse il cane blu «salsiccia *grigia* con contorno di purè... *grigio.*»

Sbalorditi, risalirono quella che aveva l'aria di essere la via principale. Una targa la indicava come Corso Zebelius. In realtà, tutte le vie avevano lo stesso nome! Ovunque si andasse, non importa in quale direzione, ci si ritrovava sempre su un Corso Zebelius qualsiasi, perfettamente identico ai precedenti. Stessi posti, stessi negozi, stessi cartelloni...

Le panetterie vendevano lo stesso pane grigio, le macellerie la stessa salsiccia grigia, le librerie lo stesso libro che, sotto la copertina grigia, si presentava stampato in grigio scuro su carta grigio chiaro. Era *e-sa-spe-ran-te*!

«Non abbiamo ancora incontrato nessuno» sussurrò il cane blu. «Sembra disabitata.»

«Ho un'idea» propose Peggy. «Entriamo in una casa e diamo un'occhiata.»

«D'accordo» disse l'animale. «Bisogna pur fare qualcosa, perché il tempo passa in fretta.»

Peggy Sue spinse la porta di un palazzo ed esaminò le cassette delle lettere. *Tutti gli inquilini si chiamavano Glubolz.*

«Dev'essere comodo per i postini!» ridacchiò nervosamente la ragazza.

Salirono al primo piano. Gli appartamenti non

erano chiusi a chiave ed entrarono senza problemi. Come c'era da attendersi, il mobilio era lo stesso dappertutto. Gli scaffali della libreria erano riempiti da decine di copie di *Prolegomeni al parallelismo trascendentale*. I frigoriferi traboccavano di salsicce grigie, gli attaccapanni di vestiti tutti identici.

«È strano» mormorò Peggy. «Sembra quasi che questa città sia abitata da un'unica persona.»

Sentendosi a disagio, abbandonarono l'edificio. Poco piú in là scorsero un cinema. In cartellone c'era *Glubolz contro Glubolz* e gli attori erano Glubolz (nel ruolo di Glubolz)... e sempre Glubolz (nel ruolo di Glubolz). Nelle foto avevano tutti la stessa faccia.

«Adesso basta!» piagnucolò il cane blu. «Andiamocene da qui, sto diventando pazzo.»

«No» si impuntò Peggy. «Dobbiamo andare avanti. È la nostra unica possibilità di farla finita con gli Invisibili. Non posso lasciarmela sfuggire.»

«È un mondo ripugnante!» si lamentò l'animale. «È tutto uguale. C'è da morire di noia!»

«*Forse è proprio questa la causa di tutto*» disse la ragazza guardando nel vuoto. «Ho sempre sentito gli Invisibili ripetere che si annoiavano. Per loro è come una malattia cronica.»

«Come è possibile non annoiarsi in un mondo del genere?» bofonchiò il cane blu. «Leggendo tutti lo stesso libro, mangiando la stessa salsiccia, vedendo lo stesso film, all'infinito... c'è da uscirne pazzi!»

I due amici accelerarono il passo. Poiché tutte le strade erano identiche, facevano una fatica del diavolo a orientarsi.

«Ho paura che stiamo girando in tondo» si spazientí Peggy. «Questa città è un vero labirinto, dovremmo fare dei segni per terra...»

Smise di parlare perché si era imbattuta in una pubblicità.

Vi ANNOIATE*?* Dicevano le parole grigie su fondo grigio. *Vi sembra tutto terribilmente monotono?... Perché non fate un* VIAGGIO*? Forse la Terra potrebbe essere la soluzione dei vostri problemi. La Terra... un pianeta caotico, assurdo, abitato da stupide creature alle spalle delle quali potrete finalmente* DIVERTIRVI*!*

Contattate la nostra agenzia di viaggio! Prenotate subito il vostro biglietto per la Terra, il grande parco di divertimenti dove potrete inventare gli scherzi piú folli! La Terra: il paradiso dei burloni!

«Santo cielo!» ansimò Peggy. «Ora è tutto chiaro. Presto, dobbiamo trovare quest'agenzia.»

Trovarono il negozio senza molte difficoltà. Non c'era anima viva, ma il televisore diffondeva una pubblicità a ciclo continuo. Le immagini che scorrevano sullo schermo cercavano di descrivere la vita sulla Terra come avrebbe fatto un documentario sul mondo animale.

«I terrestri sono piuttosto idioti,» diceva la voce dall'altoparlante «e prenderli in giro sarà per voi ancora piú facile visto che non avranno modo di accorgersi della vostra presenza. Per uno strano scherzo della fisica, infatti, si dà il caso che per loro voi siate... *invisibili*! Non è buffo? Una volta arrivati sulla Terra sarete liberi di giocare con gli abitanti come se fossero dei pupazzi, di organizzare catastrofi e di provocare incidenti. I terrestri non sono affatto intelligenti e la loro idiozia è fonte di inesauribile divertimento... Sulla Terra sarete dotati di poteri favolosi: potrete cambiare forma a vostro piacimento e travestirvi come piú vi aggrada! Attraversare i muri e farvi passare per fantasmi. Perché i Terrestri sono anche terribilmente superstiziosi.»

«Ora basta!» sbottò Peggy. «Ho sentito anche troppo.»

Uscí dall'agenzia di pessimo umore, seguita dal cane blu. C'erano pannelli segnaletici che indicavano l'aeroporto. Mentre la ragazza esitava sul da farsi, scorse finalmente delle persone che uscivano dalle loro case con una valigetta in mano. Erano vestiti di grigio e avevano un volto molle e traslucido, completamente anonimo. Un viso che non cambiava di una virgola da un individuo a un altro.

«Sono tutti identici!» mormorò Peggy. «Sembra quasi lo stesso tipo fabbricato in dozzine di esemplari. Ecco dunque chi sono gli Invisibili: extraterrestri che si annoiano a casa loro e vengono a divertirsi a nostre spese sulla Terra, dove dispongono di poteri che non hanno nel loro mondo...»

«Intendi dire che qui sono degli omuncoli senza importanza e che sulla Terra...»

«*... si comportano come dèi*... Sí, come dèi malvagi. Se adesso ripenso a tutte le storie assurde che mi hanno propinato! Dicevano di aver creato la Terra, di aver messo al mondo i dinosauri... mi hanno veramente preso per i fondelli!»

I due amici si misero alle calcagna delle strane creature che correvano verso l'aeroporto. All'esterno si era formata una gigantesca fila in attesa. Tutti i Glubolz aspettavano diligentemente il loro turno con la valigetta grigia in mano. Avevano tutti la stessa espressione triste e gli stessi occhi spenti.

Entravano uno alla volta in una macchina posta al centro della pista di decollo. Una specie di cilindro appena piú grande di una cabina telefonica. Ogni volta che un nuovo passeggero varcava la soglia, un lampo accecante lo faceva scomparire... e toccava al candidato successivo.

«È una macchina per il teletrasporto» spiegò Peggy Sue. «Li proietta attraverso lo spazio-tempo, e li fa atterrare sulla Terra un secondo dopo che sono partiti.»

«Sono tantissimi...» osservò con inquietudine il cane blu. «Veramente tantissimi.»

«Un autentico esercito, vorrai dire!» sospirò la ragazza sconsolata. «Ora capisco perché le cose vanno cosí male sulla Terra. E il peggio è che non sono neppure cattivi. Pensano di potersi divertire con i terrestri esattamente come noi ci divertiamo con i tori nelle corride. Non ci fanno neanche caso.»

«Peggy!» guaí l'animale. «Il tempo corre! Ci resta solo un'ora per trovare una soluzione. Se manchiamo lo spiraglio temporale per tornare indietro saremo costretti a restare qui... a mangiare salsiccia grigia e a leggere *Prolegomeni al parallelismo trascendentale* per il resto dei nostri giorni. Roba da fare *hara kiri* all'istante!»

«Lo so, lo so...» sbottò la ragazza stringendo i pugni. «Forse potremmo sabotare la macchina del teletrasporto.»

«Sono troppi, non ce lo permetteranno mai. Soprattutto se quell'affare rappresenta la loro unica speranza di sfuggire alla noia.»

Mentre Peggy si rosicchiava le unghie, una voce sconosciuta esplose nella sua mente. La ragazza rabbrividí come se avesse appena morso un limone.

«*Aiuto!*» diceva la voce. «*Aiutatemi! È da un sacco di tempo che vi aspetto!*»

Peggy Sue chiuse gli occhi. Il messaggio telepatico era cosí potente che per poco il cervello non le schizzò fuori dalle orecchie come crema pasticcera cotta male!

«Chi è?» domandò.

«Glubolz» rispose lo sconosciuto.

«Avrei dovuto sospettarlo» sospirò la ragazza, delusa.

«No» insisté la creatura. «Io sono il *vero* Glubolz. L'unico e il solo. Venite ad aiutarmi e capirete.»

«Dove?»

«Vi guiderò da me. Seguite le mie istruzioni.»

Peggy si mise a correre a perdifiato obbedendo alle indicazioni della misteriosa guida. Aveva una fitta al fianco ed era terrorizzata dall'idea di non fare in tempo a partire, ma nonostante tutto non voleva rassegnarsi alla sconfitta e darsi alla fuga senza averci almeno provato.

Dopo aver zigzagato a lungo per le vie della città grigia, arrivò in vista di uno strano macchinario che ricordava una gigantesca fotocopiatrice. Dei flash luminosi si accendevano alla sua sommità a intervalli regolari. Poi dal suo interno si sentiva un ronzio e, alla fine, uno sportello si apriva al livello della strada scaricando un Glubolz vestito di grigio e uguale a tutti gli altri. Il Glubolz si dirigeva barcollando verso la città con stampata in viso l'espressione di chi già non ne può piú dalla noia.

«Per di là!» indicò il cane blu «Quella scala sale fino in cima.»

«Andiamo!» gridò Peggy Sue. «Credo che la soluzione si nasconda all'ultimo piano di questo marchingegno.»

Mentre salivano gli scalini metallici, la macchina continuava a ronzare e a produrre altri Glubolz dallo sguardo spento. Glubolz che sembravano modellati in una gelatina triste.

I due amici arrivarono in cima senza fiato. I flash luminosi provenivano da una specie di cabina blindata irta di cavi elettrici e di tubature gorgoglianti. Peggy spinse la porta. Nel mezzo di un laboratorio zeppo di apparecchi indescrivibili – dotati di trentatremila pulsanti, altrettanti quadranti e quaranta milioni di chilometri di fili elettrici – un uomo stava disteso su una lastra di vetro simile a quella di una fotocopiatrice. Ciclicamente, una luce bluastra proveniente dal basso gli scandagliava il corpo. Polsi e caviglie erano legati in modo che non potesse alzarsi e nelle sue vene erano infilati dei tubicini che permettevano di nutrirlo.

«Entrate!» supplicò. «Non abbiate paura. Era da cosí tanto tempo che pregavo perché qualcuno avesse il coraggio di venire a liberarmi! Avvicinatevi! Andate a quel computer e battete sulla tastiera il codice che adesso vi darò. Cosí sarò libero.»

Peggy Sue non aveva comunque molta scelta. Si chinò sul computer e compose il codice indicato dallo sconosciuto. Istantaneamente, le manette si aprirono e l'uomo si rialzò massaggiandosi i polsi.

«Grazie!» balbettò. «Era da trent'anni che attendevo questo momento. Non abbiamo molto tempo per parlare, la macchina tra poco si bloccherà... e appena LORO se ne accorgeranno, si precipiteranno qui per rimetterla in funzione e legarmi un'altra volta al banco di duplicazione.»

«Chi sono questi 'LORO'?» chiese Peggy Sue.

«I Glubolz» disse l'uomo. «Cioè io stesso. O, meglio, degli altri me stessi.»

«Non ci capisco niente» sospirò la ragazza. «Si spieghi meglio, i minuti corrono.»

«Lo so» fece Glubolz. «Cercherò di farla breve. Io mi chiamo Glubolz e sono l'ultimo uomo di questo pianeta... Una tremenda epidemia ha sterminato tutti quelli della mia razza: ero l'unico sopravvissuto di un mondo ormai morto. Poiché sono anche uno scienziato, ho avuto la folle idea di inventarmi una macchina per duplicare me stesso, una specie di fotocopiatrice. Era una mostruosità, ma la solitudine mi era diventata insopportabile. Avevo bisogno di parlare con qualcuno, a qualsiasi costo. Altrimenti mi sarei impiccato!»

«Ora incomincio a capire» disse Peggy Sue. «La macchina si è messa a fabbricare dei suoi duplicati, non è cosí? Dozzine e dozzine di 'fotocopie'...»

«Sí» ammise Glubolz abbassando lo sguardo. «Una follia, lo confesso. Ogni duplicato era un po' meno riuscito di quello precedente. Un po' come se si fotocopiasse la fotocopia della fotocopia della fotocopia... capite?»

«Sí. Diventavano sempre piú... *rudimentali*?»

«Esattamente. Col passare degli anni sono venuti fuori con sempre meno immaginazione, energia e gioia di vivere. Leggevano solo il mio libro preferito, mangiavano solo il mio piatto preferito e si vestivano solo come io ero abituato a fare. Erano incapaci di inventare, di creare, di lottare contro la routine. Costruivano sempre la stessa casa e la stessa automobile.»

«Ed è cosí che sono diventati vittime della noia» dedusse Peggy.

«Una noia tremenda, che li spinge a cercare delle distrazioni estreme, su altri pianeti piú 'divertenti'.»

Peggy Sue scosse la testa.

«Invadono la Terra» disse. «E fanno dei disastri, laggiú.»

«Lo so» sospirò l'uomo. «Non c'è che un modo per impedirglielo: distruggere il duplicatore. Lo farò immediatamente, prima che vengano a controllare cosa sta succedendo. Una volta sabotata la macchina non riusciranno a ripararla, non sono piú abbastanza intelligenti per farlo. Oggigiorno non hanno piú cervello di una zuppiera di pastella.»

«E tutti quelli che sono già partiti?» obiettò Peggy.

«Si autodistruggeranno» spiegò l'uomo precipitandosi verso gli schermi della sala di controllo. «Non preoccupatevi. I doppioni hanno una vita limitata, un anno al massimo. È per questo che sono cosí assillati dal fatto che il duplicatore stia acceso giorno e notte. Nel giro di dodici mesi, tutti i Glubolz che si sono insediati sulla Terra si dissolveranno come meduse arenate sulla spiaggia, e voi vi sarete definitivamente sbarazzati di loro.»

Si mise all'opera ticchettando sulla tastiera. C'erano lampadine che si accendevano un po' dappertutto e aghi che schizzavano su e giú dentro ai quadranti.

«Ecco fatto» annunciò col fiato corto. «La macchina sta per esplodere e non c'è nulla che possa fermarla. Il conto alla rovescia è cominciato: bisogna evacuare il centro di duplicazione...»

Non ebbe modo di aggiungere altro perché la scalinata metallica si mise improvvisamente a risuonare sotto i passi di una folla che saliva a gran velocità.

«I Glubolz!» farfugliò l'uomo. «*Stanno arrivando*... andatevene! Andatevene subito! Questa botola porta sul tetto... Io cercherò di trattenerli.»

«Presto!» si spazientí il cane. «Ci resta solo qualche minuto! La formula del ritorno sta per cancellarsi dalla tua memoria!»

«Saltami in braccio!» ordinò Peggy.

L'animale obbedí. Colpi furiosi scuotevano la porta che Glubolz (quello vero!) cercava disperatamente di bloccare.

«Andatevene!» urlò girando la testa verso di loro. «Tra pochi secondi salterà tutto in aria! Mi spiace cacciarvi via, ma se ci tenete alla pelle...»

Peggy Sue non poteva fare niente per lui. Chiudendo gli occhi, cercò in fondo alla sua mente la formula magica che l'avrebbe riportata al punto di partenza. Per qualche secondo, temette che la formula si fosse già cancellata... poi qualcosa uscí lentamente dalle tenebre. Qualcosa che suonava come: *dinosaurusbulldozerocaracolum...*

Lo spazio e il tempo si piegarono come un foglio di carta tra le dita di uno scolaro.

In lontananza, ai margini estremi della sua coscienza, Peggy Sue sentí esplodere la macchina duplicatrice. La detonazione era cosí remota che le sembrò provenire dall'altro capo del cosmo.

Stringendosi al petto il cane blu, si lasciò risucchiare dal tunnel elettrico che la riportava a casa.

Ce l'aveva fatta.

Aveva chiuso con gli Invisibili.

Voltiamo pagina

Peggy Sue camminava nei campi insieme alla nonna. Il cane blu folleggiava inseguendo minuscole cavallette che continuavano a sbeffeggiarlo saltellandogli sotto il naso.

«La farfalla è partita» mormorò Nonna Katy. «Non sono sicura che la vedremo tornare molto presto.»

«Come l'hanno presa quelli del villaggio?» chiese la ragazza.

La vecchina alzò le spalle.

«Faticano un po' a farsene una ragione» disse fissando l'orizzonte. «Ma alla fine hanno capito che la propria felicità bisogna costruirsela da soli e non trovarsela bell'e fatta. La farfalla consegnava loro la felicità a domicilio, come una pizza. Forse era un po' troppo comodo. Bisogna diffidare dei paradisi artificiali.»

«L'importante» aggiunse, appoggiando un braccio sulla spalla della nipote, «è che gli Invisibili stiano a poco a poco uscendo dalla tua vita. Quando l'ultimo doppione si sarà dissolto, smetterai di vedere cose che sfuggono alla gente normale. Tempo un anno, e tutto tornerà a posto.»

«Non riesco a crederci» mormorò Peggy. «Aspetto questo momento da cosí tanto tempo. Faccio fatica a immaginarmi come possa essere la vita di una ragazza normale.»

Il cane blu si girò verso di lei.

«Il peggio» mugugnò «è che potremmo finire con l'annoiarci come i Glubolz... e rimpiangere i tempi degli Invisibili.»

Ma la storia continua...

In libreria

Serge Brussolo

Peggy Sue e gli invisibili

Lo zoo stregato

Illustrazioni di Daniele Colaiacomo

288 pagine
Euro 9,90

Peggy Sue e il cane blu si preparano a trascorrere delle piacevoli settimane sul lago d'Aqualia, ma una tremenda sorpresa li attende al loro arrivo: gli animali che dovevano intrattenere i turisti non sono piú gli stessi, hanno preso il potere e occupato la città, trasformando la spiaggia e il parco di divertimenti in un caos generale.
Sono creature bizzarre venute chissà da dove, con poteri magici inimmaginabili: il serpente contorsionista è dotato di un veleno esplosivo, i telefoni cellulari sussurrano segreti che catturano la mente di chi li usa, un gruppo di balene bersaglia le case con pietre infiammabili e un drago tossisce fuoco al punto di mettere a repentaglio l'intera città!
Sarà ancora una volta Peggy Sue, aiutata dall'inseparabile cane blu, da Sebastian e dalla Nonna Katy, a dover affrontare gli abitanti di questo folle zoo, in una lotta contro il tempo dal cui esito dipende il destino dell'umanità.

In libreria

Serge Brussolo

Sigrid e i mondi perduti

L'occhio della piovra

Illustrazioni di Serena Riglietti

336 pagine
Euro 9,90

Prigionieri in un sottomarino gigantesco, il *Bluedeep,* tre ragazzi vivono da dieci anni nelle malefiche profondità di un oceano avvelenato.
Attorno a loro un paesaggio ostile e misterioso, ma di un'affascinante bellezza, custodisce un segreto: chi finisce in acqua si trasformerà immediatamente in un pesce, perché l'oceano di Almoha possiede poteri magici che vanno oltre ogni immaginazione...
Sigrid, una giovane e coraggiosa esploratrice di terza classe, costretta a vivere sorvegliando gli angoli piú oscuri del sottomarino, sente un'irresistibile attrazione per il mare che la circonda. Ma quali altri fantastici segreti si celano nei fondali?
Accerchiato dalle grandi piovre, l'equipaggio del *Bluedeep* è in difficoltà e sarà Sigrid, dall'animo fiero e dal grande cuore, a sfidare le tenebre marine e tutto ciò che vi si nasconde...

In libreria

Serge Brussolo

Sigrid e i mondi perduti

La fidanzata del rospo

Illustrazioni di Serena Riglietti

336 pagine
Euro 9,90

«L'altra notte, in fondo alla strada dove abito è spuntato un palazzo. È davvero strano...»
«Nel parcheggio di fronte a casa mia ho notato delle macchine di un modello sconosciuto e che non si spostano mai. A volte di notte si mettono a starnutire. Ma è normale?»
Degli strani mostri hanno invaso la città. Ma non vogliono distruggerla: sono in cerca di un lavoro!
Sigrid è diventata la baby-sitter di queste singolari creature. L'amicizia che li unisce la trascinerà nel vortice di un incredibile complotto: come impossessarsi di un tesoro nascosto in fondo a uno scrigno cannibale, che sbrana i ladruncoli imprudenti...
Sigrid dovrà fare ricorso a tutto il suo coraggio per entrare in quella cassaforte mostruosa a cui gli extraterrestri hanno dato l'aspetto di un rospo gigantesco...

In libreria

Clive Woodall
Due ali per un regno

352 pagine
Euro 15,50

Sul Regno degli uccelli è scesa l'oscurità. Nel cielo infuria la battaglia, nessun nido è sicuro, e i venti portano con sé paura e disperazione. Spinte da un irrefrenabile desiderio di conquista, le gazze hanno attaccato innumerevoli specie di piccoli uccelli, costringendole a fuggire o eliminandole una a una. Sotto gli attacchi del malvagio Slyekin e del suo braccio destro Traska, il territorio della Foresta intricata, ove un tempo regnavano libertà e bellezza, è ora in balía di una nuova minaccia: spodestare una volta per tutte il Consiglio dei gufi che con la sua saggezza guida da sempre il regno alato. Scelto tra mille per ostacolare il pericolo imminente, Kirrick, un intrepido pettirosso, viene investito di una missione di vitale importanza. Dovrà affrontare una serie di lunghi viaggi, facendo appello a tutto il suo coraggio e la sua astuzia per riuscire a riunire coloro che potrebbero garantire la salvezza del Regno degli uccelli: i falchi, grandi guerrieri, le aquile, fiere e altezzose, e gli enormi gabbiani, signori del mare.

In libreria

Michael De Larrabeiti

I Borrible

Attacco a Rumbledonia

Illustrazioni di Alberto Stefani

320 pagine
Euro 9,90

I Borrible sono emarginati e fuggiaschi: sono magri, trasandati, molto arguti, e le loro orecchie diventano appuntite ogni volta che si trovano a girare per le strade, poiché con esse dimostrano la loro indipendenza e intelligenza. Risiedono nelle zone più buie di Londra, vivono di espedienti seguendo leggi tutte loro, inseguiti da un reparto speciale della polizia londinese dedito esclusivamente alla loro cattura. Quando vengono arrestati, le orecchie gli vengono tagliate in modo da renderle 'normali', ma in questo modo i Borrible sono costretti a crescere proprio come gli altri bambini, fino a diventare noiosi e perdere il loro straordinario gusto per l'avventura. Un giorno, gli antichi nemici, i Rumble, tornano dopo secoli a minacciare l'esistenza dei Borrible: comincia così una lotta per la sopravvivenza, in cui nulla è più scontato, e il pericolo può annidarsi ovunque. Comincia cosí la 'Grande Caccia ai Rumble'...

È possibile ricevere la rivista
La strada del mistero scrivendo a:
Fanucci Editore S.r.l.
via delle Fornaci, 66
00165 – Roma
info@fanucci.it
www.fanucci.it

Visita il sito
ragazzi.fanucci.it

Stampato nello stabilimento grafico
«Legatoria del Sud» di Ariccia (RM)
nel mese di maggio 2007